POPPY

Psychothriller

ASTRID KORTEN

Für Poppy

Das Mädchen aus dem Dorf, das alle komisch fanden.
Du kannst stolz auf dich sein und hast meinen allergrößten Respekt.

Über das Buch

„Das ist unser neues Zuhause", sagt Mama.
„Poppy, du musst dich nie vor mir verstecken, weißt du das denn nicht?", sagt *er*.
„Der hat ein Gesicht wie eine Bowlingkugel", sagt Oma Becker.
„Euch klar ausdrücken, Leute, sagt einfach klar und deutlich, was ihr meint", sagt der Lehrer.
Hilfe, denkt Poppy.

Die sechsjährige Poppy lebt mit ihrer Mutter in einem heruntergekommenen Vorstadtviertel. Eines Tages ziehen sie in eine prachtvolle Villa zu dem neuen Mann ihrer Mutter.
Der neuer „Papa" erfüllt Poppy jeden Wunsch. Er sagt, er liebt sie, kann mit ihr Erwachsenengespräche führen, und überhäuft sie mit Geschenken.
Poppys Mutter ist glücklich. Sie kann sich endlich kaufen, was immer sie möchte.
Alles wäre gut, gäbe es da nicht die eine Sache ...

Erste Stimmen:
„Einer der stärksten und gewagtesten Romane dieses Jahres, der auf wahre Begebenheiten beruht. Diese Geschichte über Psychospiele, Missbrauch und Resilienz ist sowohl herzerwärmend als auch unerträglich, vital und außerordentlich beängstigend, und wird von seiner liebenswerten Heldin Poppy beflügelt." *WAZ*

„In Poppy – nach einer wahren Begebenheit – gibt Astrid Korten dem Mädchen Poppy eine Stimme, und mit ihrem leichten, aber messerscharfen Ton gelingt es ihr, das Unvorstellbare vorstellbar zu machen. Sie wirft Licht auf ein dunkles Thema und weiß, wie man mit Humor eine erschütternde Geschichte erzählt - eine großartige Leistung."
Stadtspiegel

1976

Szene 2 – TV-Spot (Zoe)

„Nicht alle Papas lassen ihr Kind auf den Vordersitz.
Er sagt, ich habe Glück."
Ich schau zur Seite auf seinen alten, großen Kopf.
„Mama und ich haben Glück.
Wir sind ganz große Glückspilze."
(Poppy, sechs Jahre)

Das schwarze Auto

Bei Frau Martin brennt das Licht. Ihre Gardine bewegt sich. Sie hat sie bereits dreimal beiseitegeschoben, um zu sehen, ob wir noch da sind. Wir sind immer noch da. Ich habe ihr zugewunken und geschrien, dass ich Geburtstag habe, aber Mama sagte: „Sei still, Poppy. Du weckst mit deinem Geschrei noch die ganze Straße auf."

Wir stehen mit Koffern auf dem Bürgersteig vor dem Hochhaus. Weiße Schneeflocken rieseln auf unsere Schuhspitzen. Ich versuche, sie mit der Zunge aufzufangen. Frau Martin hat das falsch verstanden und verschwindet hinter ihrer Gardine.

Ich weiß nicht, wie spät es ist, aber ich denke, noch sehr früh am Morgen, denn es ist ziemlich dunkel. Die Menschen in unserer Straße schlafen alle noch, außer uns und Frau Martin. Sie ist sehr reich. Innen ist ihr Haus ganz weiß, mit viel Gold und Pink. Ich durfte einmal mitkommen, als Mama dort geputzt hat. Eigentlich war das gar kein richtiges Putzen. Wir haben die ganze Zeit ferngesehen. Ich trank Cola, und Mama rauchte eine Zigarette. Am Ende wischte sie ein bisschen Staub. Ich durfte weiterschauen.

Mama mag das Putzen nicht. Weil sie nicht dafür geboren wurde, sagt sie. Aber sie hat einen Mantel aus lauter Silber gesehen und möchte ihn gern haben. Und Frau Martin wollte ihr fünfundzwanzig Mark bezahlen.

Am Ende des Tages kam Frau Martin in ihr weißes Haus zurück und sagte: „Das war ein einziges Mal, aber nie wieder."

„Meine Rede", hat Mama geantwortet. „Das ist ja auch nicht mein Ding. Ich bin Friseurin, ohne Scheiß."

Heute bin ich sechs Jahre alt geworden. Ich habe noch kein Geschenk bekommen, aber das kommt bestimmt erst später. Mama hatte heute Morgen nicht mal Zeit, um für mich zu singen, denn sie musste die Koffer packen *und* sich superhübsch anziehen *und* ihre Beine rauf und runter rasieren *und* ihr Haar ganz toll föhnen. Ich habe sie schon zweimal gefragt, was wir vorhaben, aber sie hat ihren Finger auf den Mund gelegt und „Pst" gesagt.

Wir warten. Und warten. Ich schaue auf die Koffer. Vielleicht fahren wir ja in den Urlaub, aber Urlaub kostet Geld, und das haben wir nicht. Plötzlich muss ich an Papa denken.

Juhu, wir warten auf meinen Vater!

Er kommt, um uns abzuholen, weil ich heute Geburtstag habe. Papa ist ein mieser, stinkender Bastard, sagt Mama immer nur, seit er mit dieser anderen Frau zusammenlebt, und ich darf nicht über ihn sprechen. Das mache ich auch nicht. Aber darüber nachdenken – davon hat Mama nichts gesagt. Ich weiß gar nicht mehr so genau, wie Papa aussieht. Vor langer Zeit, als ich noch fünf war, hab ich bei Großmutter Becker ein Bild von ihm gesehen. Ich wollte mir ein dickes Buch anschauen und dabei ist das Foto rausgefallen und auf den Boden gesegelt.

„Er hat die Spatzenschwindsucht, mein Kind, und ist auf und davon", sagte Großmutter. Sie hat eine ganz raue Stimme. Mama sagt, das kommt vom vielen Rauchen.

Oma hat Papa aufgehoben und ihn sich angeschaut. Er hockte vor einer Heizung. Er war jung und schön auf dem Foto, und sah kein bisschen nach einer Vogelkrankheit aus. Er lachte auch, und ich lachte zurück und fragte Großmutter, ob sie weiß, wo Papa jetzt ist.

„Er ist auf und davon, nach Köln. Hat mit der Musik die Flatter gemacht", hat sie gesagt und das schöne Foto in den Müll geworfen.

Gerade als ich Mama fragen will, ob wir nicht lieber wieder reingehen sollten, fährt ein schwarzes Auto in unsere Straße. Es ist ganz groß und glänzt. Mama steht plötzlich auf den Zehenspitzen und fängt an, wild zu winken. Das Auto kommt auf uns zu und bleibt stehen wie die Kutsche im Märchen. Ein Mann steigt aus. Ich bin ganz schön gespannt.

Aber das kann nicht Papa sein. Der Mann ist uralt. Er trägt einen grauen Anzug. Er hat riesig große Ohren, eine große Nase und eine riesige Brille. Er sieht aus wie ein Chef.

„Mensch, *Pick-up*, da bist du ja", sagt Mama.

„Wie versprochen", sagt der Mann ganz ruhig.

Zwei Worte. Die kurzen Wörter sind die allerbesten, sagt Großmutter immer.

„Und das hier ist meine Poppy." Mama zeigt auf mich.

„Sie ist sehr süß", sagt der Mann im selben ruhigen Ton. Und danach: „Guten Tag, Poppy."

Sieben Worte. Dann geht alles sehr schnell. Zuerst packen sie die Koffer in den Kofferraum, und nachdem Mama lächelnd auf dem Vordersitz Platz genommen hat, hebt mich der alte Mann hoch und setzt mich auf den Rücksitz. Innen ist alles aus Leder und Holz.

„Mama …?" Sie hört mich nicht.

Kurz bevor wir wegfahren, sehe ich, wie Frau Martin die Vorhänge wieder öffnet. Jetzt hat sie glühende Augen wie in der Geisterbahn, weil sie das große, schwarze Auto sieht und immer wissen will, was Mama und ich machen. Ganz bestimmt.

Herr Martin steht jetzt auch am Fenster – in einem dunkelblauen Pyjama. Ich rufe: „Auf Wiedersehen", obwohl ich sie nicht wiedersehen will, aber sie können mich nicht hören, weil der Winterwind jetzt so rauscht.

Frau Martin sagt etwas zu ihm.

Herr Martin zuckt mit den Schultern.

Das dunkelbraune Schloss

„Meine Mama sagt, das ist unser neues Zuhause."
(TV-Spot - Szene 1 Noelia)

Mama schüttelt meine Schulter. „Wir sind da, Poppy."
„Wo?" Ich bin noch müde.
„Da, wo wir ab jetzt bleiben werden." Sie zeigt durch die Windschutzscheibe auf ein Haus, so groß wie ein Schloss.
Der alte Mann trägt unsere Koffer zur Haustür.
„Hier werden wir jetzt leben", sagt sie, steigt aus dem schwarzen Auto, kommt an meine Tür und öffnet sie mit Schwung. „Komm!"
Ich muss beinahe weinen, weil ich ein bisschen Angst hab, aber sie sieht es nicht, weil sie schon zum Haus läuft. Ich steige schnell aus, laufe ihr hinterher und packe sie an ihrem Rock.
Sie dreht sich um und fragt genervt: „Was ist denn, Poppy?"
„Mama …"
„Was ist denn jetzt schon wieder? Lass meinen Rock los!"
„Aber alles ist doch noch zu Hause", sage ich.
Der Mann ist bereits hineingegangen. Mama versucht, sich zu befreien, aber ich halte ihren Rock ganz fest.
„Du hast sie doch nicht alle", schimpft sie. „In der Scheißwohnung gibt es nichts. Alles ist hier. Und jetzt lass sofort meinen Rock los!"
Ich gehorche, und Mama geht zur Haustür. Vor dem Haus ist ein großer Garten, mit kurzem Gras und hohen Bäumen. Auf der anderen

Straßenseite steht ein Polizist. Er raucht eine Zigarette und winkt. Ich winke zurück. Dann laufe ich schnell meiner Mama hinterher. Nicht, dass sie noch die Tür schließt und ich alleine draußen stehe.

„Das ist jetzt unser Heim, Poppy", erklärt Mama. Sie klingt ganz anders als normal. So vornehm.

„Was ist ein Heim, Mama?"

Sie rollt mit den Augen und seufzt. „Unser neues Zuhause", antwortet sie.

Die Diele ist hoch und breit. An der Decke hängt eine Lampe mit Juwelen und silbernen Eiszapfen. Ich versuche, sie zu zählen. Als ich bei sieben bin, steht der alte Mann plötzlich neben mir.

„Ich habe gehört, dass du heute Geburtstag hast."

Ich schaue zu Mama, die an der Garderobe steht und heftig nickt.

Ja, ich habe heute Geburtstag und hatte es fast schon wieder vergessen.

„Dann kommt mal mit mir", sagt er.

Fünf kurze Wörter.

Wir gehen mit ihm in ein anderes Zimmer. Es ist dreimal so groß wie der Flur. Alles ist wieder aus Leder und Holz, genau wie im Auto. Es gibt eine große braune Ledercouch und zwei dunkelbraune Ledersessel. Ich sehe Wände mit dunkelbraunen Schränken davor. In einem dunkelbraunen Regal stehen ganz dicke Bücher, auch aus Leder. Dunkelbraun muss seine Lieblingsfarbe sein. Und dann entdecke ich in der Mitte des Raumes ein rotes Kinderfahrrad mit einer silbernen Schleife.

Ich weiß nicht, was ich sagen soll. Mama schon.

„Oh, Pick-up", kreischt sie, „das ist verrückt! Oh, schau dir das an, Poppy, hinter dir, auf dem Tisch, da liegt noch mehr!"

Ich drehe mich um. Auf einem riesigen dunkelbraunen Tisch liegen viele Geschenke, ich weiß nicht, wie viele es sind. Mama zählt bis zehn, gibt dem Mann einen Kuss auf die Wange und einen Klaps auf den Hintern. Der Mann verzieht sein Gesicht und tritt einen Schritt von ihr zurück.

„Und weißt du, was so lustig ist, Poppy", sagt Mama und deutet auf ihn. „Heute ist auch der Geburtstag von Pick-up!"

Er sieht gar nicht nach Geburtstag aus. Er lacht nicht und hat keinen Hut auf.

„Wie alt bist du geworden?", fragt er mich.

„Sechs."

„Ich bin zwei mal sechs", sagt er.

Hm ... Fünf Worte. Er will bestimmt auch ein Geschenk.

Mama blinzelt, als ob sie etwas Verrücktes sieht. „Zwei mal sechs? Wieso zwei mal sechs? Du bist doch nicht zwölf!"

„Wir haben kein Geschenk für ihn", flüstere ich Mama ins Ohr.

„Das ist schon in Ordnung", sagt der Mann, der mich trotzdem gehört hat.

„Pick-up? Na, ich bin dein Geschenk", sagt sie und lacht so komisch dabei. „Aber noch nicht auspacken."

Der Mann beachtet sie nicht und setzt mich auf mein neues Fahrrad.

„Was sagst du dazu, Poppy?", fragt Mama nun.

„Dankeschön, Herr Pick-up."

„Herr Pick-up? Verdammt, Poppy, bist du so dämlich? Das ist doch mein Spitzname für ihn. Denk dir mal einen eigenen Namen aus."

Ich schaue den Mann an und sage: „Danke, Herr Onkelmann."

Mama fällt fast vor Lachen auf den Boden. „Herr Onkelmann?", kreischt sie, „Onkelmann! Nun, Pick-up, da hörst du es. Ich glaube, Poppy mag dich. Sie ist fast so eine Ulknudel wie ich, oder?"

Der Mann lacht nicht, er öffnet die Türen zum Garten, packt mich mit einer Hand am Kragen und schiebt mich auf meinem neuen Fahrrad hinaus. Draußen gibt er mir einen Schubs. „Radle ruhig mal ein wenig und sieh dir den Garten an."

Ich und das Rad fallen sofort um.

„Sie kann doch noch gar nicht Fahrrad fahren, Pick-up", ruft Mama.

Ich stehe gleich wieder auf und lache, um ihr zu zeigen, dass es nicht wehtut.

„Schau dich erst mal zu Fuß im Garten um, Poppy", sagt Mama. „*Herr Onkelmann* wird dir später das Fahrradfahren beibringen."

Ich laufe im Kreis durch den Garten mit dem kurzen Gras, drehe immer größere Runden, werde schneller und schneller, und breite meine Arme aus wie ein Flugzeug. Ich mache Geräusche, ich kann nichts dafür, so glücklich bin ich. Mama lacht und klatscht in die Hände. Dann bin ich plötzlich so schnell gelaufen und habe so laut geschrien, dass ich ganz schlimm husten muss.

„Sie wird noch ersticken, hol sie lieber wieder herein", sagt Herr Onkelmann zu Mama.

Ich gehe ins Wohnzimmer, aber das Husten hört nicht auf. Mama klopft mir auf den Rücken, aber das tut wirklich weh.

„Hol Poppy mal ein Glas Limonade, Patricia", sagt er.

Mama sieht sich um. „Wo finde ich welche?"

„In der Küche."

Sie verlässt das Wohnzimmer.

Herr Onkelmann kommt näher. „Du bist ja schweißgebadet", sagt er besorgt, zieht mein T-Shirt ein wenig hoch und legt seine Hand auf meinen nackten Rücken. Seine Finger gleiten von oben nach unten. „Völlig durchnässt, du armes Ding."

Ich nicke und huste ein wenig extra.

„Heute Abend darfst du ein heißes Bad nehmen, Poppy."

Ich finde es schön, dass er sich solche Sorgen um mich macht. Dann hören wir Mama. „Pick-up, ich finde die Küche nicht mehr!" Der Mann verlässt den Raum. Als sie mit meiner Limonade zurückkommen, sagt Herr Onkelmann, dass er noch viel zu tun hat.

Mama schaut auf den Tisch mit den Geschenken. „Wir auch."

Sobald Herr Onkelmann den Raum verlassen hat, beginnt sie sehr schnell, alles auszupacken. Aufgeregt sehe ich zu. Ich bekomme eine Puppe mit einer Babybadewanne, einen Arztkoffer mit einer Krankenschwesternuniform, ein Teeservice, Filzstifte in allen Regenbogenfarben und einen großen Beutel mit Murmeln.

„Nun", sagt Mama, „Wenn er schon so anfängt, dann frage ich mich, was er mir zu meinem Geburtstag schenken wird."

Und weil dies unsere erste Nacht in dem braunen Schloss ist, haben wir Thailändisch gegessen. Herr Onkelmann und ich haben das Essen mit dem großen schwarzen Auto geholt. Mama ist zu Hause geblieben und hat den Tisch gedeckt. Ich durfte im Auto sogar auf seinem Schoß sitzen und das Lenkrad halten. Später habe ich dann die leckeren Sachen gegessen, bis ich nichts mehr reingekriegt hab. Genau wie Mama.

Jetzt liegt sie auf der Couch und schaut fern, während Herr Onkelmann auf der Badematte kniet und mir T-Shirt, Hose und Unterhose auszieht. Die Badewanne ist fast voll.

Als ich nackt bin, muss ich kurz warten, denn zuerst fühlt er, ob das Wasser auch nicht zu heiß ist.

„Jetzt", sagt er. „Ab in die Wanne mit dir." Er packt mich unter den Achseln, um mich über den Wannenrand zu heben. Als ich fast im Wasser bin, zieht er mich wieder hoch.

„Hm", sagt er. „Das geht doch auch bequemer, oder was meinst du?"

Er hebt mich ganz oft hoch, um herauszufinden, was der bequemste Weg in die Wanne ist. Er sagt „Ups und Uppsala" nach jedem erfolglosen Versuch.

„Hm" ist ein sehr kurzes Wort genau wie „Ups".

Das ist sooo lustig. Ich muss nach jedem Uppsala lauter lachen. Als er die bequemste Art gefunden hat – mit seiner Hand wie ein Kissen unter meinem Po – schwingt er mich über den Rand ins Wasser, zwischen die Enten und das Bötchen. Alles ist neu, und alles ist für mich.

Aber ich darf nicht zu lange damit spielen. Ich soll ja auch gewaschen werden, meint Herr Onkelmann.

Das Waschen dauert sehr lange, bis das Wasser langsam kalt wird. Als ich schließlich wieder raus darf, schlottere ich, weil keine Handtücher da sind.

Er sagt, ich soll doch das *Herr* vor dem *Onkelmann* weglassen. Dann wäre es doch ein viel netterer Name.

Ich nicke. Onkelmann allein ist auch gut. Er ist ja sehr nett.

Onkelmann trocknet mich mit seinen Händen ab. Er gibt sich ganz viel Mühe.

In der Ferne höre ich aus dem Kassettenrecorder: *Hopp, hopp, hopp, Pferdchen, lauf Galopp.*

Apfelsaft

„Wenn Opa stirbt, bekommen wir das ganze Geld", sagt Greta.
„Oh." Ich schaue sie mit großen Augen an.
„Pech für dich", fährt sie fort. „Denn du bekommst nichts. *Meine* Mutter ist seine Tochter."
Sie zeigt auf ihre Mutter, die Vanessa heißt und mit Mama mitten im Wohnzimmer in einem großen Loch mit vielen Kissen einen Kaffee trinkt. Es gibt auch eine Bar mit hohen Hockern und einem weißen Teppich.
„Ganz schön flott", hat Mama gesagt, als wir ins Wohnzimmer gegangen sind. Dabei hat sie die Nase hochgezogen.
Greta und ich sitzen auf dem Boden in einer Ecke. Wir haben Kekse und ein Glas Apfelsaft bekommen.
Mama und ich leben jetzt schon viele Tage in dem großen braunen Schloss, und morgen gehe ich zum ersten Mal zur Schule. Greta ist in der gleichen Klasse. Sie stellt mir ständig Fragen und alle auf einmal.
„Ist dein Vater tot?"
„Nein", antworte ich, „er ist Heizungsfachmann."
„Aber tot?"
„Nein, ist er nicht."
„Was macht deine Mutter dann bei meinem Opa?"
„Wohnen."
„Bestimmt, weil er so reich ist", sagt Greta.
Ich habe keine Lust mehr, mit Greta zu reden, aber Mama sitzt immer noch mit Tante Vanessa in dem Loch. Wenn wir etwas zum Spielen hätten, müssten wir nicht reden. „Wollen wir in dein Zimmer gehen?", frage ich.
„Geht nicht, mein Papa ist oben."
„Oh."
„Er schläft. Er ist sehr müde von der Arbeit."
„Oh", sage ich noch einmal, weil mir nichts einfällt.

„Er arbeitet für Opa. Mein Vater ist der beste Verkäufer im ganzen riesengroßen Ausstellungsraum." Sie tunkt ihren Keks in den Apfelsaft, er fällt auseinander, und ein Teil plumpst ins Glas.

Greta ist die Einzige, mit der ich spielen darf. Sie ist jetzt meine neue Freundin, sagt Herr Onkelmann, denn sie ist harmlos. Wenn man so reich ist wie er, muss man nämlich sehr vorsichtig sein. Alles kann gestohlen werden, auch ich. Seit wir in dem dunkelbraunen Schloss wohnen, darf ich nicht einmal mehr alleine auf die Straße gehen.

„Woher hat deine Mutter diese verrückten Klamotten?", fragt Greta.

„Gekauft." *So* verrückt sind Mamas Kleider doch gar nicht.

„Warum trägt sie blauen Lidschatten?"

„Sie mag es."

„Ich nicht."

Ich glaube Greta kein Wort. Mama ist die allerschönste Frau, die ich kenne. Sie sieht aus wie Barbie. Wenn ich meine Barbies nebeneinanderlege – es sind vierzehn und alle von Onkelmann –, und Mama wäre auch so klein, würde sie wunderbar dazu passen. Sie hat genau solche blonden Haare und blaue Augen. Deshalb ist sie meine *Barbie-Mom*. Sie trägt auch gerne so weiche Pullover mit Glitzer oder große farbige Sterne vorne oder hinten, die ganz toll aussehen. „Applikationsgirl", nennt sie sich oft und muss selbst darüber lachen und meint dann: „Ooooh, ich bin vielleicht *eine*!" Ich lache immer mit, auch wenn ich nicht weiß, was sie damit meint.

Aber das stimmt auch, ich habe vierzehn Barbies, aber meine Mama ist nur *eine*.

Gretas Mutter ist sehr dünn. Sie trägt einen Jeansanzug und hat einen großen Haufen orangefarbener Locken auf dem Kopf, wie ein Neger. Dschungelfroschhaar, würde Oma Becker sagen.

Greta und ich schauen zu, wie unsere Mütter Kaffee trinken, ohne irgendwas zu sagen.

„Besuchst du mich auch mal?", frage ich. „Dann können wir mit meinen Barbies spielen."

„Nee, darf ich nicht. Sagt meine Mutter."

„Du darfst nicht mit Barbies spielen?"

„Ich darf nicht zu dir. Du darfst nur zu mir kommen."

„Wieso?"

Greta antwortet nicht und schaut wütend ihre Pantoffeln an. Da steht Mama endlich auf und klettert aus dem Loch heraus. Sie muss ihren neuen Rock sehr weit hochziehen, sonst klappt das nicht. Ich kann ihre Unterhose sehen. Tante Vanessa und Greta sehen sie auch.

„Tssss", sagt Greta und rümpft ihre Nase.

Mama zieht ihren Rock wieder runter. „Komm, Poppy, lass uns gehen. Verabschiede dich noch von Tante Vanessa."

Ich stehe auf und gehe zu meiner neuen Tante, um ihr die Hand zu geben, so wie es mir Onkelmann beigebracht hat.

„Auf Wiedersehen, Tante Vanessa!"

„Auf Wiedersehen, Poppy!" Sie lächelt nicht, sie sieht mich nur an. Sie hat Augen wie ein toter Goldfisch.

Abends am Tisch möchte Onkelmann wissen, wie ich Greta finde.

„Nett", sage ich. „Sehr nett."

Onkelmann unterhält sich lieber mit mir als mit Mama. Wenn sie etwas erzählt, hört er gar nicht richtig zu. Er sieht sie auch nicht wirklich an. Wenn ich aber spreche, achtet er auf jedes Wort. Er legt mir oft die Hand auf den Kopf. Oder wie jetzt auf mein Bein. Er drückt es und zwinkert mir dabei zu. Ich kann noch nicht zwinkern, also lächle ich. Danach lächle ich auch Mama an, aber sie sieht es nicht.

„Sag mal, Pick-up", sagt Mama. „Deine Vanessa, aus der kommt nicht viel raus, sie ist stumm wie ein Fisch."

„Ich finde, dass Tante Vanessa schönes Haar hat", sage ich, um Mamas Worte wieder in Ordnung zu bringen. „Und sie haben ein flottes Haus, das hast du doch gesagt, Mama?"

„Wenn man so was mag. Aber billig war das alles sicher nicht, das konnte man sehen. Ich frage mich, wovon sie sich das alles lei…"

„Vanessa hat keine Kosten", unterbricht sie Onkelmann.

„Wie meinst du das? Die zwei wohnen dort doch nicht *umsonst*?"

„Genauso *umsonst* wie du hier."

„Bezahlst du denen das alles?" Die Stimme meiner Mutter wird immer lauter.

Onkelmann zerquetscht plötzlich heftig seine Kartoffeln. Das bedeutet, er möchte, dass Mama den Mund hält. Mama sieht das Soßenboot, das er gebaut hat, eine Weile überrascht an. Dann lacht sie laut auf und sagt: „Nun, Pick-up, falls du mir *auch* eine Sitzgrube schenken willst, vergiss es! Brauch ich nicht. Viel zu umständlich. Da kletterst du eine halbe Stunde herum, um da wieder rauszukommen. Und diese Barmöbel sind bestimmt auch nicht billig. Aber wer will schon wie in einer Kneipe leben, oder?"

Mama beugt sich vor und zwickt Onkelmann in die Wange. Ich weiß, dass er das nicht leiden kann, aber sie hört einfach nicht damit auf. „Verrückt, nicht wahr, diese Vanessa hat alles, was ihr Herz begehrt, und doch kam es mir so vor, als ob sie eifersüchtig auf mich wäre. Die sah mich die ganze Zeit so merkwürdig an. Na ja, bei meiner guten Figur ist die dürre Zicke sicher vor Neid fast geplatzt."

Onkelmann zerlegt das Boot wieder und isst seinen Teller leer.

Mama ist auch fast fertig.

Ich habe noch nicht einmal die Hälfte geschafft.

„Und Greta hat dermaßen angegeben, stimmt's, Poppy?"

„Sie hatte leckeren Apfelsaft", sage ich.

„Greta prahlte damit, dass ihr Vater den ganzen Betrieb alleine schmeißt."

Onkelmann sieht Mama irritiert an.

„Ja", lacht Mama. „Während du immer behauptest, dass er in der Zeltfabrik nichts gebacken bekommt."

Das stimmt. Onkelmann hat schon oft gesagt, dass Tante Vanessas Mann so dumm ist wie ein Schweinehintern und dass er ohne Onkelmann nichts auf die Reihe bekommt.

„Was genau meinst du mit Zeltfabrik, Patricia?"

Mama glüht plötzlich im Gesicht. „Na ja, oder wie heißt es noch?"

„Weißt du denn, wie es heißt?", fragt er mich.

„Es ist ein Laden für Campingzelte", sage ich. „Für einen Urlaub."

„Genau. Und wie heißt ein solches Anhängerzelt?"

„Liberty. Das bedeutet Freiheit."

„Sehr gut, Poppy." Er legt seine Hand auf meinen Nacken.

„Ja, ja, ganz einfach, vier Hände auf einem Bauch. Macht nur!", sagt Mama.

„Wir müssen heute mal wieder deine Haare waschen, nicht wahr, Poppy?", sagt Onkelmann.

Es ist Sonntag. Sonntags, mittwochs und freitags wird mein Haar gewaschen. Ich mag es viel lieber, wenn Mama das macht. Aber nach dem Abendessen stellt Mama das Geschirr immer in die Spülmaschine und legt sich dann mit einer Lesemappe auf die Couch.

„Poppy hat kaum was gegessen", sagt sie. „Das kommt von den vielen Keksen bei Greta."

Ich hatte nur einen, aber das weiß Mama ja nicht.

„Noch fünfmal einen Bissen, dann bist du fertig", sagt Onkelmann.

Sie sehen mich beide streng an. Onkelmann, weil er denkt, dass es wichtig ist, dass ich esse, und Mama, weil sie es für wichtig hält, dass Onkelmann der Boss ist.

Meine Kehle ist wie zugeschnürt, sodass es mir schwerfällt zu schlucken. Aber ich trau mich nicht zu sagen, dass ich keinen Hunger hab.

Nach jedem Biss nehme ich schnell einen Schluck Wasser. Sobald mein Teller leer ist, steht Onkelmann sofort auf.

„Komm", sagt er.

Mama schaut Onkelmann an. Vielleicht hält sie es heute auch nicht für notwendig. Mein Haar ist noch sauber vom letzten Mal. Aber Mama sagt nur: „Eins kann ich dir sagen: Wenn ich eine solche Figur wie Vanessa hätte, würde ich mich nicht in einen so lächerlich engen Anzug reinpressen." Dann steht sie auf, um abzuräumen.

Onkelmann nimmt meine Hand und führt mich ins Badezimmer.

Schöner geht es nicht

Eigentlich heißt er Ludovicus, aber Mama nennt ihn immer noch Pickup, weil er uns mit seinem schwarzen Auto *abgeholt* hat. Pick-up ist ein englisches Wort und bedeutet abholen, hat Papa mir erklärt. Deshalb ist das jetzt sein Kosename. Er möchte, dass ich Papa zu ihm sage, aber ich vergesse es immer wieder. Ich denke, Onkelmann passt besser zu ihm.

Heute Morgen hatten wir im Auto ein *echtes* Gespräch. So nannte er es: ein echtes, ernstes Gespräch. Ich habe mich ganz erwachsen gefühlt. Denn es ist etwas Besonderes, wenn man sich mit jemandem gut unterhalten kann. Und er sagte, dass er mit mir gute Gespräche führen kann. Und dass ich sehr klug bin.

Er saß hinter dem Lenkrad des schwarzen Autos und rauchte eine Zigarre. Ich durfte neben ihm sitzen, dort wo sonst immer Mama sitzt. Ich konnte kaum atmen. Das lag am Zigarrenrauch, aber auch daran, dass er mich so gelobt hat. „Du bist ein besonderes Kind, Poppy", sagte er und schnallte mich an, „sehr lieb und sehr klug."

Er konnte den Gurt nicht richtig anlegen, sodass wir eine Weile eng zusammensaßen. Ich spielte währenddessen mit dem elektrischen Knopf am Fenster.

Dann meinte er: „Du darfst die Knöpfe nicht berühren. Und wenn du den Streifenpolizisten siehst, musst du dich ducken."

„Okay." Ein lustiges Spiel.

Die Polizei wohnt direkt gegenüber von uns, aber oft ist gar keine da. Onkelmann sagt, die Dienststelle ist fast nie besetzt. In unserem Viertel ist es so schön und ruhig, weil es hier keine Schwarzen gibt, hat er mir verraten.

Als der Gurt endlich einhakt, hauchte er mir in den Nacken. „Ich glaube nicht, dass es viele Papas gibt, die ihr Kind auf den Vordersitz lassen. Was meinst du?"

„Nein."

„Hast du ein Glück."

Ich schaute zur Seite auf seinen alten großen Kopf und dachte: *Ja, Mama und ich haben Glück. Wir sind ganz große Glückspilze.* Zuerst haben wir in einer winzigen Wohnung gewohnt, in der Mama den ganzen Tag die Haare von anderen Leuten geschnitten hat. Sie hatte kein Geld für silberne Kleidung oder blauen Lidschatten. Ich hatte keinen Vater und kein Fahrrad. Jetzt leben wir in einem braunen Schloss mit glänzenden Fußböden, weißen Teppichen und Vasen aus China, auf die ich nicht klettern darf, aber wo ich laut sein darf, nur nicht, wenn Onkelmann ein Nickerchen macht. Wir haben ein Blumenservice mit goldenem Rand, und jede Woche kauft Mama neue Schüsseln und Teller dazu. Mama hat jetzt sogar einen Pelzmantel und eine Putzfrau und drei Paar Ohrringe mit Diamanten. Ich habe mein eigenes Zimmer mit einem geheimen Schrank. Und ein Bett mit einer rosa Decke und Poster mit Babypferdchen an der Wand.

„Weißt du, wohin wir fahren?", fragte Onkelmann.

„Zum Spielzeugladen?"

Er nickte.

„Und weißt du, warum wir zum Spielzeugladen fahren?"

„Wegen der Ritter von Playmobil."

„Genau", sagte er, „die brauchst du."

Ich war mir nicht sicher, ob das stimmte. Aber ich wollte die Ritter wirklich gern haben.

Etwas wollen und etwas brauchen, ist das dasselbe?

Die Indianer hatte ich schon, also brauchte ich sie nicht mehr.

„Ja", sagte ich, „ich brauche die Ritter."

Wir fuhren aus der Stadt. „Wir müssen in eine andere Stadt", erklärte Onkelmann, „Playmobil gibt es in Aachen noch nicht in jedem Laden."

Ich nickte.

Dann sagte Onkelmann plötzlich ganz viele Sätze hintereinander, das macht er sonst nie. Aber deshalb war es eine echte Unterhaltung, glaube ich.

„Hör gut zu, Poppy. Es gefällt mir sehr, dass du und deine Mutter in mein Haus eingezogen seid. Das ist wirklich schön. Jetzt bin ich nicht mehr so allein. Das gefällt dir doch auch, oder?"

Ich nickte wieder.

„Dass du da bist, gefällt mir sehr. Deine Mutter und ich sind zwar sehr verschieden. Aber wir zwei sind uns in gewisser Weise ähnlich. Das liegt natürlich daran, dass wir am selben Tag Geburtstag haben. Das ist doch etwas Besonderes, oder was meinst du?"

„Ja, das denke ich auch." Und weil ich merkte, dass er oft das Wort *gefällt* benutzt hat, fügte ich hinzu, um ganz sicherzugehen: „Mir gefällt es auch, dass wir nicht mehr in dem Hochhaus wohnen."

„Das kann ich mir gut vorstellen", sagte er. „Und ich glaube, dass du niemals dorthin zurück möchtest. Weil du dort in einem Getto gelebt hast."

Ich wusste nicht, was ein Getto ist, aber ich sagte: „Ja."

„Du hattest dort nichts, oder?"

„Nein."

„Kein Geld, keine schönen Kleider, niemals Urlaub, niemals Geschenke …"

„Nichts", sagte ich.

„Das war sicher nicht schön?"

„Nein, nicht schön."

„Aber jetzt hast du alles."

„Ja", sagte ich, „schöner geht es nicht."

Draußen zogen die Wiesen und Kühe vorbei. Der Himmel war grau und düster. Großmutter Becker sagt dann immer: „Das richtige Wetter, um das Erbe zu teilen."

„Und soll ich dir noch etwas sagen? Dann musst du mich aber kurz ansehen."

Ich sah ihn an.

„Dass du und ich Freunde sind, Poppy, das ist das Wichtigste für mich. Wir sind vier Hände auf *einem* Bauch. Deshalb dürft ihr bleiben. Weil wir eine tolle Zeit zusammen haben. Denn wenn du nicht so ein liebes Kind gewesen wärst, hätte ich euch schon nach nur einem Tag zurückgeschickt. Wirst du dir das gut merken?"

Wieder ein Nicken.

„Glaubst du, dass du immer lieb bleiben wirst, Poppy?"

Ich werde schon ganz müde vom vielen Nicken.

„Verstehst du, was ich sage?"

„Ja, Onkelmann", sagte ich.

„Du musst mich wirklich nicht mehr Onkelmann nennen", sagte er. „Warum sagst du nicht einfach Papa zu mir? Du weißt doch, dass mir das viel besser gefallen würde?"

Ich wusste nicht, ob ich es ihm wirklich sagen sollte. Er ist einfach kein Papa. Er ist ein Herr. Ein Onkel. Er ist der Boss. In seinem grauen Anzug, mit dem Kopf eines alten Mannes, der Brille und den riesigen Ohrläppchen.

„Es ist nur, weil ich schon einen Papa habe", sagte ich.

Onkelmann sah mich überrascht an. Vielleicht weiß er es nicht, dachte ich. Vielleicht hatte Mama vergessen, es ihm zu erzählen. Ich hoffte nur, dass es ihn nicht traurig machen würde, aber ich finde, er sollte es schon wissen.

„Deshalb kann ich dich nicht Papa nennen", erklärte ich ihm, „denn wenn mein Papa zurückkommt, habe ich plötzlich zwei, und vielleicht wird es dann ein bisschen unordentlich."

Onkelmann rauchte und schüttelte den Kopf. „Du hast keinen Vater mehr."

„Doch", sagte ich, „in Köln."

„Wie bitte?"

„Er hat mit der Musik in Köln die Flatter gemacht. Das hat Oma gesagt."

Wir standen eine Weile mit dem schwarzen Auto vor einer roten Ampel und schwiegen. Onkelmann rauchte weiter, aber er sah wütend aus. Großmutter Becker kann er nicht leiden. Dabei hat er sie noch nie getroffen, und das will er auch nicht. Er will auch Tante Herta oder Onkel Karl nicht sehen. Tante Herta ist die Mamas Schwester. Sie lebt zusammen mit Onkel Karl und ihren drei Kindern in Hürtgenwald.

Dort sind sie gut aufgehoben, meint Onkelmann. Ich glaube das nicht, weil sie nie Geld haben und weil sie in einem Wald wohnen. Das hört sich gruselig an. Bestimmt ist es ein dunkler Wald, in dem Kinder verschwinden und von Hexen mit glühenden Augen aufgefressen werden.

Oma hat schon siebzehnmal angerufen, um zu fragen, wann sie endlich unser neues Haus besichtigen darf, aber Mama sagt immer, sie sei gerade zu beschäftigt. Viel zu beschäftigt …

Sobald sie aufgelegt hat, sagt sie schnell: „„…mit Shoppen, Poppy", und dann lacht sie laut, aber es klingt nicht vornehm.

Als die Ampel wieder grün wurde, fragte Onkelmann: „Weißt du denn, was *mit der Musik die Flatter machen* wirklich bedeutet?"

Ich schließe meine Augen und sehe meinen jungen, schönen Vater vor mir. Er läuft ganz hinten in der Musikkapelle. Die Musik klingt superfröhlich. Mein Vater spielt kein Instrument, sondern marschiert nur wie ein Soldat und klatscht dabei im Takt in die Hände und schwingt seine Arme ganz doll. Köln ist so weit weg, und alle lieben es, dorthin zu flattern.

„Das bedeutet, dass er unauffindbar ist", sagte Onkelmann.

Er merkte, dass ich immer noch nicht verstand, was gemeint war. „Die Flatter machen, das bedeutet, dass er fortgegangen ist und nie wieder gefunden werden *will*. Dein Vater wollte nicht mehr länger dein Papa sein."

„Warum nicht?"
„Weil er dich nicht genug mochte."
Mama hat mir das nie gesagt.
„Also die Chance, dass du deinen Vater jemals wiedersehen wirst, ist gleich null."
Ich spielte mit dem Reißverschluss meiner Jacke, während er redete und redete.
„Es ist eine Tatsache – weißt du, was das ist, Poppy, eine Tatsache? Das ist etwas, das sicher ist –, es ist eine Tatsache, dass dein Vater dich nicht liebt und sich nicht um dich kümmert. Also ist es besser, ihn zu vergessen. Sieh mich an, Poppy, verdammt, ich rede mit dir."
Ich sah ihn an.
„Ich versuche, dir die ganze Zeit zu erklären, dass du wirklich lieb bist", sagte er. „Deshalb möchte ich dein Vater sein. Dann kann ich auf dich aufpassen."
Er drückte seine Zigarre aus, legte seine Hand auf meinen Kopf und lenkte mit *einer* Hand weiter. Es fühlte sich sicher an, diese große Hand auf meinem Haar.
„Heiratest du meine Mama?", fragte ich.
Ich weiß, dass Mama sich das wirklich wünscht. In den letzten Wochen hat sie Bilder von Brautkleidern aus Zeitschriften herausgerissen und sie auf den braunen Tisch neben seinem Frühstücksteller gelegt. Er schaut sie sich nie an.
„Wirst du immer lieb bleiben?", fragte er.
„Ja", sagte ich.
„Ja, was?"
„Ja, gern."
„Nein, Poppy. Nicht Ja gerne. Wer bin ich?"
Ich musste kurz nachdenken.
„Wer bin ich?", fragte er erneut.
Dann begriff ich, was er meinte. „Ja, Papa."
Er nickte mir zu und sagte: „Also, das war jetzt eine echte Erwachsenenunterhaltung, Poppy. Wir verstehen uns."
Er parkte das Auto und stellte den Motor ab. Dann bückte er sich, um den Sicherheitsgurt zu lockern. Er tat es wieder sehr umständlich. Er packte den Gurt mit einer Hand und glitt dabei mit der anderen in meine Hose.
Eine Frau mit einem Hund stand auf dem Bürgersteig. Sie lächelte mich an. Ich lächelte zurück.
„Da ist eine Frau mit einem Hund", sagte ich.

Er zog seine Hand raus. Das Öffnen des Sicherheitsgurts klappte sofort.

Als wir etwas später ausstiegen, legte er seinen Arm um mich. Wir gingen zum Spielzeugladen, wo er alle Ritterpuppen auf einmal kaufte. Er bezahlte mit Scheinen, die er aus seiner Handgelenktasche nahm.

Der Ladenmann lächelte mich an. „Du hast Glück, so einen Großvater zu haben."

„Ich bin ihr Vater", sagte Onkelmann.

„Oh, entschuldigen Sie!" Der Verkäufer hatte jetzt einen hochroten Kopf, wie Mama manchmal, wenn Onkelmann sie ausschimpft. Onkelmann zwinkerte mir zu. Ich nickte zurück, weil ich immer noch nicht zwinkern kann, aber ihm zeigen wollte, dass wir vier Hände auf einem Bauch sind.

Ja, ich dachte, dass ich wirklich ein Glückspilz bin. Wenn dies mein Vater ist, sind wir sicher *und* anständig *und* ich bekomme für den Rest meines Lebens alles von Playmobil. Er kümmert sich um uns. Mama will das so, und sie braucht das. Deshalb ist sie auch ein Glückspilz.

Ein gut situierter Uhu

„Geld spielt überhaupt keine Rolle", rief Mama, als wir Yvonnes Brautparadies betraten. Wir sind extra für diesen riesigen Laden nach Düsseldorf gefahren. Und weil Geld keine Rolle spielt, bedient uns Yvonne persönlich. Mein neuer Vater ist *ein gut situierter* Mann. So stand es in der Anzeige: *Gut situierter Mann sucht eine Haushaltshilfe.* Mama hat den Zeitungsausschnitt die ganze Zeit in ihrem Portemonnaie aufbewahrt, weil es so ein Knaller ist. Dass sie zuerst seine Haushälterin werden sollte. Aber das geschah nicht, weil Papa beim ersten Mal, als er sie traf, sich wahnsinnig in sie verliebt hatte. Mama erzählt Yvonne die ganze Geschichte, und ich höre aufmerksam zu.

„Als wäre es gestern gewesen", sagt Mama. „Ich sehe mich immer noch mit dieser Anzeige in meinen Händen. Ich klingle an der Tür dieser riesigen Villa, und ein hübscher junger Mann öffnet mir. Ich sage: Hallo, ich bin Patricia aus Alsdorf. Ich bin eine alleinerziehende Mutter und komme wegen des Jobs als Haushälterin. Er sagte erst mal gar nichts, und dann stammelte er: Hallo, ich bin Ludovicus, ich habe noch nie eine so schöne Frau wie dich gesehen. Da verdiene ich tonnenweise Geld, obwohl ich kaum dreißig bin, aber jetzt bleibt mir einfach die Spucke weg. Jedenfalls bist du viel zu hübsch, um hier zu staubsaugen. Komm erst mal rein!"

Yvonnes Mund steht ein wenig offen.

„Das ist doch filmreif, oder?", fragt Mama grinsend.

Yvonne und ich schauen beide sehr überrascht.

Wie ein Affe auf einer rostigen Glocke, würde Großmutter Becker sagen. Yvonne sieht so aus, weil sie das bestimmt nicht filmreif findet, und ich, weil ich diese Geschichte heute zum ersten Mal höre. Und ich weiß auch nicht, welchen jungen, gut aussehenden Kerl Mama meint. Papas Haare wachsen ihm aus den Ohren.

„Ja, so einfach kann das sein", plappert Mama weiter, „so kann es im Leben gehen. Du gehst hin, um den Boden zu wischen, und nur ein Jahr später wirst du in die Flitterwochen kutschiert."

Yvonne sagt, dass das ganz fantastisch ist und sie fast heulen muss. Dann schaut sie mich an. „Und wie alt bist du?", fragt sie. „Fünf?"

„Fast sieben", antwortet Mama. „Sie will nicht essen, deshalb ist sie so dünn. Er liebt sie, als wäre sie sein eigenes Kind. Ist das nicht wunderbar?"

Als die Anprobe beginnt, darf ich auch in die Kabine zu Mama, um alle Reißverschlüsse zu öffnen und zu schließen. Wir verbringen darin Stunden und Mama probiert eine Million Kleider an, glaube ich. Irgendwann fange ich an, hungrig zu werden, aber Mama kann nicht aufhören, die weißen Kleider an- und auszuziehen und ich kann das verstehen, weil die Kleider so schön an ihr aussehen. Yvonne sieht das auch so, denn jedes Mal, wenn Mama aus der Kabine kommt, sagt sie: „Oh mein Gott, das hier wird dem glücklichen *Kitt* aber gefallen".

Sie nennt Papa einen *Kitt*, obwohl er mit seiner großen Brille wie ein gut situierter Uhu aussieht, aber das weiß Yvonne ja nicht. Egal.

„Klebstoff bleibt Klebstoff", sagt Großmutter immer, „ob *Uhu oder Kukident.*"

Bei einigen Kleidern meint Yvonne, sie hätten ein echtes Gütesiegel, irgendwann sagte sie dann beides zusammen: „Dieses Traumkleid hat ein echtes Gütesiegel, das dem glücklichen *Kitt* gefallen wird".

„Aber ich finde, sie sind alle zu hoch geschlossen, hier oben." Mama zeigt auf ihren Busen.

„Das ist jetzt modern", sagt Yvonne.

Mama zieht das Kleid bis zu ihrer Unterhose hoch und deutet hin: „Und unten finde ich sie alle zu lang. Ich habe doch schöne Beine, oder, Yvonne?"

„Das lässt sich weiß Gott nicht bestreiten."

„Na, dann wäre es doch eine Todsünde, sie zu verstecken?"

Yvonne hält es auch für eine Todsünde und führt uns in die einzige Ecke des Ladens, wo wir noch nicht waren. Dort gibt es einen großen weißen Schrank.

„Hier sind die ganz modernen Designer, Frau Becker. Für den exquisiten Geschmack."

Mamas Augen fangen an zu leuchten, als Yvonne den Schrank öffnet. Die Kleider springen alle gleichzeitig heraus – eine große weiße Tüllwelle aus Glitzer, Perlen und Spitze.

„Und, hat der glückliche *Kitt* selbst schon eine Wahl getroffen?"

„Wer?"

„Ihr Zukünftiger, was wird er anziehen?"

„Oh, der. Diesem Mann steht einfach alles, manchmal bin ich ganz neidisch", sagt Mama. „Wenn ein Kerl so jung und knackig ist wie er, kann er praktisch in Jeans heiraten."

Jeans? Papa?

„Aber Geld spielt bei ihm ja nie eine Rolle, also wird es sicher etwas ganz Besonderes sein."

„Sie haben aber wirklich das große Los gezogen mit so einem tollen Mann. Hat er vielleicht noch einen Bruder?"

Yvonne und Mama lachen. Dann bekommt Mama ein Kleid, das sich stark unterscheidet von all den Kleidern, die sie davor anprobiert hat. Es ist superweiß und funkelt von allen Seiten. Oben sieht man viel von Mamas Brüsten, unten ist es sehr kurz und hinten sehr lang. Yvonne sagt, dass dieses unglaublich schöne Kleid wie für Mama geschaffen ist und sie in ihm sicherlich viel Aufsehen erregen wird und dass es an einem so wichtigen Tag doch vor allem darum geht, dass er unvergesslich wird. Das denkt Mama auch. Yvonne sagt, dass sie aus dem gleichen Stoff noch ein Taschentuch für den Anzug des Glücklichen und ein Kleid für mich anfertigen könnte! Es kostet etwa zweitausend Mark, und es dauert drei Wochen, bis alles fertig ist.

„Was meinst du, Poppy?", fragt Mama. „Wollen wir das machen? Du wie eine kleine Braut?"

Ich nicke. Yvonne fragt, ob Mama noch weitere Wünsche hat.

„Nein, ich glaube, das wäre dann alles."

„Haben Sie denn schon etwas Blaues?"

„Blaues? Wieso?"

„Für das Glück", antwortet Yvonne. „Man muss immer etwas Altes, etwas Neues, etwas Geborgtes und etwas Blaues haben, so sollte es sein."

„Was für ein Unsinn! Ich mag keine alten oder geliehenen Klamotten. Und borgen hab ich nicht nötig. Das Kleid ist brandneu, das reicht doch, oder?"

Manchmal soll man dem Glück immer eine helfende Hand reichen, behauptet Oma.

Mama zwinkert der Verkäuferin zu und sagt: „Wissen Sie was, Yvonne? Wenn der große Tag kommt, ziehe ich einfach ein sexy blaues Spitzenhöschen an. Das hilft dem Glück auf die Sprünge, glaub mir!"

Das Glück besteht nur aus Buchstaben, meint Oma Becker und dass Mama bei meinem schönen, jungen Papa mit einem blauen Auge davongekommen ist. Bei der Hochzeit mit ihm hat Mama bestimmt keine blaue Unterhose getragen. Deshalb hat Papa mit der Musik die Flatter gemacht. Nicht weil er mich nicht mehr liebhat.

Das Hintertürchen

„Du lieber Himmel", sagt Oma, als sie endlich kommen darf, um sich unser neues Haus anzuschauen. Großmutter Becker ist klein, breit und immer wütend. Mama sagt, sie hat eine Taille von einem Meter vierzig, das wäre ihr Gürtel. Oma nennt es den Stau am mittleren Ring. Finde ich komisch, denn sie ist doch keine Autobahn. Tante Herta und Onkel Karl sind zum Glück nicht mitgekommen. Tante Herta sagte am Telefon zu Mama, dass sie sich jetzt nicht plötzlich einbilden soll, die Königin zu sein.

„Da hast du sicher recht", erwiderte Mama. „Ich wohne ja nur mit meinem Millionär in einem Palast in Aachen, aber du hockst immer noch auf drei Quadratmetern in Hürtgenwald mit dem schnieken Karl *und* seiner Prothese *und* seiner chronischen Harnwegsinfektion."

Darauf sagte Tante Herta etwas Merkwürdiges: Wenn man einen Haufen Scheiße lila färbt, bleibt es dennoch Scheiße. Aber warum sollte jemand so was tun? Bevor ich Mama fragen konnte, hatte sie schon den Hörer aufgeknallt. Wir haben uns das ganze Gespräch zusammen mit Papa noch einmal auf seinem neuen Tonbandgerät angehört. Es steht in seinem Büro unter einer transparenten Plastikhaube. Papa sagt, es schaltet sich ein, sobald jemand das Telefon abnimmt.

Mama hat nicht gewusst, dass alles aufgenommen wurde, aber als Papa uns ihr Gespräch mit Tante Herta noch einmal vorspielte, hat sie ihn dreimal gebeten, es zurückzuspulen, so lustig fand sie es.

„Verdammt, Patricia, das ist richtig schön hier, du hast sogar den Wald in der Nähe."

Mama ist so stolz. Sie zeigt Oma alles, die Zimmer, das Geschirr, die Vasen und ein Bild meines neuen Vaters, damit Oma weiß, wie er aussieht, denn Papa ist in der Firma.

Großmutter hält das Foto ganz nah an ihre Augen. „Der hat auch kein Gesicht für den Spiegel", meint sie. „Es sieht aus wie eine Bowlingkugel. Wie war noch mal sein Name?"

„Ludovicus."

„So einen Namen in Butterbuchstaben kriegste auch nur, wenn du was Besseres bist."

Oma Becker spricht sehr laut und nicht sehr vornehm. Opa Becker macht das auch. Ich mag ihn nicht, aber ich sehe ihn kaum, weil er trinkt, und dann kommt man nicht viel an die frische Luft. Großmutter sagt, dass er sich gestern bei einer Prügelei in der Kneipe die Nase gebrochen hat.

„Rate mal, wer letzte Woche vor meiner Tür stand", fragt Großmutter.

„Und wer?"

„Jobst."

„Jobst?" Mama zieht die Stirn zusammen. „Was wollte der denn?"

„Mit mir Tischtennis spielen, was glaubst du? Er wollte natürlich wissen, wo du wohnst. Er möchte Poppy sehen."

Mama wird ganz blass im Gesicht.

„Was hast du ihm gesagt?"

„Dass der Arsch sich vom Acker machen soll."

„Und dann?"

„Dann nichts mehr."

„Meint ihr meinen richtigen Vater?", frage ich gespannt.

Mama und Großmutter reden weiter, als wäre ich nicht da.

„O mein Gott, o mein Gott!"

Ich glaube, Mama ist entsetzt.

„Er kann nichts machen. Was kann er schon tun?", fragt Oma.

„Er könnte Poppy entführen, um Geld zu erpressen", ruft Mama, während sie auf mich zeigt.

Großmutter schreit jetzt auch. „Was regst du dich denn auf? Er bekommt doch schon jeden Monat Knete?"

„Wer bekommt Geld?"

„Na, Jobst!"

„Von wem?" Mama ist wirklich in Panik.

„Vom Weihnachtsmann, wem sonst!"

„Weihnachtsmann?"

„Na, von der Bowlingkugel!"

Weil Mama immer schneller atmet und immer noch nicht begreift, was Oma meint – und ich auch nicht –, zeigt Großmutter auf das Bild meines neuen Vaters.

„Solange Jobst sich von dir fernhält, muss er keinen Unterhalt zahlen. Und bekommt noch jeden Monat ein schönes Sümmchen dazu."

Mama ist plötzlich ganz still.

„Hallo, aufgewacht?", fragt Oma.

„Woher weißt du das?", fragt Mama.

„Das hat mir Jobst selbst erzählt, als er vor meiner Tür stand." Großmutter sagt es laut und deutlich, als ob sie mit einem kleinen Kind sprechen würde.

Mama ist ganz still. Dann lächelt sie mich an. „Hast du das gehört, Poppy? Papa hat das wieder für uns geregelt."

„Wie kommt es, dass du davon nichts weißt." Großmutter macht ihre Augen noch kleiner. „Es ist doch auch dein Geld, du bist ja schon bald die Frau von der Bowlingkugel."

„Das interessiert mich nicht."

„Sicherheitshalber würde ich mal dafür sorgen, dass alles schwarz auf weiß auf dem Papier steht", meint Oma.

Großmutter steckt ihre Nase in jedes Eck im Haus. Sie beginnt in der Küche, wo sie alle Schränke öffnet. Dann geht sie weiter zu Mamas und Papas Schlafzimmer, wo sie sich sogar auf den Boden legt, um unter dem Bett nachzusehen. Im Wohnzimmer nimmt sie alle Lederbände aus dem Regal, um zu schauen, ob etwas dahinter versteckt ist. Aber da ist nichts. Sie sucht keuchend weiter. Zu guter Letzt will sie in Papas Büro.

Mama und ich glauben nicht, dass das eine gute Idee ist, denn Papa könnte ja früher nach Hause kommen. Aber Großmutter will nicht auf uns hören und rumpelt hinein. Sie sagt, sie hat das Recht zu wissen, welche Art von Fleisch in der Wanne liegt. Aber sie ist nicht mal im Bad.

Nach dem Tonbandgerät ist für Großmutter der Tresor am interessantesten. Er ist in der Wand. Davor hängt ein Bild von einem dicken braunen Pferd, aber Oma merkt sofort, dass das Bild nur dazu da ist, um etwas zu verbergen. Sie dreht eine Weile den großen Knopf mit den Zahlen auf der Vorderseite, aber natürlich passiert nichts, weil sie den Code nicht kennt. Mama und ich wissen auch nicht, was im Tresor ist.

„Darin liegen bestimmt seine Millionen", behauptet Großmutter. Sie steht mitten in Papas Zimmer und stemmt die Hände in die Taille, obwohl da gar keine ist. „Du musst den Zahlencode herausfinden. Dann hast du ein Hintertürchen. Man braucht immer ein Hintertürchen."

„Ich nicht, ich gehe nur durch die Vordertür!", sagt Mama stolz.

„Bist du wirklich so blöd, oder tust du nur so?", schnauzt Oma sie an.

Ich sehe, dass Mama das Gespräch jetzt unangenehm findet, denn sie seufzt laut und fragt: „Möchtest du vielleicht noch eine Tasse Kaffee, bevor du dich vom Acker machst?"

„Schmier dir deinen Kaffee doch ins Haar", brummt Großmutter, hängt wütend das Bild zurück und tritt gegen Papas Schreibtisch. „Scheiße!"

Eine Stunde später verlässt Oma das Haus mit zwei vollen Einkaufstaschen: Reis, Makkaroni, Chips und Maggi hat sie aus der Speisekammer geholt und zwei Schnapsflaschen aus dem Barschrank und Käse, Cola und Butter aus dem Kühlschrank. Oben fehlen drei Paar dunkelbraune Socken und zwei hellblaue Hemden im Schrank meines Vaters.

„Hat deine Großmutter viel mitgenommen?" Er wedelt mit dem Foto. Das Polaroid ist jetzt noch schwarz, aber bald werden wir sehen können, was drauf ist. Es ist wie ein Zaubertrick.

„Geht schon, nicht so schlimm", antworte ich.

„Hat sie in die Schränke geschaut?"

„Nur ganz kurz."

„Du musst mich nicht anschwindeln. Ich weiß immer mehr, als du glaubst. Das darfst du nie vergessen."

Papa hat seine Tricks, er hat sie mir selbst gezeigt und „Pst!" gemacht. Er spannt nämlich immer unsichtbare Fäden oder Klebeband, denn so kann er sehen, ob jemand in seinem Arbeitszimmer war.

„Schau jetzt hin", sagt er. „Gleich werd ich dich auf das Foto zaubern."

Ich stehe im Wohnzimmer. Ich bin ganz weiß und nackig. Papa wedelt noch ein wenig weiter, damit die Farben besser werden.

„Das werden wir jetzt jeden Sonntagmorgen machen. Es ist nämlich wichtig, dass wir genau sehen können, wie du wächst."

Er setzt mich auf die Couch und macht noch zwei weitere Fotos. Einmal soll ich die Beine geschlossen halten und einmal aufmachen. Danach darf ich wieder aufstehen. Aber jetzt geht er in die Hocke und knipst mich von unten. Ich soll stillstehen. Darum schaue ich mir eine Stelle auf dem Teppich an und drücke erst das eine, dann das andere Auge zu, sodass die Stelle lustig von links nach rechts springt. Als ich es ein paarmal gemacht habe, merke ich, dass ich die Dinge hin und her zaubern kann. Und mich selbst vielleicht auch.

„Was machst du da, Poppy?"

„Gar nichts."

Er zieht seinen Pyjama aus.

Ich schaue auf die Tür.

„Sonntags schläft sich Mama aus, das hat sie sich auch verdient", sagt er. „Und wir zwei brauchen Zeit füreinander, um uns richtig kennenzulernen."

Er dreht sich um und faltet seine Hose ordentlich zusammen.
Ich zwinkere mir in der gläsernen Gartentür zu. Er darf nie erfahren, dass ich das kann.
Zwinkern gehört mir. Es ist mein Zaubertrick.

Liberty de luxe

„Die Firma meines Vaters ist auf der anderen Seite der Hauptstraße." Ich stehe vor der Klasse. Dies ist mein erstes Referat, das ich mit meinem Vater zu Hause laut geübt habe.
Jeden Mittwoch kann jemand etwas über die Arbeit seines Vaters erzählen. Ich habe das Wort Liberty an die Tafel geschrieben und zeige darauf. „Das ist seine Handelsmarke: Liberty. Das bedeutet Freiheit auf Englisch. Es sind zusammenklappbare Campingzelte für den Urlaub. Mein Vater hat sie erfunden."
„Ihr Vater ist mein Großvater", ruft Greta, „sie spricht von meinem Opa!"
„Schön, Greta, wir haben dich gehört. Vorhin auch schon", sagt Herr Hoffmann.
Es ist das dritte Mal, dass Greta mich unterbricht. Der Lehrer nickt mir zu. „Weiter, Poppy, lass dich nicht stören, du machst das sehr gut."
„Die Libertys werden in Polen hergestellt, und wenn sie dort fertig sind, kommen sie mit dem Zug nach Aachen."
„Mein Vater hält den Laden auf Trab", funkt Greta dazwischen. „Ohne den läuft gar nix!"
„Greta!" Die Stimme von Herrn Hofmann klingt bedrohlich.
„Ja, was?" Ihr *was* klingt wie *wat* und hört sich ein bisschen brutal an.
„Poppy tut so, als sei sie etwas ganz Besonderes, weil mein Großvater ihr jede Woche zehn Barbies schenkt, aber mein Vater ist der beste Verkäufer in dem gesamten Laden."
„Du gehst jetzt mal einen Moment nach draußen, Greta, und wartest auf dem Gang." Herr Hofmann hat noch nie jemanden hinausgeschickt. Greta wird zuerst schrecklich rot. Dann macht sie den Mund ganz weit auf und plärrt: „Warum muss ich auf den Gang? Das ist unfair! Es geht doch um *meinen* Großvater! Ich weiß viel mehr über ihn als sie!"
„Greta, es reicht!" Herr Hoffmann steht auf.
„Sie bekommt alles von ihm! Sie hat das gesamte indische Dorf von Playmobil, sie darf jeden Tag neue Kleider tragen, sie fährt die ganze

Zeit in den Urlaub nach Frankreich, und wenn sie sieben wird, bekommt sie ihr eigenes Pferd! Als ich Geburtstag hatte, kriegte ich bloß einen doofen Hüpfball!"

„Greta, verdammt noch mal. Ich habe dir gesagt, dass es reicht." Herr Hoffmann packt Gretas Arm.

„Aua!"

„Nix aua, du hältst den Mund. Raus mit dir!"

Aber Greta denkt gar nicht dran. Sie zeigt auf mich. „Ich weiß ganz genau, warum das alles so ist. Du glaubst, niemand weiß es, oder? Aber ich weiß es."

Ich bekomme eine Gänsehaut, und mir wird ganz schwitzig. Das ist nicht möglich. Sie kann es nicht wissen. Niemand kann das. Ich schaue Herrn Hoffmann an, der große Schwierigkeiten hat, Greta aus dem Unterricht zu entfernen. Er muss sie mit zwei Händen festhalten und mit einem Fuß die Zimmertür aufstoßen. Greta windet sich und zappelt weiter und wird immer lauter: „Ich weiß genau, warum das so ist! Warum du die ganze Zeit alles von Opa bekommst. Meine Mutter hat es mir verraten!"

Ich möchte, dass die Schule einstürzt und Lava aus der Decke kommt, dass der Boden aufreißt und wir alle hineinfallen. Dass ein Kampfjet durch den Raum fliegt und bei jedem das Trommelfell platzt. Dann sind alle taub oder tot, und Greta kann nicht mehr sagen, was sie sagen will. Aber nichts passiert, und jeder kann sie hören, als sie kreischt. „Poppys Mutter ist eine Hure!"

Ich weiß nicht, was eine Hure ist, aber anscheinend ist es etwas Schlimmes, denn die ganze Klasse starrt mich entsetzt an. Und ich habe den Lehrer noch nie so wütend gesehen.

Ich setze mich und rülpse vor Erleichterung.

Herr Hoffmann glaubt, dass ich unter den gegebenen Umständen immer noch sehr gut abgeschnitten habe. Und wenn Greta nicht so widerspenstig geworden wäre, hätte ich auch die Fragen der Klasse beantworten können. Ich bekomme deshalb den Aufkleber eines Clowns auf meiner Stirn.

Ich bin glücklich, aber auch enttäuscht, und ich denke, Herr Hoffmann sieht mir das an, weil er mich nach dem Schlussgong um zwölf Uhr fragt, ob ich ein bisschen länger bleiben möchte, um es *wirklich* zu beenden. Er stellt viele Fragen zu Liberty, und ich weiß auf alles eine Antwort, und dann essen wir eine Mandarine.

Ich lächle ihn an. Er lächelt zurück. Wenn Herr Hoffmann lacht, lächeln seine Augen mit.

„Herr Hoffmann?"
„Ja, Poppy?"
„Was ist eine Hure?"
Er muss erst darüber nachdenken. Es dauert fast eine Minute. Dann sagt er: „Es ist ein Schimpfwort, ein schlimmes Wort. Und es war sehr hässlich von Greta, das über deine Mutter zu sagen."
„Aber was bedeutet es?"
„Etwas Hässliches."
„Oh!"
„Und es ist sicher nicht wahr."
„Okay."
Dann öffnet er seinen Mund und schließt ihn wieder. „Nun", sagt er schließlich und schaut auf seine Uhr.
„Ja", sage ich.
„Deine Mutter wartet bestimmt schon eine Weile auf dem Schulhof."
„Ja", sage ich noch einmal.
„Du musst hungrig sein."
„Geht schon."
„Zumindest ich habe jetzt großen Appetit."
Herr Hoffmann geht zur Tür. Ich folge ihm langsam.
„Poppy?"
„Ja?"
„Möchtest du mir noch etwas sagen?"
Darauf weiß ich keine Antwort.
„Was ist denn nur alles in deinem Kopf?", fragt er.
„Gar nichts."
„Ich glaub dir kein Wort", sagt er und drückt seinen Daumen auf den Stirnaufkleber. Ich schließe meine Augen und lehne mich sanft an seinen Daumen. Ich könnte für den Rest meines Lebens so stehen bleiben.
Doch dann schaut Herr Hoffmann zum zweiten Mal auf die Uhr und meint, ich müsse jetzt aber unbedingt raus, weil Mama sonst sicher die Polizei anrufen wird.

Something in the way he moves

In den Wochen vor der Hochzeit ist Mama so fröhlich, wie ich sie noch nie erlebt habe. Sie singt Liebeslieder und cremt sich jeden Morgen mit Selbstbräuner ein. Sie möchte die ganze Zeit über den großen Tag sprechen, besonders mit Papa, aber er antwortet ihr nicht. Mama kümmert es nicht, sie plappert einfach weiter. Über ihr Kleid. Über den Kuchen. Über die Musik. Es kommen keine Gäste, nur ich. Mama fand das anfangs total blöd, aber als Papa sagte, sie könne zwischen einer Hochzeit auf seine Art oder gar keiner Hochzeit wählen, entschied sie sich für die Hochzeit von Papa.

„Weißt du, was dein Problem ist?", sagt sie hin und wieder zu ihm. „Du bist eigentlich nur schrecklich eifersüchtig, weil du mich für dich allein haben möchtest. Denn wenn du mich später in diesem weißen Kleid siehst, wirst du völlig durchdrehen. Das ist der reine Wahnsinn! Und da kann ich schon verstehen, dass du lieber nicht möchtest, dass andere Männer mit deiner sexy Braut tanzen."

Wenn Mama so etwas sagt, blitzen ihre Augen, aber Papa schaut die ganze Zeit in die Zeitung oder auf sein Essen.

Dann kommt endlich der große Tag. Mama und ich sitzen am frühen Morgen an ihrem Schminktisch, um uns schön zu machen. Wir haben bereits unsere Kleider und Schuhe angezogen. Ich habe warme Rollen in meinen Haaren. Sie sind sehr nah an meinem Kopf aufgerollt und fühlen sich heiß auf meiner Haut an. Ich sehe, wie Mama mit dem Zeigefinger blauen Lidschatten auf ihre Augen malt. Danach zerzaust sie sich die Haare stark, damit sie sehr hoch werden. Sie sprüht Haarspray in alle Richtungen, also auch direkt in mein Gesicht.

Mama hat sich etwas zu oft mit der braunen Salbe eingecremt, ihr Körper ist orange gefärbt. „Schau, Poppy, ich sehe aus wie eine Orange", sagt sie. „Zum Glück bin ich ansonsten hübsch."

Papas neuer Anzug liegt auf dem großen Bett. Man sieht ihn kaum, denn er ist genauso weiß wie das Bettlaken. Papa will keine besondere Kleidung, er will seinen eigenen Büroanzug tragen, der so dunkelbraun wie das Schloss ist. Das weiß Mama auch. Trotzdem gefällt ihr das überhaupt nicht, und gestern rief sie plötzlich: „In dieser Kluft geht er nur über meine Leiche zum Standesamt." Dann sind wir schnell in die Einkaufsstraße gefahren und fanden den weißen Anzug in einem speziellen Herrengeschäft. Er kommt aus Italien. Das Einstecktuch von Yvonne ist bereits in der Brusttasche und Papa bekommt auch weiße Lackschuhe. Mama hofft, dass der Anzug nicht zu eng ist, weil Papa keine Anprobe hatte. Er ist heute Morgen zur Arbeit gegangen und holt uns um halb elf ab.

Mama wird immer unruhiger. Sie greift mit zwei Händen in ihre Schüssel mit den Ohrclips. Für sich wählt sie Clips mit glänzenden Steinen und Perlen und für mich nur mit Perlen. Sie sind ganz schön schwer. Ich spüre, wie mein Herz in meinen Ohrläppchen schlägt.

Die Rollen gehen raus, und als ich in den Spiegel schaue, erschrecke ich über meinen Lockenkopf, aber Mama sagt „Perfekt", und bindet eine weiße Schleife hinein. Gerade rechtzeitig zur Spraydose schließe ich die Augen. Sie sprüht meine Locken, bis sie steinhart sind. In der Zwischenzeit geht sie noch einmal alles mit mir durch.

„Du trägst den Korb mit den Rosenblüten, Poppy."
„Ja."
„Wann wirst du die Blüten werfen?"
„Am Ende."
„Was hustest du denn die ganze Zeit?"
„Von der Spraydose."
„Der Kassettenrekorder. Wo ist der Kassettenrekorder?"
„Hier."
„Ist das richtige Band drin?"
„Ja."
„Weißt du, wann du *Play* drücken sollst?"
„Ja."
„Und *Stop*?"
„Ja."
„Und die B-Seite ist für das Ende, nachdem wir gesegnet sind."
„Dann kommen die Rosenblüten."
„Du bist ein kluges Mädchen."

Ich höre Papas Auto vorfahren. Mama schaut auf die Uhr und sagt, es wird Zeit. Sie nimmt ihren Brautstrauß und steht in der Mitte des Schlafzimmers, mit *einem* Arm in Seide und dem anderen nackt, das orangefarbene Bein streckt sie raus. Genau wie ein Fotomodell.

Als Papa hereinkommt, sagt er nur: „Seid ihr fertig?"
„Das siehst du doch?" Mamas Stimme klingt ein bisschen wütend.

Aber Papa sieht gar nichts, nicht einmal Mamas schönes Kleid und den weißen Anzug, der auf ihn wartet. Mama zeigt darauf und fordert ihn auf, ihn schnell anzuziehen.

„Unsinn." Papa verlässt den Raum.

„Was wirst du tun, Pick-up?", ruft Mama ihm nach.

„Ich bin im Auto."

„Verdammt", sagt Mama.

Ich nehme den Kassettenrekorder und meinen Korb mit Rosenblüten und folge Papa. Als ich zum Auto komme, raucht er hinter dem Lenkrad, aber als er mich sieht, steigt er schnell aus, um die Tür für mich zu öffnen.

„Was zum Teufel hast du denn alles dabei?", fragt er.

„Nichts Besonderes", sage ich, weil ich weiß, dass Mama möchte, dass es eine Überraschung wird.

„Nun, du siehst wunderschön aus", sagt er. „Sollen wir schnell wegfahren?" Er muss selbst darüber schmunzeln.

Ich kichere – das gefällt ihm. Danach raucht Papa wieder hinter dem Lenkrad. Nach ein paar Minuten kommt Mama in ihren High Heels herausgelaufen. Sie hat eine Zigarette in der einen und den Brautstrauß in der anderen Hand, sodass das Einsteigen ziemlich schwierig wird, auch weil das Kleid hinten noch sehr lange ist. Es gerät immer zwischen die Tür.

„Yvonne hätte ein Handbuch beifügen sollen", stöhnt sie.

„Muss ich helfen?", fragt Papa nach einer Weile.

Mama schnappt nach Luft. „Nichts musst du, alles darfst du."

Papa schaut durch die Windschutzscheibe.

Mama steigt ein. „So, die Katze ist im Sack. Wir können."

Papa ist der Erste, der im Rathaus aussteigt. Er hält die Tür für mich auf, während Mama versucht, vorn aus dem Auto zu steigen. Als sie endlich auf dem Bürgersteig steht, sagt sie, dass sie sich einen Moment Zeit nehmen will, und winkt allen Leuten zu, die vorbeifahren oder radeln.

Ich war noch nie in einem Rathaus. Es riecht wie eine geputzte Toilette, und unsere Schritte hallen wider. In der Mitte des Korridors steht eine Frau mit einer Schürze und einem Mopp, die uns zeigt, wo die Anmeldung ist. Dort sitzt ein einsamer Mann mit wenig Haaren und zerbrochener Brille, der uns in die andere Richtung schickt. Nach einer Weile finden wir einen kleinen Raum, in dem der Beamte bereits auf uns wartet. Es gibt zwei Stuhlreihen, und Mama setzt mich mit meinen Rosenblüten und dem Kassettenrekorder auf einen Stuhl in die erste Reihe.

Papa spricht schon mit dem Beamten. Ich schaue auf den Kassettenrekorder und versuche mich zu erinnern, was genau der Unterschied zwischen dem Knopf mit dem Quadrat und dem Knopf mit dem Dreieck war. Wenn Mama ‚Ja' nickt, drücke ich auf ... auf das Dreieck, ja, das war's. Und wenn sie ‚Nein' schüttelt, drücke ich auf das Viereck.
Ja ist Dreieck, Nein ist Viereck, Ja ist Dreieck, Nein ist Viereck, Ja ist Drei...
„Wozu brauchen wir denn Zeugen?", ruft Mama.
Sie sieht Papa wütend an. Papa schaut den Beamten an, der sagt, er kann nichts dafür, so ist das Gesetz.
„Geht es nicht auch ohne?", fragt Papa.

„Nein", antwortet der Beamte. „Zwei Leute müssen mit unterschreiben."
„Okay!", sagt Mama und zeigt auf mich: „Und sie? Kann sie nicht unterschreiben?"
„Die Zeugen müssen volljährig sein. Das ist ein Kind."
Papa schaut auf die Uhr. Mamas Augen sehen aus wie die einer Puppe, so weit hat sie sie geöffnet. Dann eilt sie aus dem Raum. „Wartet hier!", ruft sie über die Schulter. „Ich bin gleich wieder da!"
Papa kommt und setzt sich mit dem Kopf in den Händen neben mich. Der Beamte bleibt vorne stehen. Wir hören Mama auf ihren High Heels durch die Korridore des Rathauses klacken, während sie unverständliche Dinge ruft. Dann ist es ganz still. Der Beamte beginnt leise zu pfeifen, hört aber sofort auf, als Papa ihn ansieht.
Es dauert einige Zeit bis Mama zurück ist. Sie hat die Frau mit dem Mopp und den Mann von der Anmeldung mitgebracht.
„Also", sagt Mama. „Hier sind Ihre zwei Zeugen. Vielen Dank, setzen Sie sich bitte dort hin."
Die Putzfrau und der Mann setzen sich neben mich.
„Dauert es lange?", fragt die Putzfrau. „Ich muss noch den ganzen Flur wischen."
„Du bist in ein paar Minuten wieder draußen", sagt Mama. „Pick-up, du gibst diesen Leuten ein bisschen Geld."
Papa reicht beiden einen Fünfzigmarkschein. Nun sehen sie sehr zufrieden aus.
Der Beamte räuspert sich. „Können wir nun endlich anfangen?"
„Bitte", sagt Papa.
„Nein", ruft Mama. „Wir müssen erst noch reinkommen!"
„Wir sind schon drinnen, Patricia."

Mama schüttelt den Kopf und sagt, dass das ganze Prozedere auf diese Weise absolut kein Gütesiegel hat. Weil sie fast anfängt zu weinen, sagt Papa schnell: „Okay, okay", und lässt sich von Mama auf den Flur hinausziehen. Dann kommen sie zusammen wieder herein, nur nebeneinander. Aber Papa ist schneller als Mama, also zerrt Mama ihn am Arm zurück. Im Vorbeigehen nickt sie mir heftig zu. Ich nicke zurück, es läuft sehr gut.

Dann ruft Mama: „Dreieck! Dreieck!" Schnell drücke ich auf das Dreieck. Eine Frau beginnt sofort ganz toll zu singen: „ Something in the way he moves." Mama hat mir heute Morgen erklärt, dass sie Shirley Bassey heißt und schon tot ist. Gut, dass man sie vorher aufgenommen hat.

Mama sieht Papa verliebt an und funkelt dann wütend die Putzfrau an, weil sie mit den Fingern an den Knöpfen dreht und den Ton leiser stellt.

Als Mama und Papa bei dem Beamten ankommen, setzen sie sich mit dem Rücken zu mir hin, Mama schüttelt den Hinterkopf, und zum Glück verstehe ich jetzt, was sie meint. Shirley Bassey singt nicht mehr, der Beamte fängt an, langsam und langweilig zu reden, und das ist gut so, weil ich genug Zeit habe, um das Band umzudrehen und zurückzuspulen.

Es dauert ganz schön, bis der Beamte fertig ist. Papa hat eine große Anzahl langer Vornamen. Als sie dann mit den Ringen beschäftigt sind, ruft Papa mich nach vorn. Mama bekommt einen sehr schönen Ring voller glänzender Steine, und ich bekomme auch einen Ring mit einer Perle und einem glänzenden Stein.

„Wir sind jetzt auch verheiratet, Poppy", flüstert Papa.

Ich weiß nicht, was ich darauf antworten soll, also sage ich: „Okay", und setze mich wieder hin.

Als die Putzfrau und der Mann unterschrieben haben, beginnt Mama wieder mit dem Kopf zu nicken. Ich drücke auf das Viereck am Kassettenrekorder. Jetzt hören wir „Sugar Baby Love", und Mama und Papa gehen zusammen aus dem Raum. Ich bleibe mit dem Beamten, der Putzfrau und dem Mann von der Anmeldung zurück.

„Nun", sagt die Putzfrau, die sich ein bisschen die Ohren zuhält, „ich habe selten etwas Romantischeres gesehen, ich hätte fast geheult."

„Das Kleid war ganz teuer", erkläre ich ihr.

Der Beamte sieht mich an und zeigt auf den Rekorder und die Rosenblüten. „Die Musik kann ausgeschaltet werden. Und wenn du die noch werfen musst, wird es Zeit."

Wir vier verlassen das Hochzeitszimmer und betreten den Korridor, wo Mama und Papa warten. Ich werfe ein paar Rosenblüten. Mama läuft schnell zum Auto, um den Fotoapparat zu holen.

Als sie zurückkommt, macht die Putzfrau ein Foto von Mama und Papa, und als Dankeschön wirft Mama der Putzfrau den Brautstrauß zu.

„Danke! Ich bin seit zwanzig Jahren verheiratet, aber man kann ja nie wissen", lacht sie und zwinkert mir zu.

Papa hat uns zu Hause abgesetzt und ist sofort wieder zur Arbeit gefahren.

„Es war schön, wirklich wunderschön, Mama", sage ich.

Sie sagt nichts. Sie bringt mich ins Schlafzimmer, wo sie anfängt, mir die Locken aus den Haaren zu bürsten. Es tut weh, ich habe Tränen in den Augen.

Als ich zu oft „Aua" sage, nimmt sie eine Schere und schneidet mir wortlos die Haare. Sie sagt nicht einmal, ich solle stillsitzen. Sie schnippelt so wild, dass ich Angst habe, dass sie mir gleich ein Ohr abschneidet. Als meine Haare auf dem Boden liegen, sagt sie trotzig: „Der alte Sack ist auch viel älter, als er immer behauptet hat."

Ich bleibe still.

Mama nimmt ihre Zigaretten. Ihre Hand mit dem Feuerzeug zittert so, dass sie fast ihr Kleid in Brand setzt.

„Pass auf, Mama", sage ich.

„Was?"

„Das Feuerzeug, Mama, sei vorsichtig!"

Mama raucht ihre Zigarette in sieben Zügen. Ich hab mitgezählt. Dann drückt sie sie ewig lang aus und zischt: „Er ist genauso alt wie deine Großmutter. Verdammte Scheiße!"

Danach legt sie sich ins Bett. Ich weiß nicht, ob ich gehen darf, also bleibe ich sitzen, bis sie eingeschlafen ist. Ich traue mich nicht, meine Haare aufzuheben. Ich schaue in den Spiegel und frage mich, ob hässliches kurzes Haar genauso oft gewaschen werden muss wie schönes langes Haar.

1977

Szene 4 (Svea)

„Am liebsten würde ich Herrn Hoffmann anrufen.
Aber es ist mitten in der Nacht.
Doch wenn ich das täte …
… dann würde ich ihn fragen, ob das alles wirklich normal ist.
Antwortet mir Herr Hoffmann mit *Ja*, sage ich: *Danke schön, Herr Hoffmann, bis morgen!*
Und wenn er mit *Nein* antwortet, sage ich: *Hilfe!*"
(Poppy, sieben Jahre)

Gelb ist eine Farbe

Es ist Mittwochnachmittag. Ich sitze in meinem Versteck hinter meinem Bett und bin mucksmäuschenstill. Wir haben gerade ein ekliges warmes Gericht gegessen, und ich habe alles in Barbies Kutsche ausgespuckt. Ich mache mir Sorgen um die Kutsche, überall ist Erbrochenes, aber vielleicht kann ich sie unter den Wasserhahn halten, ohne dass es jemand sieht.

Ich höre sein Atmen. Er steht schon eine Weile dort. Er ruft leise meinen Namen, aber ich bin nicht da.

Mein Versteck ist geheim und sehr tief. Es liegt verborgen hinter einer niedrigen Tür in der Wand und geht sehr weit ins Dunkel. Die Decke wird aufgrund des schrägen Daches immer niedriger. Alle paar Meter ist ein Bretterverschlag, und hinter jedem Brett habe ich ein besonderes Zimmer gemacht. Es gibt ein Barbie-Zimmer (da bin ich jetzt), einen Monchichi-Raum und ein Playmobil-Zimmer. Das Barbie-Zimmer ist das schönste, weil es am weitesten entfernt ist und dort auch ein Schloss steht, hinter dem ich mich verstecken kann.

Sobald ich höre, dass jemand die Treppe hochkommt, krieche ich in den Schrank. Wenn die Tür meines Zimmers geöffnet wird, warte ich zuerst, bis ich weiß, wer es ist. Wenn es Mama ist, komme ich sofort raus und rufe: „Kuckuck!" Oder: „Haha, hereingefallen!" Wenn es Papa ist, warte ich, bis er weggeht. Das dauert manchmal eine Weile. Er weiß es und wiederum nicht. Vielleicht ahnt er, dass ich mich verstecke, aber er ist sich nicht sicher, weil er mich noch nie gefunden hat.

Und wenn er sagt: „Poppy, du musst dich nie vor mir verstecken, weißt du das denn nicht?", antworte ich immer, dass ich ihn manchmal einfach nicht höre oder auf der Toilette oder draußen im Garten war. Es ist eine Art Wettbewerb zwischen uns. Der einzige Wettbewerb, den ich immer gewinne.

Ich kann stundenlang still sitzen, und er kann das nicht. Ich habe nie Hunger, Muskelschmerzen oder schlafende Beine, und ich mache nie ein Geräusch, egal ob ich unter dem Bett flach auf dem Bauch liege oder mich zwischen den Mänteln in der Garderobe verstecke oder mich im Garten auf einem Baum ganz klein machen.

Er gibt auf. Ich höre ihn dann die Treppe hinuntergehen, in Richtung seines Arbeitszimmers, und warte noch eine Minute, zähle bis neunundfünfzig, und bei sechzig krieche ich zu meinen Monchichi-Puppen.

Gerade als ich meinem Indianermädchen den blauen Gartenanzug des Monchichi-Regenbogenjungen anziehen möchte, höre ich Mama die Treppe hinuntergehen, die Absätze ihrer Stiefel klacken auf dem Marmor. Schnell krieche ich zurück, durch den Playmobil-Raum aus meinem Versteck. Ich öffne die Tür und laufe in den Flur. Unten zieht Mama bereits ihren neuen blauen Pelzmantel an.

„Mama!", rufe ich oben von der Treppe.

Sie schaut auf.

„Was machst du jetzt?"

„Nichts."

„Wohin gehst du?"

„Käse einkaufen."

„Darf ich mitkommen?"

„Du spielst doch, oder?"

Die Tür von Papas Arbeitszimmer wird geöffnet. „Gehst du fort?"

„Ich werde für uns ein wenig Käse einkaufen."

„Ich komme mit dir", sage ich und laufe schnell die Treppe hinunter, um meinen Mantel anzuziehen.

Papa schaut mich an. „Warst du denn oben?"

„Ja." Ich versuche, ihn wie immer anzusehen.

„Warum beharrst du darauf, mit deiner Mutter Käse einzukaufen?", fragt er.

„Weil ... Ich will ... Ich will das Lied im Auto mitsingen!"

„Welches Lied?"

„Mit dem Gelb".

„Gelb? Welches Gelb?", fragt sie.

„Gelb ist eine Farbe. Kein Lied", sagt er.

Sie blicken mich jetzt beide wütend an. Papa sieht wütend aus, weil er begreift, und Mama, weil sie mich nicht versteht.

Ich bekomme Bauchschmerzen, aber ich schaffe es, sie weiter fröhlich anzuschauen, und singe: „Hoch auf dem Gelb ..."

Es bleibt eine Zeit lang still. Dann lacht Mama.

„Sie meint Heino. Ich denke die ganze Zeit: Was meint das Kind mit Gelb, aber sie meint Heino. Du meinst Heino, Poppy? Er singt *Hoch auf dem gelben Wagen, nicht auf dem Gelb.*"

„Ja", sage ich. „Das meine ich. Wir lassen es doch immer im Auto laufen?"

Papa geht zurück in sein Büro, und Mama hilft mir in meinen neuen weißen Kaninchenfellmantel. Er riecht nach einem toten Hamster (ich hatte mal einen) – besonders wenn es regnet –, aber ich bin so froh, dass sie mich mitnimmt, also zapple ich nicht. Um in die Garage zu gelangen, in der Mamas blauer Sportwagen geparkt ist, müssen wir durch Papas Arbeitszimmer. Er sitzt hinter seinem Schreibtisch und schaut nicht auf, als wir vorbeigehen.

„Auf Wiedersehen, Papa, auf Wiedersehen!", sage ich. Hoffentlich ist er nicht böse. Oder wütend. *Ist er wütend?*

„Bis später, Pick-up", sagt Mama.

Er schaut nicht auf und kramt in seinen Papieren. Einige fallen auf den Boden. Ich bücke mich, um sie für ihn aufzuheben. Er bückt sich ebenfalls.

Als unsere Köpfe dicht beieinander sind, sagt er: „Heuchlerin."

Das kommt von innen

„Kann mir jemand sagen, was mit den Malaien in den Niederlanden los ist?"

Es ist ein warmer Nachmittag im Mai, und Herr Hoffmann wedelt mit der Zeitung. Er versucht, uns jeden Tag etwas Aktuelles beizubringen.

„Sie haben einen Zug gekapert", ruft Sandra.

„Und warum haben sie den Zug gekapert, Sandra?", fragt Herr Hoffmann.

„Weil sie wütend sind."

„Und ob die Malaien wütend sind. Aber weiß einer von euch, warum sie so rebellisch sind?"

Ich hebe den Finger. Papa hat gestern Abend beim Essen lange Zeit darüber gesprochen, also bin ich froh, dass ich etwas darüber weiß.

„Dann sag es uns mal, Poppy."

„Es ist, weil sie schwarz sind, Herr Hoffmann."

„Was genau meinst du damit?"

„Schwarze Menschen sind kriminell, und deshalb haben sie den Zug entführt."

„Schwarze Menschen sind was?"

„Kriminell", sage ich.

Herr Hoffmann runzelt die Stirn. Ich drehe mich um und lächle Jeffrey an, der hinter mir sitzt. Jeffrey ist der einzige Junge in der Schule, der einen braunen Vater und eine weiße Mutter hat. Er ist Nummer drei auf meiner Liste netter Leute (Herr Hoffmann steht auf Platz eins und David mit einem grünen und einem blauen Auge auf Platz zwei), also will ich ihn nicht verletzen. Und er ist ja auch nicht richtig schwarz, sondern braun, wie Papas Sessel. Aber Jeffrey ist sowieso mit seinem Kopf woanders. Er hat den ganzen Morgen über sehr leise *Yes Sir, I can Boogie* gesungen.

„Jeffrey", flüstere ich, weil ich möchte, dass er sieht, dass ich ihn anlächle.

„Was?", fragt Jeffrey.

„Lachst du etwa über Jeffrey, Poppy?", fragt Herr Hoffmann.

Erschrocken drehe ich mich wieder um. „Nein, nein, natürlich nicht." Herr Hoffmann hat mich noch nie so angesehen. Das macht mir Angst. „Die Malaien kommen aus Indonesien, Poppy, Jeffreys Vater kommt aus Aruba. Jeffrey steht also in keinerlei Beziehung zu der Zugentführung. Woher hast du nur diesen Unsinn?"

Ich halte den Atem an, um nicht zu weinen. Eine Träne kullert trotzdem.

„Tssss", gibt Greta von sich.

„Sei still, Greta", sagt der Lehrer, dann sieht er mich wieder an. „Poppy? Woher hast du diesen Unsinn?"

„Mein Vater sagt, dass alle Schwarzen kriminell sind", antworte ich leise.

„Es tut mir leid, aber dein Vater liegt da völlig falsch."

„Es ist *mein* Großvater! Ihr Vater ist *mein* Großvater", ruft Greta. „Mama sagt, sie hat das Gesicht eines kleinen Mongolen."

Herr Hoffmann ignoriert Gretas Worte, als würde er sie gar nicht hören. „Poppy, wirst du dir bitte merken, dass das Unsinn ist, dass alle Schwarzen kriminell sind?"

Ich nicke eifrig.

„Was genau bedeutet denn kriminell? Weiß das jemand?", fragt er.

Es bleibt still. Jeffrey summt leise das Lied weiter.

„Meine Mutter", ruft plötzlich David.

„Bitte?", fragt Herr Hoffmann irritiert. „Was ist mit deiner Mutter?"

„Meine Mutter ist kriminell", meint David stolz, „das haben Sie selbst gesagt!"

„Nein, David, ich habe erklärt, dass deine Mutter kreativ ist. Das ist etwas ganz anderes."

Davids Mama hat ein Glasauge und backt Teigpuppen für kleine Kinder. Für David strickt sie Pullover in allen Farben des Regenbogens.

Herr Hoffmann nimmt seine Brille ab und reibt sich die Augen, als wäre er plötzlich sehr müde. „Okay, Kinder, wir haben nur noch fünf Minuten bis zum Gong. Soll ich das Schlumpflied auflegen?"

Die ganze Klasse jubelt. Herr Hoffmann steckt *einen* Finger in sein Ohr und *einen* in die Luft.

„Unter einer Bedingung. Ihr sollt euch gut merken, dass es nicht nur heute, sondern für den Rest eures Lebens keine Rolle spielt, ob man nun weiß ist wie ich, so braun wie Jeffrey oder so blau wie ein Schlumpf – gut oder schlecht hat nichts mit einer Hautfarbe zu tun. Das kommt von innen. Habe ich mich klar ausgedrückt?"

Alle nicken.

Herr Hoffmann schaut mich an. „Okay, Poppy?"

„Okay."
Er zwinkert mir zu.
Ich zwinkere zurück.
Herr Hoffmann ist der Einzige, der weiß, dass ich das kann.

Tote Hose

Als die Glocke läutet, laufe ich zu meiner Mutter auf den Schulhof. Obwohl sie unter vierzig anderen Müttern steht, fällt sie einem sofort auf. Das liegt nicht nur daran, dass sie die Einzige ist, die laut meinen Namen ruft und winkt, sondern auch daran, dass sie seit heute Morgen gewachsen ist. Sie hat ihr blondes Haar nämlich auf dem Kopf zu einem Heuhaufen aufgetürmt. Außerdem hat Mama neue weiße Stiefel angezogen. Die gehen über ihre Knie, haben Reißverschlüsse und sehr hohe Absätze. Über den Stiefeln trägt sie einen Jeansrock mit Applikationen. Es ist November und kalt, aber ihre Beine sind nackt, weil Mama sie nicht gern bedeckt. Sie sagt, sie klappert lieber mit den Zähnen, als sich in einem der braunen Rollkragenpullover aus Emilias Laden warm zu fühlen. In Aachen kaufen alle ihre Kleidung in Emilias Laden, meint Mama. Moderne Schnäppchen für vier Mark!

Ich bin froh, dass Mama keine Rollkragenpullover trägt, denn dann will sie auch nicht tot sein. Sie sagt immer: „Lieber schneide ich mir die Pulsadern auf."

„Tssss, tssss, tssss", höre ich links und rechts.

„Hallo, Mama! Hast du neue Stiefel?"

„Ja, schön, nicht wahr? Ich war einkaufen. In Düsseldorf! Hatte die Nase voll von den Läden in Aachen."

„Ich habe wieder alle Murmeln verloren."

„Verrücktes Kind."

„Ich darf die Sängerin *Blondie* bei der Weihnachtsfeier spielen."

„Oh, wie schön."

„David spielt Gitarre und Jeffrey Keyboard."

„Jeffrey? Er würde besser zu *Boney M* passen."

„Und Montag in zwei Wochen wird ein Schulfoto geknipst."

„Schön! Dann werde ich dir eine supertolle Frisur machen."

„Ich will aber keine verrückten Heuhaare."

„Hast du eine Banane im Ohr? Du bekommst keine verrückten Heuhaare. Du bekommst eine hübsche Frisur."

„Aber ich muss nicht mit den Rollen schlafen, okay?"

„Doch. Ohne Rollen ist es viel zu flach."

Mama schaut sich nach den anderen Müttern um. „Wenn alle hier ein bisschen mehr aus ihren Haaren rausholen würden, würde es in diesem Kaff nicht so nach Bauerntrampeln aussehen."

Drei Mütter haben es gehört und blicken Mama böse an. Aber noch nie hat eine mit ihr geredet.

„Musst du noch einkaufen, Mama?"

„Kommst du mit, oder soll ich dich erst nach Hause bringen?"

„Ich will mit dir gehen."

„Du musst nicht so schreien. Ich stehe neben dir!"

Nachdem wir alle Einkäufe erledigt haben, besuchen wir Mara, die in ihrem Laden Haushaltswaren und Spielzeug verkauft. Mara hört immer mit großen Augen zu, was Mama zu sagen hat. Besonders, wenn es um Saint-Tropez geht, ist Mara ganz Ohr, denn Saint-Tropez ist das Schickste, was sie sich vorstellen kann.

„Möchtest du ein Stückchen Lebkuchen, Poppy?", fragt Mara.

„Gern."

„Deine Kleine ist so gut erzogen", sagt Mara.

„Ja, verrückt, nicht wahr? Ich hab damit gar nichts zu tun, denn ihr Vater kümmert sich um alles. Er ist ja so kultiviert und hält das für ganz wichtig."

„Ist es ja auch."

„Getränke auf Französisch bestellen kann sie auch schon. Mach mal, Poppy!"

„Je voudrais un coca pour moi, s'il vous plaît", sage ich.

„Was sagt sie?", fragt Mara.

„Keine Ahnung", antwortet Mama, „aber man ist sofort mitten in Saint-Tropez."

Mama isst Lebkuchen, während Mara eine andere Kundin bedient.

„Ich könnte auf den ganzen Winter verzichten. Was für ein Scheißwetter jetzt wieder ist", sagt Mama, als die Kundin fort ist.

„Aber Weihnachten ist doch auch schön."

Mama zieht *eine* Augenbraue hoch. Das hat sie vor dem Spiegel geübt. „Der Weihnachtsmann kommt mir zwar immer wie ein Perverser vor, aber das Weihnachtsfest liebe ich auch. Es ist eine so reizende Zeit: ein riesiger Baum im Wohnzimmer, mit großen glänzenden Silberkugeln geschmückt. Gemütlich mit der ganzen Familie beisammen sein. Essen. Trinken. Lange Spaziergänge durch den Schnee …"

Sonst spricht Mama nicht so gestelzt. Und wir sind immer nur zu dritt. Im Schnee geht Mama auch nicht spazieren. Sondern sie sagt immer:

„Ich bin Mitglied im Club *Keinen Schritt zu viel*", wenn sie den Wagen startet.
„Wie toll", seufzt Mara.
„Am Weihnachtstag lädt Papa uns immer zum Essen in ein schickes Szenelokal ein, stimmt's, Poppy?"
„Oui, in ein Sternerestaurant."
„Und natürlich werden wir diesen Sommer wieder nach Saint-Tropez fahren."
„Ich habe außer Aachen noch nichts gesehen", sagt Mara traurig.
„Komisch, so ein Leben kann ich mir kaum vorstellen", sagt Mama.
„Saint Tropez ist einfach meine zweite Heimat."
Bevor wir nach Aachen kamen, war Mama noch nie im Ausland gewesen. Wir waren auch arm in der kleinen Wohnung in Alsdorf, aber das sagt sie nie. Das ist dasselbe, als würde man plötzlich viele Dinge als armselig empfinden.
Ich streiche Maras Hund, der immer unter der Theke schläft. Er heißt Babu. Mama denkt, dass Babu ein erbärmlicher Hund ist, weil er kein Rassehund ist und er übel riecht. Ich hätte auch gern einen Hund. Einen kleinen weißen Hund. Vielleicht, wenn ich acht bin, meint Papa. Das wird aber noch viele Monate dauern. Mama spricht neuerdings oft mit anderen Leuten über Papa. Ich mag das nicht, dann ist mir doch lieber, wenn sie sich über die langen Spaziergänge durch den Schnee unterhält oder sonst was, das gar nicht stimmt.
„Weißt du vielleicht, was das sein kann? Er fasst mich nicht mehr an, selbst wenn ich noch so sexy aussehe. Dann steh ich allein da, attraktiv wie die Hölle, und denke: Na hallo, ist das noch normal?"
Mara weiß es auch nicht. Ich streiche Babu immer fester. Mama redet weiter und weiter und immer lauter.
„Als wir uns kennenlernten, da war es auch nur *ein* einziges Mal. Hat mir gar nix gebracht. Bloß drauf und wieder runter. Doch ich hab zumindest gemerkt, ich mach den Alten an. Aber seitdem? Tote Hose, echt!"
„Aber du meinst ...", flüstert Mara, „... niemals?"
„Niemals! Sag ich doch. Findest du das normal? Gib mir noch ein Stückchen Lebkuchen. Sind das die von dem Printenpromi aus der *Bunten*?"
„Nun ja", sagt Mara und lächelt.
Sie ist nett, ehrlich.
„Babu ist heute wieder so weich", rufe ich ihnen unter der Theke zu.
„Möchtest du auch eine Promiprinte, Poppy?", fragt Mara.
„Nein danke."

„Ich kenne einige Kerle, weißt du", sagt Mama, „die wissen möchten, wie das mit so einem heißen Feger wie mir wäre. Ich habe immer Chancen. Den ganzen Tag. Überall."

„Mama?", sage ich. „Wollen wir gehen?"

Mama tut, als würde sie mich nicht hören. „Ich habe immer noch einen tollen Körper. Da hängt nichts, alles ist noch an seinem Platz. Aber warum will *er* dann nichts davon wissen?"

„Nun ja", sagt Mara noch einmal.

Ich setze meine Zähne in meinen Unterarm.

„Aber ich will mich ja nicht beklagen", fährt sie fort. „Als alleinerziehende Mutter hast du einen Sechser im Lotto, wenn dich ein Mann mit deinem Kind nimmt. Ich würde beschissen dastehen, wenn ich ihn verlasse. Dann werde ich nie wieder ein solches Dach über dem Kopf haben."

„Und dann werden wir nie wieder nach Saint-Tropez fahren", sage ich und komme unter der Theke hervor. „On y va?" (Gehen wir?)

„Wenn du das nächste Mal in den Urlaub fährst, sollte Poppy ein bisschen länger in der Sonne bleiben. So eine blasse Schnute", meint Mara und streicht mir über den Kopf.

„Oh, das. Die Sonne bringt nicht viel", lacht Mama. „Sie war schon immer sehr blass. Schon als Baby. Wenn mich jemand auf der Entbindungsstation besucht hat, sagten sie stets, dass das Mädchen so gesund aussehen würde, dabei habe ich nur ein bisschen Rouge und Lippenstift aufgelegt!"

Mara und Mama müssen beide darüber lachen, mit großen Augen und den Händen vor dem Mund. „Ja, ich weiß, ich bin vielleicht eine", sagt Mama. „Aber das ist uns egal, nicht wahr, Poppy?"

„Bist du etwa eine Stubenhockerin, Poppy?" Mara schaut mich mit lustigen Augen an. „Bewegung an der frischen Luft ist gesund."

„Poppy kann ja das Fenster öffnen und auf dem Bett hüpfen", sagt Mama, und wieder lachen sie. „Gibst du uns noch eine große Packung Murmeln, Mara? Sie verliert sie immer."

Mara kann auch mit den Augen zwinkern!

Im Auto drücke ich mich so dicht wie möglich an Mama. Sie stößt mich weg. „Ich kann so nicht lenken, Poppy."

„Ich will nur immer bei dir sein, Mama."

„Das bist du ja, oder?"

„Nicht immer", sage ich. Ich gebe ihr einen Kuss.

„Nun hör aber auf, du bist doch kein Baby mehr."

Ich bin eine Weile still. Als wir fast an der Kreuzung mit der Fahrradwerkstatt sind, fragt sie, ob ich meine Hände vor ihre Augen halten möchte.

„Warum?"

„Es ist ein Spiel."

„Das kenne ich nicht."

„Dummerchen, ich habe es gerade erst erfunden", sagt sie. „Jetzt mach schon."

„Wir werden einen Unfall bauen."

Mama lacht und sagt: „Mieser als jetzt kann es nicht mehr werden, ich bin schon so was von *down*."

Ich weiß nicht, was *down* ist.

„Dann mach ich es eben selbst, Dummerchen."

Wir fahren auf die Kreuzung, und meine Mutter schließt die Augen. Autos hupen, zwei Radfahrer stürzen.

Mama kreischt vor Vergnügen.

Ich kreische mit ihr. Aus Angst, aber sie hört den Unterschied nicht.

Summertime

„Kannst du nicht ein Lied für uns singen, Poppy?", fragt Mama mit vollem Mund. Sie mag es, wenn ich für sie auftrete wie in einer Band. Aber noch nie hat sie mich im Beisein von Papa darum gebeten.

Er schaut von seinem Schnitzel hoch und sagt: „Bitte, benimm dich einfach mal normal."

„Wie meinst du das? Poppy kann richtig gut singen."

„Wir essen hier in aller Stille."

Das liegt daran, dass meine Eltern keinen Gesprächsstoff haben, hat Papa oft gesagt. *„Deine Mutter und ich haben uns nichts zu sagen. Mit dir kann ich reden. Du verstehst mich, weil wir uns ähnlich sind. Du bist etwas Besonderes für mich, das weißt du doch."*

Mama verdreht die Augen. „Ich bitte sie doch nicht, das Alphabet runterzurasseln, dafür bist du zuständig. Ich bitte sie nur darum, ein Lied zu singen."

„Wir essen zu Abend, Patricia."

„Ja, und?"

„Sie muss zuerst ihren Teller leer essen."

„Das Essen ist zu heiß. Wenn Poppy mit dem Singen fertig ist, kann sie immer noch alles in sich hineinschieben."

Mein Vater seufzt und schaut mich dann hilflos an. Ich lächle und zucke mit den Schultern. Er lächelt zurück und macht eine erschöpfte Kopfbewegung in Mamas Richtung, als wäre sie das Kind und Papa und ich ihre Eltern.

Es macht mir nichts aus, für sie zu singen. Wenn ich singe, muss ich nicht essen. Und was noch wichtiger ist: Wenn ich singe, muss ich nicht sagen, was ich heute Nachmittag nach dem Schwimmunterricht gemacht habe. Wenn wir mit dem Essen fertig sind, werde ich es erzählen. Ich glaube nicht, dass Mama wütend sein wird. Aber Papa schon, der wird explodieren.

„Gut", sagt er, während er auf seine Uhr schaut.

Das haben wir von ihm nicht erwartet.

Mama klatscht in die Hände. „Verdammt, Pick-up, das ist so nett von dir. Sing mal das Lied *Summertime von Mungo Jerry!*" Dann sieht sie Papa an. „Das findest du großartig, da bin ich mir sicher."
„Ich bin gespannt", sagt er zurückhaltend.
Ich räuspere mich und singe Mamas Lieblingslied.
„Chh chh-chh-chh, uh, chh chh-chh-chh, uh.
Im Sommer, wenn das Wetter heiß ist.
Berühre den Himmel.
Wenn das Wetter gut ist.
Trink was, fahr eine Runde.
Wenn die Sonne untergeht.
Sind wir keine schlechten Menschen.
Sind wir nicht schmutzig, sind wir nicht gemein.
Wir lieben jeden, tun, was wir wollen.
Sind wir immer glücklich."
Mama summt mit. Mein Vater macht ein ernstes Gesicht und einen geraden Rücken, trommelt aber mittlerweile mit dem Zeigefinger auf den Tisch. Ich habe ihn noch nie so ausgelassen gesehen.
Sing mit uns!
Ja, wir sind glücklich!
Dah dah-dah-dah
Dee-dah-do dee-dah-do-dah-do dah-do-dah-dah.
Dah-do-dah-dah-dah-dah-dah-dah-dah."
Ich lasse einige Strophen weg, weil Papa da ist und es ihm vielleicht zu lang ist, aber Mama mag es genauso wie immer und krümmt sich vor Lachen. Sie hängt über ihrem Teller, und Tränen kullern über ihre Wangen. Mein Vater schaut irritiert zur Seite, aber sie lacht jetzt noch lauter und schubst ihn mit dem Ellbogen an.
„Großartig", sagt sie.
„Still jetzt!", sagt mein Vater.
Ich singe die ganze Zeit weiter.
„Es wird bald Sommer sein.
Chh chh-chh-chh, uh, chh chh-chh-chh, uh.
Chh chh-chh-chh, uh, chh chh-chh-chh, uh.
Das Leben ist zum Leben, ja ...
Sing mit uns!
Wir sind glücklich.
Dee-dah-do dee-dah-do-dah-do dah-do-dah-dah.
Dah-do-dah-dah-dah-dah-dah-dah-dah."
Im letzten Abschnitt muss ich lauter singen, um das Lachen meiner Mutter zu übertönen.

Dann applaudiert Mama.

„Sehr gut", sagt mein Vater. Er sagt es überrascht und streng zugleich.

„Oh", sagt Mama, „deine Stimme ist so gut, Poppy, ich könnte mich wegschmeißen."

„Ja", sage ich mit Großmutters Zigarrenstimme, „sie ist ein Geschenk Gottes."

„Jetzt wird aber gegessen, Poppy", sagt Papa.

Sie haben fast ihre Teller geleert. Ich zerquetsche die Kartoffeln und grabe ein Loch für die Soße. Nachdem ich die Soße hineingegossen habe, zerstöre ich den Kartoffelberg wieder. Dann verschiebe ich die Bohnen mit meiner Gabel von links nach rechts über den Teller. Das Schnitzel habe ich in kleine Stücke geschnitten. Einige Stücke lege ich unter den eingestürzten Kartoffelhaufen. Währenddessen mache ich Kaubewegungen mit meinem Mund.

Ich sage es ihnen später. Vielleicht ist es nicht so schlimm, vielleicht wird er nicht böse. Wenn ich darauf achte, könnte es klappen.

„Lecker, superlecker", sage ich.

„Das kannst du gar nicht wissen, weil dein Mund leer ist", knurrt Mama.

„Ich hab schon drei Bissen genommen."

„Lüg mich nicht an, Poppy!"

„Mama, schau mal, mein Teller war doch so voll! Jetzt nicht mehr."

„Du isst alles auf", sagt Papa, ohne mich anzusehen.

Dann wird es still.

Stille. Es ist, als hätte ich nie gesungen. Ich nehme einen Bissen und versuche, nicht zu würgen.

„Du isst jetzt!", sagt er noch einmal scharf.

Das Atmen geht nur noch durch die Nase.

„Poppy, benimm dich nicht so kindisch!", zischt Mama.

Ich bin aber noch ein Kind.

Es stimmt etwas nicht mit meinen Augen, ich sehe plötzlich doppelt. Zu viert starren sie mich an.

„Nimm deinen Teller und geh in mein Arbeitszimmer", befiehlt Papa.

Der Teller ist so schwer, meine Beine ganz schwach. Trotzdem gelingt es mir, aufzustehen und damit zur Tür zu gehen.

„Und wenn du fertig bist mit dem Essen, rufst du mich, dann werde ich dir zur Belohnung dein Haar waschen."

Das ist der Moment.

„Los jetzt!", sagt er.

Ich drehe mich um. Er hat seinen Teller leer und reicht ihn meiner Mutter. Sie versucht, die Teller, die Sauciere (ich darf nicht mehr Soßenboot sagen) und die Schüssel mit den restlichen Kartoffeln zu stapeln.

Dann platzt es aus mir heraus: „Du musst meine Haare heute nicht waschen, Papa. Ich hab das schon selbst gemacht." Meine Stimme klingt viel lauter als beabsichtigt.

„Verdammt!", flucht Mama, während es scheppert. Sie hat die Schüssel mit den Kartoffeln fallen lassen.

Papa reagiert nicht auf Mama. Er schaut nur mich an. „*Was* hast du gemacht?" Seine Stimme dröhnt wie ein Donner.

„Ich habe meine Haare gewaschen, Papa. Nach dem Schwimmunterricht."

Mein Vater sitzt still da und ist kreidebleich. Wie eine Statue.

Ich spüre, wie mir Rotz über die Mundwinkel läuft und ziehe ihn wieder in die Nase hoch.

„War es das schon? Oder hast du noch mehr Neuigkeiten für mich, Poppy?", fragt er.

„Ich kann fast schon für das B-Diplom schwimmen, Papa", antworte ich. Ich sage immer wieder „Papa", damit er nicht sauer wird.

Aber ich glaube, ich weine.

Mama kriecht unter dem Tisch herum und sucht nach Kartoffeln.

Ich ziehe meinen Ärmel über meine Hand, wische mir die Augen trocken. „Und Astrid Falkenberg hatte eine Eins in Handarbeit bekommen, aber ich glaube nicht, dass sie den Schal selbst gehäkelt hat."

Papa starrt mich an. Ich konzentriere mich auf die Wand hinter seinem Kopf und schniefe.

„Du findest dich wohl besonders schlau?"

Meine Schultern heben und senken sich.

„Wenn du glaubst, dass du schon groß genug bist, um deine Haare selbst zu waschen, bist du auch groß genug, um deinen Teller leer zu essen."

Einfach weiter auf die Wand sehen, gleich ist es vorbei.

„Oder nicht?"

Der Teller zittert in meinen Händen.

„Bekomme ich heute noch eine Antwort von dir?"

Ich zucke wieder mit den Schultern.

„Wenn du noch *einmal* mit den Schultern zuckst, bekommst du eine Tracht Prügel. Das lasse ich mir von dir nicht bieten!"

Ich mache es versehentlich noch einmal und sehe ihn erschrocken an. Er schüttelt langsam den Kopf und hält *einen* Zeigefinger drohend vor sein weißes Gesicht. Sein Mund ist leicht geöffnet, und er atmet schnell. Er ist sehr wütend auf mich.

Mama kommt wieder unter dem Tisch hervor.

„Verstanden!", ächzt sie. Sie hat alle Kartoffeln aufgehoben. Staub und Haare sind darauf.

Ich drehe mich um und verlasse den Raum mit meinem Teller.

Vivienne

„Ach, du kleiner Straßenköter, bist du mein kleiner Scheißkerl?" Mama spricht mit dem Hund in ihren Armen. Es ist klein und weiß und wedelt mit dem kurzen Schwanz. Als Papa mit ihm hereinkam, dachte ich, er wäre für mich. Ich habe gleich meine Arme nach ihm ausgestreckt, aber Papa ging an mir vorbei auf Mama zu.

„Hier", sagte er, „für dich, Patricia."

Mama klatschte in die Hände und kreischte, sie sei ja so glücklich.

„Ich nenne sie Fifi, aber eigentlich heißt sie Vivienne, hört ihr?", sagt sie.

„*Ich* werde sie auch Fifi nennen", sagt Papa.

„Wieso du? Du nennst sie niemals Fifi, das mache ich."

Ich hoffe nur, dass Mama Fifi nicht in den Müll wirft, wenn der Hund schläft. Das hat sie im vergangenen Jahr mit meiner Schildkröte gemacht, weil sie dachte, sie sei tot. Dabei hielt sie nur Winterschlaf.

Wir fahren nach Düsseldorf, um Sachen für Fifi einzukaufen. Mama wählt verschiedene Hundeleinen, Pullover und Schleifen aus und will alles sofort in allen verfügbaren Farben haben, denn selbstverständlich muss Fifi immer zu der Kleidung passen, die Mama gerade trägt. Sie kauft auch einen Hundekorb mit Schleifen, um Fifi herumzutragen. Fifi ist schnell müde, weil sie so kurze Beine hat. Papa bezahlt alles aus seiner Handgelenktasche. In der Regel bekomme ich auch ein Geschenk, wenn wir nach Düsseldorf fahren. Das letzte Mal kaufte er zwei

Fläschchen Parfüm: eins für Mama und eins für mich. Meins riecht am besten, sagte er hinter dem Rücken meiner Mutter. Heute bekomme ich aber nichts. Es ist zwei Wochen her, seit ich mir die Haare gewaschen habe, doch ich werde immer noch dafür bestraft.

„So", sagt Mama, „und jetzt kaufen wir eine Torte für Herta und Karl, die morgen kommen."

Papa zuckt zusammen, er hat es vergessen und murrt: „Muss das sein? Um welche Uhrzeit?" Er ist sauer.

„Morgen um die Mittagszeit."

Seit Tagen geht mir das nicht aus dem Kopf. Tante Herta und Onkel Karl besuchen uns und bringen ihre drei Kinder mit: Conny, Boris und Helga. Ich fürchte mich davor, dass sie mit meinen Sachen spielen wollen. Papa hat auch keine Lust auf den Besuch, aber er hat wohl nachgegeben, als Mama sagte: „Du kannst es dir aussuchen, Pick-up, entweder laden wir sie ein und bringen es hinter uns, oder sie stehen irgendwann unerwartet auf dem Bürgersteig und wollen reinkommen, denn wie ich Herta einschätze, können keine zwanzig Pferde sie mehr aufhalten."

Papa sagte, dass er selbst bestimmt, wem er die Tür öffnet.

„Das mag sein", sagte Mama, „aber wenn du in deiner Zeltfabrik bist und meine einzige Schwester vor der Tür steht, werde ich sie bestimmt nicht abwimmeln!"

Ich sah, wie Papa zu schwanken begann. Mama sah es nicht, aber dann sagte sie etwas, womit Papa nicht gerechnet hatte: „Wir laden sie einfach ein. Dann hast du die *Kontrolle* darüber."

Mama tat, als wüsste sie genau, wovon sie sprach, aber sie plappert Papa immer nur nach, wie ein Papagei. Papa benutzt dieses Wort oft: *Kontrolle*. Meistens hört er überhaupt nicht auf das, was Mama sagt, aber heute schon. Er mag keine Besucher, und es gibt für ihn nichts Schlimmeres als fremde Leute, die in seinem Wohnzimmer auf der Couch sitzen. Und wenn diese Leute auch noch Tante Herta und Onkel Karl sind, ist es doppelt so schlimm. Aber er dachte wohl an die Kontrolle.

„In Ordnung. Aber spätestens nach einer Stunde sind sie wieder verschwunden."

Statt der teuren Torte kauft Mama Promiprinten (du kannst ihnen Plätzchen anbieten, sagte Papa) und knirscht mit den Zähnen. Als Fifi auf dem Rückweg in ihr neues Hundekörbchen pinkelt, lässt sie ihren Ärger raus. „Pfui Teufel! Vi-vi-en-ne!"

Sonntag, Familientag

Szene 5 (Svea, Tom Heuser als Lehrer)

„Wie ein Haufen Scheiße, der aus einer verstopften Toilette hochkommt", sagt Tante Herta, als Mama fragt, wie es mit Onkel Karls Arbeit läuft.

Mein Onkel steht vor der Vitrine mit den vierunddreißig kristallinen Swarovskifiguren und versucht, die Tür zu öffnen. Als das nicht funktioniert, geht er weiter zur Hummelsammlung, die Mama auf der Fensterbank aufgereiht hat.

Hummelfiguren sind sehr süß und sehr teuer. Es sind Statuen von pummeligen Vorschulkindern, denen ein bärtiger Großvater eine Geschichte vorliest. Oder sie geben einem Hasen eine Karotte. Oder sie sind als Engel verkleidet und schauen mit offenem Mund auf das Jesuskind.

Onkel Karl nimmt die Statue eines Kleinkindes auf einem Nachttopf in die Hand und fragt Papa: „Und das kostet Geld?"

„Fünfundvierzig Mark fünfundneunzig", antwortet Mama.

Papa hat ein wachsames Auge auf Onkel Karl, der einen glänzenden lilafarbenen Trainingsanzug und große schneeweiße Turnschuhe trägt. Tante Herta hat den gleichen Trainingsanzug an, aber in Pink. Als Mama sie vor einer Stunde vor unserer Haustür sah, fragte sie, ob Tante Herta und Onkel Karl zusammen Bodybuilding machen würden. Tante Herta verstand nicht, was Mama meinte, und sah wütend auf Mamas Finger. Mama hat alle Ringe angelegt und wirbelt ständig mit ihren Händen herum, damit Tante Herta den glänzenden Schmuck gut sehen kann.

Tante Herta lacht nicht über Mamas Witze. Sie lacht überhaupt nicht. Ich denke, das liegt daran, dass sie wie Großmutter aussieht, aber Mama sagt, Herta lacht nie, weil sie ihre Zähne nicht zeigen will. Sie hat eine zu große Zahnprothese.

„Ach ja? Oh, ja? Du hast doch selber ein Gebiss!" Ich habe auf dem Tonband, das die Anrufe aufnimmt, gehört, dass Tante Herta Mama angeschrien hat.

„Du hast sie ja nicht alle", hat Mama geantwortet. „Du bist nur neidisch, weil ich immer noch meine eigenen Zähne habe und weil kein einziger Zahn wackelt oder fault." Dann wurde es still. Tante Herta hatte aufgelegt.

Ich weiß oft nicht, ob Mama lügt oder ob sie wirklich alles glaubt, was sie sagt.

„Möchtet ihr noch eine Limonade?", fragt Mama.

Conny, Boris und Helga, die nebeneinander auf der Couch sitzen, schütteln den Kopf. Conny ist fünf, Boris ist gerade acht geworden, wie ich, und Helga ist bereits neun. Alle drei haben rotes, fusseliges Haar. Boris hat zu lange Vorderzähne, sodass er immer ein wenig sabbert, und Helga hat eine so starke Stupsnase, als würde jemand sie den ganzen Tag mit einem unsichtbaren Finger nach oben drücken. Conny, die Kleinste, frisst Rotz und kichert die ganze Zeit leise in sich hinein. Sie haben noch kein normales Wort gesagt, seit sie hier sind. Gelegentlich schlägt Boris seinen Ellbogen in Helgas Seite, und dann nennt Helga ihn flüsternd Krebsgeschwür.

Mama hat Fifi auf dem Schoß und streichelt ihren Bauch. Sie tragen beide blaue Pullover. „Zeig den Kindern doch mal dein Zimmer, Poppy", sagt sie.

Ich schüttle den Kopf, aber Mama sieht es nicht. Ich schaue Papa panisch an. Vielleicht kann er den Besuch beenden, aber er behält immer noch Onkel Karl im Auge, der nun die Schublade mit dem Silberbesteck entdeckt hat.

Ich stehe auf. Conny, Boris und Helga gehen leise hinter mir her. Wir sind noch in der Tür zu meinem Zimmer, da stürzen sie sich schon kreischend und zankend auf mein neues Spielzeug: den Playmobil-Krankenwagen, die Playmobil-Karawane. Dann entdeckt Conny auch Skipper, Barbies kleine Schwester. Papa hat sie mir heute Morgen mitgebracht. Er ist nicht mehr wütend, also war alles wieder normal, wie es immer am Sonntagmorgen ist: Papa und ich nackt auf der Couch. Er verbrachte den ganzen Morgen damit, mir zu erklären, wie Skipper funktioniert. „Wenn du ihre Arme drehst, bekommt sie Brüste." Zum

Glück hat Conny es noch nicht bemerkt, und ich werde es ihr sicherlich nicht erzählen.

Boris und Helga kriechen in den geheimen Schrank und stellen alles auf den Kopf. Ich fange an zu schwitzen. Alles, was ich sorgfältig aufgebaut habe, bis es genau so war, wie ich es wollte … alle Vorkehrungen, die ich getroffen hatte, alle Puppenkleider, die ich gerade ordentlich zusammengelegt hatte, alles wird angefasst und durcheinandergebracht oder einfach nur durch das Zimmer geworfen. Conny beugt Skippers Beine so weit zur falschen Seite, dass ein Bein abbricht. Währenddessen zerrt Helga in dem Monchichi-Zimmer an den Klamotten meiner Affenpuppen. Als Boris mitmachen will, kreischt sie: „Verpiss dich, du Kalksteinhirn! Du Arsch!"

Boris krabbelt weinend und kreischend zum Playmobilzimmer, wo er sich flach auf meine Ritterburg fallen lässt. Ich höre, wie verschiedene Teile zerbrechen. Sie schreien und fluchen und benutzen Worte, die ich noch nie zuvor gehört habe, nicht mal von Großmutter.

„Fahrraddebil, fick dich! Ich hau dir eine in die Fresse."
„Vollpfosten! Schwanzlutscher!"
„Halt die Klappe, Dschungeldepp!"
„Pissnelke!"
„Krebsgeschwür, du gackernde Schlampe, du beschissene Typhushure!"

Irgendwann setze ich mich mit den Händen auf den Ohren auf das Bett, aber es hilft nicht, ich kann sie immer noch verstehen – und die Schritte meines Vaters, die höre ich auch. Er kommt die Treppe hinauf, schneller und lauter als sonst. Ich schrecke auf, um mich zu verstecken, aber dann erkenne ich, dass er dieses Mal bestimmt nichts von mir will, also setze ich mich wieder hin. Als er die Tür öffnet, ist sein Gesicht ganz blass.

„Was ist das hier für ein Krach?", fragt er Conny.

Conny drückt Skipper gegen ihn und sagt: „Ich habe das nicht getan. Sie waren es. Sie haben es getan." Sie nickt zum Schrank hinter meinem Bett, wo Boris und Helga ganz still sind.

„Hast du keinen Anstand?" Mein Vater schaut Conny immer wieder an. Er hat Schweiß auf der Oberlippe.

„Da", sagt Conny. „Sie verstecken sich dahinter."

„Kommt sofort raus", ruft mein Vater in den Schrank.

Nichts passiert.

„Ich zähle bis drei", sagt er. „Eins."

Ich würde nun herauskommen, wenn ich sie wäre.

„Zwei."

Conny zählt an ihren Fingern. Boris und Helga tun immer noch so, als wären sie nicht da.

„Zweieinhalb", sagt mein Vater und ballt die Fäuste, die Knöchel sind weiß.

Wir hören Gestolper. Boris und Helga kriechen aus dem Schrank.

„Ich habe doch gesagt", petzt Conny, „dass sie drin sind."

„Halt dein Hurenmaul, du Rattengesicht", sagt Boris.

Papas Stimme zittert. „Hinunter mit euch! Raus aus meinem Haus, raus!"

Boris, Helga und Conny verlassen mein Zimmer. Mein Vater folgt ihnen.

„Abschaum", höre ich ihn sagen. Und noch einmal: „Der reinste Abschaum."

„Was für ein Tag", seufzt Papa.

„Ja", sage ich.

„Ich bin froh, dass sie weg sind. Und du?"

„Ich auch", sage ich.

Ich sitze in der Badewanne und schaue auf die beiden Türen. Eine Tür führt in den Flur und die andere in das Elternschlafzimmer. Man kann beide Türen abschließen, aber er macht es nie.

Mama liegt auf der Couch im Wohnzimmer. Auch sie fand den Besuch nicht schön. Papa gab ihr eine Flasche Rosé und die Lesemappe. Das beruhigt sie. Wir bekommen jeden Donnerstag die Lesemappe, es ist das teuerste Abonnement. Wenn wir sie gelesen haben, geht die Lesemappe an arme Leute.

Sobald Mama über arme Leute spricht, sieht sie traurig aus. (Weil arm sein schlimm ist und dich hässlich macht, sagt sie). Aus diesem Grund enthält die Lesemappe nur Geschichten über reiche, schöne Männer und Frauen. Manchmal sind sie krank oder haben Liebeskummer, aber dann sind sie zum Glück immer noch schön und reich.

Papa hebt mich aus der Badewanne und trocknet mich mit den Händen ab. Auf diese Weise kann er meinen Körper gut untersuchen. Ich hoffe, dass ihm eines Tages alles klar ist. Dass er alles weiß. Aber es gibt immer etwas Neues zu entdecken, sagt Papa. Deshalb macht er einfach weiter, ihm wird nie langweilig. Für mich ist es immer dasselbe. Seine Hände reiben meine Haut. Sein Finger dringt unten in mich ein. Er schließt die Augen und dann beginnt er komisch zu atmen, als wäre er sehr schnell gelaufen. Genau wie damals, als sein neuer ferngesteuerter Hubschrauber sein eigenes Auto traf. Papa stand einhundertfünfzig Meter entfernt und geriet in Panik. Das hatten wir noch nie gesehen.

„Schau ihn dir nur an, wie er rumjammert!", rief Mama. „Das glaubst du nicht!"

Wenn er seinen Finger aus mir nimmt, zeigt er mir seinen Penis. Er sagt immer, dass ich ihn mir genau anschauen muss, aber ich sehe nie etwas Neues daran. Dann muss ich seinen Penis anfassen und ihn hin und her bewegen, während ich meinen Kopf von einer Tür zur anderen drehe. Mama darf nicht hereinkommen. Ich hoffe immer, dass sie etwas Aufregendes liest. Zum Beispiel liebt sie die Schauspielerin Barbara Meyer, weil Barbara ihren Pferdeschwanz seitlich trägt und immer Kleider von Chanel anhat. Mama steckt manchmal ihre Haare zu einem Seitenpferdeschwanz, aber Chanel verkaufen sie nicht in Aachen. Mama liest auch gern Dinge über den Printenpromi, James Bond und über Königskinder. Und dann hat sie noch eine besondere Beziehung zu Gracia von Monaco, weil Gracia auch mit einem reichen Prinzen verheiratet ist, und Garcia-Patricia heißt.

Wenn Papa meinen Kopf nach unten drückt, kann ich meinen Kopf nicht mehr drehen, er hält mein Gesicht mit beiden Händen fest. Ich versuche, durch die Nase zu atmen, um nicht zu ersticken, und denke an Bäume. Woran erkennt man, zu welcher Familie ein Baum gehört? Das ist eine schwierige Frage, aber ich weiß ziemlich viel darüber. Dass man einen Baum zum Beispiel an seiner Rinde erkennt. Wenn die Rinde weiß und glatt ist, ist es wahrscheinlich eine Birke. Wenn die Rinde weißlich oder grau ist, ist es eine Pappel. Wenn die Rinde wie eine Soldatenhose aussieht, kann man sicher sein, dass es sich um eine Platane handelt. Ich klettere in eine schöne, dicke Platane bis oben in den Wipfel. Niemand weiß, dass ich dort sitze. Nur Herr Hoffmann darf es wissen. Weil er Bäume genauso liebt wie ich. Weil er mit den Augen lächelt und ein bisschen aus dem Mund riecht. Das ist ein Geruch, der mich beruhigt, weil er nicht stinkt, sondern gemütlich ist.

Papa bringt mich ins Schlafzimmer und legt mich flach auf das große Bett. Irgendwo in meinem Kopf ist ein Ort, an dem es still ist. Ich kann den Ort jetzt einfach nicht finden. Ich versuche, an alles zu denken, was ich weiß, mache eine Runde durch meinen Kopf, kleine Gedanken, das geht gerade noch. Wenn ein Baum rote Blätter hat, ist es wahrscheinlich eine Buche im Herbst. Oder ein roter Ahorn. Dusch- und Badeschaum hat die wilde Frische von Limetten. Die Sendung mit dem Lachkarussell ist das lustigste Fernsehprogramm, das ich kenne. Grüne Bohnen, Playmobil, nicht alle Schwarzen sind kriminell. Schnitzel. Barbie. Freiheit, für einen unbeschwerten Urlaub. Und dass mein richtiger Vater Jobst heißt.

Es ist Viertel nach drei in der Nacht, und ich bin in Papas Büro. Mein Kopf ist voller Lockenwickler. Mama hat sie wegen des Schulfotos schnell vor dem Schlafengehen aufgedreht.

Sie torkelte und hat ein bisschen geschielt. Ihre Hände zitterten, und so fiel die Hälfte der Wickler wieder auf den Boden, aber sie gab nicht auf und sagte. „Wir werden eine verdammt gute Sache daraus machen, Poppy."

„Okay", sagte ich.

„Nicht weinen, Schätzchen."

„Okay", sagte ich noch einmal. Ich habe nicht über die heißen Lockenwickler geweint, sondern weil mein Po wehtat. Ich versuchte, von einer Pobacke auf die andere zu wechseln, damit das Mittelstück in der Luft bleiben konnte.

Mama seufzte. „Hör auf. Du musst aufhören zu weinen und aufhören, dich zu bewegen."

Dann war es für eine Weile still.

Ich drehte mich um und versuchte sie anzusehen, aber sie drehte meinen Kopf zur Seite, um die letzten drei Lockenwickler einzurollen. Als sie fertig war, zeigte sie auf mein Bett. „Hopp, hopp, hopp, Pferdchen, lauf Galopp. Augen zu, Mund zu." Aber das funktionierte nicht.

Und jetzt bin ich hier. Es ist sehr dunkel und still. Ich kenne diesen Raum so gut, dass ich mich darin auch leicht im Dunkeln bewegen kann. Zum Beispiel könnte ich blind das Telefonbuch nehmen. Aber natürlich könnte ich es nicht lesen.

Ich gehe mit ausgestreckten Armen durch den Raum, und innerhalb von fünfzehn Sekunden habe ich es gefunden. Ich schalte die Schreibtischlampe an, damit ich gerade genug Licht zum Umblättern habe.

Da steht es: *H. P. Hoffmann.* Er heißt Hans Peter, das weiß ich, er hat es mir gesagt. Ludwigsallee 102. Die Telefonnummer lautet 62568493. Hans Peter Hoffmann. 62568493. Ich rufe ihn nicht an, natürlich nicht, es ist mitten in der Nacht. Aber wenn ich das täte, würde ich Folgendes sagen: *Hallo, Herr Hoffmann! Ich bin es. Poppy. Wie geht es Ihnen? Ja, gut? Haben Sie gerade geschlafen? Das ist schön. Mir? Ja, mir geht es auch gut. Herr Hoffmann, ich bin im Arbeitszimmer meines Vaters. Ich habe ein bisschen nachgedacht, und jetzt habe ich eine Frage. Es geht um das Haarewaschen. Mein Vater kümmert sich darum. Dreimal in der Woche. Mittwochs, freitags und sonntags. Ja, deshalb ist es immer so frisch und schön. Trotzdem hasse ich es. Warum es so schlimm für mich ist? Na ja, er trocknet mich jedes Mal ohne Handtuch ab. Nur mit seinen Händen. Hm, ja, er nimmt wirklich kein Handtuch dazu. Und*

darum möchte ich Sie fragen ... ob das normal ist. Also, was meinen Sie, ist das normal?
Antwortet mir Herr Hoffmann mit *Ja,* sage ich: *Danke schön, Herr Hoffmann, bis morgen!*
Und wenn er mit *Nein* antwortet, sage ich: *Hilfe.*
Ich glaube, das wäre ein gutes Gespräch, weil es sich wie eine einfache Unterhaltung anhört. Ich erkläre erst alles kurz, wie Herr Hoffmann es in unseren Aufsätzen haben will, und komme dann zu der Frage. Ich bin gut vorbereitet, denn ich habe zu seinen beiden Antworten etwas zu sagen. *Hilfe* ist vielleicht keine normale Antwort, aber es ist klar und deutlich, und so etwas gefällt Herrn Hoffmann. „Drückt euch klar aus, Kinder, nuschelt nicht, sagt einfach klar und deutlich, was ihr meint."

Das einzig Schwierige an dem Gespräch ist, dass es von Papa aufgezeichnet wird. Es wäre nicht klug, das Tonbandgerät kaputtzumachen. Papa und ich sind gerade erst wieder Freunde geworden.

Ich könnte auch einfach anrufen, um über etwas anderes zu sprechen. Nicht sofort das Badezimmer erwähnen, sondern erst über Bäume reden, zum Beispiel. Oder noch besser, über Hausbesetzer, Schwarze und Schwule. Wenn Papa dann hört, wie Herr Hoffmann sagt, dass es nur Menschen sind wie wir, wird Papa das auch begreifen und er wird zum Beispiel anders über schwarze Menschen denken und sie nicht mehr Neger nennen. Denn Herr Hoffmann wird bestimmt sagen, dass man das nicht darf, und Papa wird es auf dem Band hören und es sich merken. Und wenn das klappt, dann kann ich beim nächsten Mal ganz einfach über das Haarewaschen und Baden sprechen. Dann hört Papa nämlich, wie Herr Hoffmann sagt, dass es schon besser sei, ein Handtuch zu benutzen. Und dann denkt Papa vielleicht: Ja, Herr Hoffmann ist ziemlich klug, der kennt sich aus. Ich denke, er hat recht. Wie dumm von mir!

Ich gehe mit dem Telefon zum Tonbandgerät unter der Plastikhaube. Die Schnur ist lang genug. Ich nehme den Hörer ab. Das Tonbandgerät macht klick und beginnt zu laufen. Ich wähle die Nummer, das Telefon klingelt. Ich sehe mich von oben mit dem Hörer in der Hand stehen.

„Elisabeth Hoffmann."
Ja, stimmt, er ist verheiratet, mit Elisabeth. Sie klingt schläfrig.
„Hallo?", sagt Elisabeth.
Ich huste und habe plötzlich einen sehr trockenen Mund.
„Hallo?", sagt Elisabeth noch einmal.
„Guten Abend", flüstere ich sehr höflich, „ist Herr Hoffmann heute Abend anwesend?"
„Wie bitte?"

„Hier ist Uschi Glas", sage ich.
Uschi Glas nennen sie in der Lesemappe oft Schätzchen. Und Mama hat mich heute auch so genannt.
Ich höre Elisabeth murmeln, dass Hans ans Telefon kommen soll. Dann ist es einen Moment still.
„Hans Hoffmann hier", sagt die Stimme von Herrn Hoffmann plötzlich in meinem Ohr.
Ich zucke zusammen.
„Hallo", sage ich leise.
„Hallo?"
In meinen Gedanken zähle ich bis zehn. Dann sage ich mit hoher Stimme: „Hallo, hallo, wer riecht da so?"
Dann lege ich auf. Das Tonbandgerät stoppt.
Klick!

Eine große Tragödie

Als ich am nächsten Morgen aufwache und zu meinem Waschbecken gehe, um mir die Zähne zu putzen, höre ich Mama weinen. Schnell laufe ich in meinem Pyjama nach unten zum Frühstückstisch, wo sie mit dem Kopf auf dem Teller liegt und schluchzt. Papa steht daneben mit den Händen in der Tasche. Er ist leicht nach vorn gebeugt, als würde er sie trösten. Aber als ich näher komme, sehe ich, dass er versucht, die Zeitung zu lesen, die neben Mamas Kopf auf dem Tisch liegt.

Als er mich sieht, sagt er: „Guten Morgen, Poppy!"
„Guten Morgen!."
Gemeinsam schauen wir auf Mama, die fortwährend weint.
„Was ist los, Mama?"
„Nichts", antwortet Papa.
Mama schießt hoch und sieht Papa wütend an. Ihre Augen sind rot und geschwollen. Sie schnappt sich die Zeitung, hält sie hoch und zeigt auf die Titelseite. „Das nennst du *nichts*!", schreit sie Papa an.
Über dem Foto von Barbara Meyer steht in großen Buchstaben: *DER PARADIESVOGEL IST TOT!*
„Sie hat sich erschossen", sagt Mama. „In den Kopf. Nennst du das *nichts*?"
„Bis heute Nachmittag!", sagt Papa, und weg ist er.
„Nur zu! Lass mich ruhig allein mit meiner Trauer", ruft Mama ihm nach. „Geh doch in deine Zeltfabrik! Da weiß man wenigstens, was man wert ist."
Ich schenke Mama eine Tasse Tee gegen den Schrecken ein und fange an, mir die Rollen aus dem Haar zu nehmen. Mama schaut auf und fragt mich, was das werden soll.
„Ich bürste es schon selber", sage ich, „damit du dich in Ruhe ausweinen kannst."
Wenn ich es kräftig genug ausbürste, verschwinden die Locken vielleicht von selbst.

Mama schüttelt wild den Kopf und flüstert: „The show must go on."
Sie trocknet ihre Tränen mit einem Taschentuch, holt Haarspray und
Föhn aus dem Badezimmer und macht sich an die Arbeit.

Am Montagmorgen beginnen wir immer mit der Gruppendiskussion
und sitzen dabei im Kreis. Meist ist es ein ziemlicher Kampf, wer anfangen darf, aber heute ist es Herr Hoffmann selbst, der den Finger hebt.
„Ich zuerst, Kinder", sagt er, schaut in die Runde und wartet, bis wir
alle still sind. „Also, wer hat mich angerufen?"
Niemand versteht, wovon er spricht, außer mir. Ich sage nichts und
hoffe, dass mein Kopf nicht so rot ist, wie er sich anfühlt.
„Ich wurde gestern Nacht von jemandem aus der Klasse angerufen,
da bin ich mir sicher. Ich weiß nur nicht, wer es war."
Noch immer antwortet niemand.
„Ich werde nicht wütend, das verspreche ich", sagt Herr Hoffmann.
Und weil alle weiter schweigen, sagt er: „Wenn es jemanden gibt unter euch, der mit mir etwas besprechen will, kann er das gerne nach der
Schule nachholen. Nochmals, ich werde nicht wütend. Wir können über
alles reden. Aber anrufen und dann den Hörer auflegen, das machen wir
hier nicht."
Dann schaut er mich an und fragt: „Na, kleiner Blumenkohlkopf, wie
war dein Wochenende?"
Alle lachen, denn das zielt auf meine Locken. Um die Aufmerksamkeit von meinen Haaren abzulenken, sage ich: „Barbara Meyer ist tot."
„Wer?" Herr Hoffmann gibt sich schockiert.
„Barbara Meyer", antworte ich, „es stand in der Zeitung."
„Barbara Meyer ..." Herr Hoffmann überlegt, „Barbara Meyer ... Ist
das die verrückte Schauspielerin mit den seltsamen Kleidern und jeder
Menge Make-up?"
„Ja", sage ich. „Das ist sie. Sie ist tot."
Die ganze Klasse schaut mich an, und dieses Mal nicht etwa, weil sie
glauben, dass ich eine Parfümschlampe bin, *oder* wegen Mamas High
Heels *oder* weil ich nie mit jemandem spielen darf *oder* weil ich in einem Kaninchenpelzmantel mit dem Auto zur Schule gebracht werde.
Sondern diesmal sind sie neugierig auf meine Geschichte. Da ich Mama
den Artikel heute Morgen viermal vorlesen musste, kenne ich ihn auswendig.
„Nun, zu etwas anderem, Kinder", erklärt Herr Hoffmann. Weil aber
alle ständig herumschreien und kreischen: „Was? Was ist passiert? Wer
ist tot?", erlaubt mir Herr Hoffmann, darüber in Ruhe zu berichten.

„Das ist ein sehr ernstes Thema, und wir müssen es mit Respekt behandeln. Okay, Poppy?"

Ich nicke: „Es war Selbstmord."

„Wie schrecklich", sagt Herr Hoffmann. „Stand das in der Zeitung?"

„Ja. Sie hat sich mit der rechten Hand durchs linke Ohr geschossen."

„Oje, das ist seltsam." Der Lehrer verharrt einen Moment und schaut in die Runde. „Weiß jemand, warum das merkwürdig ist?"

„Weil es sehr dumm ist, sich selbst ins Ohr zu schießen, um sich zu töten", sagt Astrid.

Astrids Vater ist Polizist, also wird sie viel darüber wissen.

„Ja, sicher tut man das nicht", sagt Herr Hoffmann, „aber da ist noch etwas ganz seltsam an der Sache. Wisst ihr, was ich meine?"

Alle zucken mit den Schultern.

Ich hebe meine Hand.

„Ja, Poppy?"

„Es ist bestimmt sehr schwierig, sich mit der rechten Hand ins linke Ohr zu schießen."

„Genau", sagt Herr Hoffmann. „Ganz genau." Doch dann schüttelt er schnell den Kopf. „Verdammt, Kinder, ich denke, das ist schon ein sehr unangenehmes Thema für einen fröhlichen Montagmorgen."

„Sie ist viel zu jung gestorben", sage ich leise, „denn Barbara hatte noch so viele Träume."

„Wovon hat sie denn geträumt", fragt Jeffrey.

„Ihr größter Traum war es, die erste Frau auf dem Mars zu sein. In einem Raumanzug von Chanel. Das ist eine Modedesignerin."

„Hm", sagt Herr Hoffmann.

„Aber die Sachen von Chanel verkaufen sie nur in Berlin", fahre ich fort. „Ich glaube, sie wird in ihrem Lieblingshosenanzug aus Goldbrokat begraben werden."

„Also gut ...", sagt Herr Hoffmann.

„Es ist ein großes Leid", seufze ich, wie es Mama heute Morgen getan hat.

„Das ist es sicherlich", stimmt mir Herr Hoffmann zu. „Aber jetzt möchte Greta etwas sagen, denn sonst wird sie noch einen lahmen Arm bekommen. Du kannst deine Hand runternehmen, Greta. Wie war dein Wochenende?"

„Meine Mutter und ich haben gebacken."

„Was hast du gebacken?"

„Zimtkuchen."

„Oh, wunderbar", sagte Herr Hoffmann, und er meint es auch so.

Dann spricht Jana über den Geburtstag ihres kleinen Bruders Otto. Sie sind in den Streichelzoo gegangen, wo es ein riesiges Schwein gab, aber Otto ist später auf dem Spielplatz im Zoo vom Klettergerüst gestürzt. Jetzt hat er einen gebrochenen Arm. Corinna hat am Wochenende bei ihren Großeltern übernachtet und durfte bis Viertel nach zehn aufbleiben. Boris musste den halben Samstag in seinem Zimmer verbringen, weil er die Krawatte seines Vaters abgeschnitten hatte, auf der ein so schöner Bugs Bunny war, und David hat zum ersten Mal ohne die Hilfe seiner Mutter einen Pullover gestrickt. Er trägt ihn noch nicht, weil ein Ärmel etwas kürzer ist als der andere, aber morgen werden wir etwas erleben, sagt er.

Als es endlich Zeit wird für das Schulfoto, herrscht großes Chaos im Pausenhof, denn alle wollen neben Herrn Hoffmann stehen, also legt er sich irgendwann auf den Boden, und zwar auf die Seite, mit einem Arm unter dem Kopf.

Ich gehe hinter ihm in die Knie, zwischen David und Jeffrey und versuche den Kopf so zu halten, dass man meine Haare nicht so gut sieht.

Abendessen mit Tanz

Mama hat schon eine halbe Flasche rosafarbenen Champagner getrunken und zwinkert dem Sänger Barry Summer immer zu, der auf der kleinen Bühne singt. Es ist Weihnachten, und wir sind heute zu einem Tanzbrunch ins Hotel am Spielcasino gefahren.

„Oh Poppy", flüstert sie, „schau, er lächelt. O Gott, ich bin total verrückt nach dem Kerl."

Barry Summer lächelt wirklich nett, aber nicht zu Mama. Er lächelt seine Frau an, die Lala heißt und mit ihren vier Kindern an einem Tisch in der Nähe der Bühne sitzt. Lala Summer hat braune Haare und ein weißes Kleid und es ist klar, dass Barry sehr in sie verliebt ist.

„Was will er mit der Mutterkuh? Verstehst du das, Pick-up?", sagt Mama. „Du hast echt einen besseren Geschmack. Bin ich nicht viel hübscher? Na?"

Papa antwortet nicht. Er schaut in die Weinkarte und streichelt mit der Hand mein Bein. Papa ist nicht in Mama verliebt, er ist in mich verliebt.

Die Kinder von Barry und Lala müssen über etwas lachen, das ihnen ihre Mutter erzählt. Lala hat wunderschöne weiße Zähne und wenn sie lächelt, wirft sie den Kopf ein wenig zurück. Mama macht das auch, aber wenn sie es tut, schaut sie sich dabei immer um, um sich davon zu überzeugen, ob auch jeder mitkriegt, dass sie lächelt. Lala aber sieht nur ihre Kinder an.

„Ich glaube, sie hat ein Gebiss. Poppy? Sag mal: Wen findest du hübscher?"

„Dich."

„Nun, das meine ich auch", sagt Mama und bläst sich eine speziell für diesen Abend geföhnte Haarlocke aus dem Gesicht.

Nach der Vorspeise – ekligen Krabbencocktail für Mama und Papa und ein Stück Melone für mich – will Mama tanzen.

„Lass dich nicht aufhalten!", sagt Papa.

„Ja, aber doch nicht allein, Pick-up." Mama nickt zur Tanzfläche, wo sich immer mehr Paare einfinden.

„Ich tanze nicht", sagt Papa.

„Nun, klar, das wissen wir", sagt sie. „Aber ich werde nicht den ganzen Abend wie ein vertrocknetes Mauerblümchen hinter den Geranien hocken."

Der Kellner bringt die Kürbissuppe. Er gießt sie aus einem silbernen Krug in unsere Teller. Als er fort ist, sagt Papa noch einmal ganz ruhig: „Ich tanze nicht."

„Du machst sowieso nie etwas, das ich mag."

Das ist wahr. Papa tanzt nicht, er lacht nie und redet kaum. Er raucht und arbeitet, und er fummelt an mir herum oder legt sich auf mich, um zu sehen, wie stark ich schon bin.

Mama schaut sich um. Überall sitzen fröhliche Familien an runden Tischen. Die Väter sind alle jünger als Papa, und wenn sie gleich alt sind, wurden sie als Opa mitgenommen. Mama zwinkert nun allen Männern zu, die sie sieht, und lacht, aber niemand fordert sie zum Tanz auf.

Als unser Kellner kommt, um die Suppenteller abzuräumen, legt Mama ihre Hand auf seinen Arm. „Wenn Sie Lust auf eine Runde Quickstepp haben, wissen Sie, wo Sie mich finden."

Der Kellner sieht Papa an, aber mein Vater wirft einen Blick auf die Sängerin Lemon, die jetzt neben Barry auf der Bühne steht. Sie hat sehr dunkle Haut und steckt in einem engen metallblauen Lederanzug, für den Mama töten würde.

Mama drückt den Oberarm des Kellners und sagt, er habe ja ganz schöne Muskeln. Er werde sie damit ja mit links auf die Tanzfläche heben können. „Bis bald? Dann kannst du sehen, wie mein Rock durch die Luft wirbelt."

Der Kellner zieht höflich seinen Arm zurück, verbeugt sich halb und meint, er sei zu beschäftigt. Als er fort ist, steht Papa auf.

„Was machst du denn jetzt schon wieder?", fragt Mama.

„Toilette", sagt Papa und verschwindet.

„Fall bloß nicht in den Topf", murmelt Mama.

Ich muss lachen. Mama lacht auch – mit dem Kopf im Nacken. Sie sieht sich um.

So sitzen wir da, Mama und ich. Sie mit ihrem roten Flatterkleid und ihrer schönen Frisur, ihren Diamantohrringen und all den Ringen an den Fingern. Und ich in einem dunkelblauen Samtkleid mit einer weißen Strumpfhose und schwarzen Lackschuhen. Mama zündet sich eine Zigarette an und summt leise mit der Musik. Ich versuche, mir vorzustellen, wie es wäre, wenn Papa nicht von der Toilette zurückkehren würde. Würde das Geld in Mamas Handtasche reichen, um die Rechnung zu bezahlen? Und um danach weiterleben zu können? Vermutlich nicht. Aber wir können immer noch einen Job für mich finden. Oder meinen echten Vater ausfindig machen und fragen, ob er uns zurückhaben will. Oder einen neuen Vater finden. Er muss nicht mal sehr reich sein, nur ganz normal.

„Poppy? Poppy, schau mal!"

Mama hat einen BH aus ihrer Serviette gefaltet und hält ihn sich kichernd vor die Brust.

„Sollen wir das Butter-Käse-Eier-Spiel machen?", frage ich.

Mama drückt für einen Moment die Augen zu. Dann wirft sie ihre Serviette auf den Tisch. „Soll Pick-up doch auf dem Klo verrotten!"

Bevor ich *Nein* sagen kann, packt sie meine Hand und zieht mich auf die Tanzfläche. Als wir in der Mitte der tanzenden Menge ankommen, sagt Mama sehr laut und erschöpft: „Puh, dann mal los, Poppy, weil du es unbedingt wolltest." Dann beginnt sie so spanisch mit ihrem Rock zu wedeln und schnippt mit den Fingern. Barry und Lemon singen *The Alternative Wa*y, und Mama bewegt sich immer wilder, was die Menschen um uns herum zurückschrecken lässt, sodass Mama noch mehr Raum für ihre verrückten Tanzschritte bekommt. Sie macht große Sprünge von links nach rechts und von vorne nach hinten, und ruft immer wieder: „Juhu, hier bin ich, Poppy!" Es klingt fröhlich und begeistert, aber je größer ihre Sprünge werden, desto wütender sieht ihr Gesicht aus. Sie rammt immer öfter die tanzenden Paare und tritt anderen auf die Zehen. Wenn einer was sagt, ruft sie: „Hab dich nicht so, du Weichei!"

„Ssst, Mama", sage ich. „Still, diese Leute machen doch nichts falsch."

„Ich bin auch ein Mensch, ich habe auch Rechte!"

„Komm, Mama, wir setzen uns wieder."

„Ich verdiene genauso viel Respekt wie alle anderen. Pick-up tanzt nicht, aber er hat einen Haufen Geld. Wenn nötig, kauft er die ganze Bude hier, einschließlich Lemon mit ihrem großen schwarzen Arsch."

Zum Glück ist die Bühne weit weg, ich kann mir nicht vorstellen, dass die Sängerin das hören möchte.

Plötzlich steht Papa neben uns. Er nimmt den Arm meiner Mutter.

„Ah, du kommst also doch, um mich zu entführen?" Mama kichert.

„Wir fahren heim."

„Ich hab aber noch Hunger", sagt sie schmollend.

„Es reicht, Patricia, verdammt noch mal! Du machst dich hier zum Affen!"

Papa ist der Einzige, der Mama beruhigen kann. Sie wird nie wütend, wenn er sagt, dass sie mit irgendwas aufhören soll. Dann lacht sie nur noch lauter oder sagt: „Ups!"

Sie weiß, dass es besser ist, das zu tun, was Papa sagt. Nur er weiß, wie man alles richtig macht. Wie man mit Messer und Gabel isst. Dass das Besteck in einem Restaurant von außen nach innen liegt. Dass du den Leuten nicht *einen* Finger geben darfst, sonst laufen sie mit deiner ganzen Hand davon.

Lemon hat alle Lieder gesungen und ist fertig. „Danke schön, danke!", klingt es durch das Mikrofon. Die Leute klatschen, während Papa uns zur Garderobe bringt. Mama dreht grinsend den Kopf, als würden sie ihr applaudieren. Dann hilft Papa mir in den Mantel. Mama muss es selbst machen. Kurz bevor Papa Mama durch die Drehtür hinausschiebt, hören wir Lemon sagen, dass dies ein unvergesslicher Abend ist und sie noch nie so viele schöne Menschen zusammen gesehen hat.

Meinst du nicht auch, Barry?
Und ob, Lemon! Aber die Schönste ist meine Frau Lala.
Das kann ich gut verstehen, Barry.
Applaus.

1980

Mama kann es nicht allein, das Leben.
Und ich kann es nicht allein mit Mama,
also lief ich zu einem Münztelefon,
und ich rief Papa an, und Papa kam.
(Poppy – zehn Jahre)

Hoffe auf Ihr Verständnis

„Poppy!"

Mama kreischt am Fuß der Treppe. Ich liege in meinem Bett, habe überall Schmerzen. Mein Kopf, meine Beine, meine Arme. Grippe. Dies ist bereits der zweite Tag.

Gestern war ein wunderschöner sonniger Tag, also bin ich zuerst schweißgebadet aus dem Bett gestiegen. Doch ich musste mich übergeben und hatte hohes Fieber, deshalb konnte ich nicht zur Schule gehen. Papa ist auch nicht zur Arbeit gegangen. Er blieb den ganzen Tag zu Hause, um auf mich aufzupassen, damit Mama sich im Garten sonnen konnte. Sie steht auf einen sonnengebräunten Körper. Bei den ersten wärmenden Sonnenstrahlen zieht sie ihren weiß-goldenen Bikini an und legt sich mit gespreizten Armen und Beinen in den Garten. „Jungs, heute werde ich Sonne tanken!", ruft sie dann.

So auch gestern. Mama tankte Sonne, und ich lag mit Fieber im dunklen Zimmer. Papa kam jede halbe Stunde in seinem Schlafanzug zu meinem Bett, um meine Temperatur zu messen. Ich kann keinen weiteren Tag liegen bleiben, ich muss hier weg. Zur Schule.

Was ist heute für ein Tag? Mittwoch. Ein halber Schultag. Ich muss es schaffen. Aber wenn ich aufstehe, fängt es in der Mitte meines Kopfes zu krachen an. Alles Mögliche presst gegen die Innenseite meiner Augen, und in meinem Ohr pfeift etwas.

„Poppy!"

Ich möchte Mama sagen, dass ich sofort bei ihr bin, aber wenn ich meinen Mund öffne, kommt da nur Stöhnen raus.

„Poppy!"

Halt die Klappe, möchte ich ihr zurufen, *halt deine Klappe, halt endlich deine blöde Klappe!* Aber ich atme tief ein und rufe: „Ja, gleich!"

Als ich angezogen nach unten schlurfe, frühstückt Mama schon. Sie drückt sich mit einer Hand ein mit viel Schokolade bestreutes Sandwich hinein und streichelt mit der anderen Hand über den Bauch von Fifi, die auf ihrem Schoß sitzt.

„Geht es dir wieder besser?", erkundigt sie sich. Schokostreusel und Butter kleben an ihrem Mund.
Ich nicke.
„Du bist immer noch sehr blass."
Ich zucke mit den Schultern.
Mama bedeckt ein neues Sandwich mit Schokostreuseln und schlingt es mit zwei Bissen hinunter. Sie wird fett. Jedes Mal, wenn sie etwas Schönes gekauft hat, muss sie es ein paar Wochen später eine Nummer größer kaufen. Ich werde immer dünner. Es ist, als ob wir beide in die falsche Richtung wachsen.
Ich setze mich und lege meinen Kopf auf den kühlen Tisch.
„Du bist noch nicht fit", sagt sie.
„Es ist Mittwoch", sage ich, „es sind nur ein paar Stunden. Das wird schon klappen. Nur die Sportstunde wird schwierig, denke ich."
„Ich denke auch nicht, dass es gut wäre, wie ein Äffchen durch den Käfig zu hopsen."
„Schreibst du mir eine Entschuldigung, Mama?"
„Okay", sagt Mama. Sie steht auf und verlässt die Küche und kommt wenig später mit Stift und Papier zurück. Ich schlürfe einen Schluck Tee. Dann nehme ich den Stift und schreibe:
Sehr geehrter Herr Hoffmann,
da Poppy noch nicht ganz „die Alte" ist, scheint es mir besser, dass sie nicht am Gymnastikunterricht teilnimmt.
In der Hoffnung auf Ihr Verständnis.
Mit freundlichen Grüßen
Patricia Grinberg-Becker (die Mutter von Poppy)
„Was steht da?", fragt Mama und zeigt auf die letzten Zeilen.
Ich lese es ihr vor.
Mama nickt.
„Ja", sagt sie, „in der Hoffnung auf Ihr Verständnis, das ist schön gesagt."
Für Mama ist es kein Problem, dass sie kaum lesen und schreiben kann. Sie hat nicht die Geduld für ein Buch, sie mag Bilder und Fotos mehr und blättert gern in Zeitschriften. Wenn etwas gelesen oder aufgeschrieben werden soll, dann erledigen Papa oder ich das. Auf ihrer Einkaufsliste macht sie sich kleine Zeichnungen von den Dingen, die sie braucht. Das sieht auch viel schöner aus, sagt sie. Ich könnte niemals mit ihren Listen einkaufen. Ihre Äpfel und Bananen *(sie malt alles sehr genau und normalerweise haben die Dinge, die sie zeichnet, lächelnde Münder und herzförmige Augen)* verstehe ich, aber für Eier und Hähnchenbrust malt sie zum Beispiel ein Huhn. Bei den Eiern ist es ein

lächelndes Huhn, bei der Brust ein weinendes. Darf Mama ein paar schöne Dinge für sich aussuchen, endet die Einkaufsliste mit einer Kombination aus allen Sternchen, Herzchen, Blümchen und Feuerwerk.

Mama schreibt meinen Zettel ab und streckt dabei die Zungenspitze aus dem Mund. Sie schreibt sehr langsam und setzt nach jedem Wort einen Punkt.

„Du musst nicht hinter jedes Wort einen Punkt setzen, Mama", sage ich.

„Lass mich nur machen."

Als mein Vater die Küche betritt, ist Mamas Entschuldigung gerade fertig. Papa trägt seinen Pyjama. Er glaubt, ich bleibe noch einen Tag zu Hause.

„Warum bist du nicht in deinem Bett?", fragt er.

„Weil es mir besser geht."

Mama gibt mir die Notiz. Ich stecke sie in meinen Schulranzen.

„Was war das?", fragt er.

„Eine Entschuldigung, damit sie nicht an der Sportstunde teilnehmen muss", antwortet Mama.

Er sieht mich mit hochgezogenen Augenbrauen an. „Du gehst doch *nicht* zur Schule?"

„Doch", sage ich, „ich fühle mich wirklich schon viel besser."

Papa legt seine Hand auf meine Stirn. Ich zucke ein bisschen zurück.

„Sie glüht ja vor Fieber", sagt er zu Mama.

„Tut sie nicht!", sage ich.

„Ich finde es unverantwortlich."

Ich mache mir ein Sandwich und fange an, darauf zu kauen. „Zum Glück bin ich wieder richtig hungrig."

„Du bleibst zu Hause!", sagt Papa.

„Ich muss wirklich zur Schule", sage ich, „wir üben für den Cito-Sprachtest."

„Das ist lächerlich, Patricia. Poppy ist todkrank."

„Hör zu", sagt Mama, „wenn Poppy zur Schule gehen will, kann ich sie nicht aufhalten." Sie seufzt. Sie möchte sich bald in Ruhe im Garten sonnen, genau wie gestern.

Papa und ich sehen uns an. Ich zähle die Sekunden in meinem Kopf. Bei fünf schaut er zuerst weg. Das ist das erste Mal, dass ich gewinne. Ich zittere auf meinen Beinen. Vor Fieber und Angst, aber es gibt noch etwas anderes, etwas Neues. *Er hat zur Seite geblickt, nicht ich. Er. Hat. Weggesehen.*

Ich schiebe meinen Teller von mir und stehe auf. Mein Vater verlässt die Küche.

„Wollen wir dann, Mama?" Es ist viel zu früh, aber ich möchte ihn nicht noch einmal ansehen. Mama isst schnell ihr viertes Sandwich und bringt mich dann mit dem Auto zur Schule. Ich bin wahrscheinlich die einzige Zehnjährige auf der Welt, die jeden Tag abgeholt und gebracht wird *(vielleicht gibt es aber auch noch andere)*. Ich bin auch die einzige Zehnjährige mit einem eigenen Pferd *(da bin ich mir ziemlich sicher)*. Die einzige Zehnjährige, der es nicht erlaubt ist, sich selbst die Haare zu waschen *(ich bin mir sicher, denn ich habe mich kürzlich sehr vorsichtig in der Klasse umgehört)*. Die Einzige mit einem Surfbrett *(da bin ich mir nicht ganz sicher)*. Die Einzige mit Albträumen, die so schlimm sind, dass ich manchmal die ganze Nacht wach liege *(ich bin mir fast sicher, weil sie sich nur um Papa drehen und ich mir nicht vorstellen kann, dass es mehr Menschen gibt, die so etwas von ihrem Vater träumen)*. Die Einzige mit einer Mutter, die nicht mal ihren eigenen Namen schreiben kann *(da habe ich mich nicht umgehört, denn ich finde es zu jämmerlich für Mama, aber ich kann mir nicht vorstellen, dass es das noch mal gibt)*. Die Einzige, die jeden Sonntagmorgen nackt fotografiert wird *(ich spüre, dass es so ist, habe aber niemanden danach gefragt)*. Ich glaube, ich bin auch die einzige Zehnjährige, die schon weiß, was Sex ist *(aber ich wage es nicht, andere Kinder zu fragen, ob sie es wissen, und wenn ja, von wem sie es gelernt haben)*.

„Guten Morgen, Poppy, da bist du ja wieder?" Herr Hoffmann sieht mich an.

Er ist alleine im Klassenzimmer. Ich bin die Erste.

„Hallo, Herr Hoffmann."

Ich setze mich an meinen Tisch und lege meine Hand auf meinen Bauch, der schmerzt. Wegen der Grippe, aber auch, weil ich genau an dieser Stelle spüre, dass ich die Einzige bin. Es gibt hier keine anderen Mädchen wie mich. Ich sehe es ihnen an. Sie sind anders. Ich lese es in ihren Augen, sie sehen glücklicher aus. Und dümmer. Weil sie nicht an alles denken müssen. Ich habe manchmal das Gefühl, dass mein Kopf vor lauter Gedanken auseinanderfällt. Das ist nicht nur mittwochs, freitags und sonntags so. Das kann immer passieren. Abends traue ich mich nicht mehr, etwas zu trinken, denn wenn ich nachts pinkeln muss, hört er mich auf der Treppe. Obwohl er so alt ist, hat er so gute Ohren wie ich.

Als ich das letzte Mal nachts auf die Toilette gegangen bin, kam er sofort aus dem Schlafzimmer und begleitete mich. Er wischte meinen Pipi ab und sagte dann, es sei noch nicht richtig sauber, deshalb musste ich mitten in der Nacht ein Bad nehmen.

Ich werde nie wieder nachts nach unten gehen. Wenn ich wirklich nicht anders kann, pinkle ich in das Waschbecken in meinem Zimmer. Ich habe sogar einmal reingekackt. Es dauerte eine Weile, bis es wieder weg war, und es hat danach immer noch ein bisschen gestunken. Aber das ist nicht so schlimm. *Einmal* bin ich doch hinuntergegangen, zu Mama, weil ich den schlimmsten aller Albträume hatte. Ich habe geträumt, Mama wäre tot. Sie wäre gestorben, und ich müsste für den Rest meines Lebens mit Papa allein bleiben. Ich sagte zu ihm, ich wolle auch sterben, aber er sagte: „Du willst nicht sterben, du willst bei mir sein, das weißt du selbst am besten. Du bist doch meine kleine Frau."

Bei Mamas Beerdigung jubelte Großmutter, als hinge ihr Leben davon ab. Als ich fragte, warum sie so glücklich sei *(„Es ist doch deine Tochter?", sagte ich weinend. „Möchtest du nicht, dass sie am Leben ist? Dass ich eine Mutter habe? Wie kannst du da nur jubeln?")*, antwortete Oma, dass ich ein Dummerchen sei, dies wäre doch der Moment, endlich den Safe zu öffnen.

„Begreif es endlich, Poppy. Das ist *mein* Hintertürchen."

„Du kennst aber den Code nicht", sagte ich.

„Aber sicher kenn ich ihn", widersprach Großmutter, „der Code ist t-o-t."

Plötzlich standen Oma und ich in Papas Büro, und sie öffnete den Safe. Ich habe anfangs nicht gewagt hineinzusehen, aber nachdem Großmutter anfing zu fluchen: „Teufel! Hinterhältiger Bastard! Was soll ich denn damit?", habe ich reinschauen wollen.

Ich ging langsam zum Safe. Großmutter stand immer noch davor, und ich klopfte ihr auf den Rücken. „Geh mal zur Seite, Oma."

Großmutter drehte sich um. „Bist du dir sicher, dass du das sehen willst, Poppy?"

„Ist es sehr schlimm, Oma?"

Großmutter schwieg und blieb vor dem Tresor stehen. Ich geriet immer mehr in Panik. Mama ist tot, dachte ich, und etwas Schreckliches liegt im Safe.

„Warum passiert das alles, Großmutter?"

„Das ist das Leben, Poppy", antwortete Großmutter und trat endlich zur Seite.

Ich kniff zuerst meine Augen ganz feste zusammen. Dann öffnete ich sie wieder.

Ich lag im Safe, als Baby, und schlief.

Großmutter verließ stampfend und schimpfend das Büro.

„Psst!", rief ich. „Psst! Das Baby schläft doch!" Ich fand es in diesem Moment nicht seltsam, dass ich es war, die in dem Tresor lag. Ich deckte mich ein wenig zu und schloss den Tresor wieder ganz sanft, um mich nicht aufzuwecken.

Als ich aufwachte, weinte ich heftig. Ich ging ins Schlafzimmer meiner Eltern und legte meine Arme um meine schlafende Mutter.
Papa setzte sich sofort im Bett auf. „Was ist los, Poppy?", fragte er. „Nichts." Ich schüttelte sie immer heftiger. „Mama?", flüsterte ich ihr ins Ohr. „Ich hatte einen Albtraum."
Mama wachte nicht auf. Sie murmelte nur irgendetwas und öffnete die Bettdecke, damit ich auf ihrer Seite in das große Bett klettern konnte. Dann hievte Papa mich sofort über Mama, sodass ich in der Mitte zwischen ihnen lag, aber weiter unten als die beiden. Mama schnarchte weiter, und Papa nahm meine Hand und legte sie auf seinen Penis. Ich zog sie sehr vorsichtig zurück und presste meinen Körper ganz nahe an Mama, aber er zog mich zurück in die Mitte und nahm wieder meine Hand.

Ich zog sie noch ein paarmal weg, aber irgendwann wurde es zu einer Art Spiel, das Papa immer mehr gefiel, und dann dachte ich, es wäre besser, es so schnell wie möglich hinter sich zu bringen. Also habe ich nichts mehr dagegen unternommen, aber auch nicht mitgemacht. Er schloss seine Hand um meine und begann damit an seinem Penis zu ziehen. Ich hatte Angst, dass Mama aufwachen würde, und wollte gleichzeitig *so sehr*, dass sie aufwachte. Ich wimmerte, so leise ich konnte, und es dauerte so lange, bis es zu Ende war. Danach flüsterte Papa: „Du hast ja sogar ein bisschen gestöhnt. Das Spiel gefällt dir, nicht wahr? Du hast es ja erfunden." Und seine Augen strahlten dabei.

Es war nicht das erste Mal, dass er so etwas Ähnliches sagte. Er hatte so was schon oft gesagt. Er behauptete, dass ich selbst damit begonnen hätte, unmittelbar nachdem wir hier eingezogen waren. Er erzählte mir lachend davon, dass ich schon am ersten Tag seine Hand in meine Unterhose gesteckt hätte und dass wir beide dieses Spiel sofort als sehr angenehm empfunden hätten. Und er flüsterte, dass von Anfang an etwas Besonderes zwischen uns gewesen sei.

Habe ich das wirklich damals getan? Aber warum sollte ich das tun?
Ich kann mich nicht mehr daran erinnern.

Herr Hoffmann sieht mich prüfend an, „Alles in Ordnung mit dir, Poppy?" Er hält seinen Kopf leicht schräg.
„Jep."
„Sicher?"
„Artischocke", sage ich zu meinen Schuhspitzen.

„Okay."
In Gedanken seufze ich: *Hilfe!*

Eine zufällige Begebenheit

Papa kniet vor mir auf dem großen Bett, mit einem Tampon in den Händen. Ich liege auf der Liege, wie Mama, wenn sie sagt, dass sie Sonne tanken will, aber ohne Bikini. Papa fragt, ob ich verstanden habe, was er mir gerade über Blut und Menstruation und Tampons erzählt hat.

„Aber ich habe das alles noch nicht", sage ich, „Ich bin erst zehn Jahre alt."

„Ich frage nicht, wie alt du bist, ich frage, ob du es verstanden hast", erklärt Papa.

„Ja!"

„Dann führe ich jetzt den Tampon kurz ein. Danach wirst du wissen, wie sich das anfühlt." Das sagt er immer. „Dann wirst du wissen, wie es sich anfühlt." Er behauptet, dass das alles später hilfreich sein wird, wenn ich verheiratet bin. Weil ich dann weiß, wie man alles macht. („Dein Ehemann wird sich darüber mal sehr freuen.")

Ich will später keinen Mann. *Gerade* weil ich weiß, wie es sich anfühlt.

Er steckt den Tampon mit den Fingern in mich hinein. Sehr tief. Es tut weh. Papa fängt an zu keuchen.

Heute Morgen sind Mama und ich gemeinsam in die Innenstadt gefahren, weil sie von Papa wieder Geld zum Shoppen bekommen hat. Wir gingen zu Marie ins Modeparadies, wo Mama seit Jahren Stammkundin ist („Ich gebe hier seit Menschengedenken ein Vermögen aus!") und sie mittlerweile genau wissen, was Mama mag. Sie reihen die neu eingetroffenen kurzen, engen und glänzenden Kleider stets auf einem separaten Ständer aneinander. Wenn etwas dazwischen hängt, das Mama besonders gut gefällt, ruft sie: „Jesus! Da steht mein Name drauf!" Es gibt immer Kaffee und Sekt für Mama, Limonade für mich und eine Schüssel Wasser für Fifi, und nach der Anprobe langweilige Mumiengespräche mit den Verkäuferinnen.

Heute war es interessanter. Es ging um das Verschwinden eines Babys in Australien. Ihre Eltern haben behauptet, dass es von einem Dingo gefressen wurde, aber die Polizei glaubt, dass die Mutter ihr Baby getötet hat. Ich kann mir nicht vorstellen, dass eine Mutter so etwas tun würde. Außer Mama.

„Man kann schon auf sein Baby sauer sein, Poppy", sagte sie. „Weil es dir deine schöne Figur kaputtmacht. Aber trotzdem ist das totaler Quatsch: Ein Dingo frisst nur Fisch. Und sie haben viel zu kleine Flügel, um ein Baby hochzuheben."

Niemand hat es gewagt, Mama zu sagen, dass ein Dingo kein Pinguin ist.

Wir verließen den Laden mit drei Taschen voller Mohair und Polyester, um weiter in die Kinderboutique zu gehen, wo die neue Kollektion eingetroffen war.

„Man muss mit den Hühnern aufstehen und am besten schon vor der Ladentür warten, Poppy, sonst sind die lustigen Sachen weg." Davon ist Mama überzeugt.

„Oh, schade, wir sind zu spät dran", neckte ich sie, als wir reinkamen. „All die lustigen Sachen sind schon weg." Es war ein Scherz, denn der ganze Laden war voll von Cardigans, Pullovern und Wintermänteln. Aber Mama sah mich entgeistert an und keifte: „Bist du blöde? Das sind doch lauter brandneue Sachen! Hast wohl Tomaten auf den Augen!"

Danach schubste sie mich in eine Umkleidekabine, und ich musste unentwegt Winterkleidung anprobieren. Mir war schrecklich heiß, und alles juckte. Dann kam Mama plötzlich auf die Idee, mir viel zu enge und viel zu dicke Rollkragenpullis zu bringen, die ich ohne ihre Hilfe gar nicht mehr auszuziehen konnte.

Als ich gerade in einem violetten mit silbernen Rentieren feststeckte, drehte sich Mama zur Verkäuferin um und holte tief Luft, bevor sie plötzlich loslegte: „Übrigens haben Sie der Enkelin meines Mannes das gleiche rosafarbene Kleid verkauft wie meiner Poppy, das mit den Schleifen und dem goldenen Schmetterling."

„Ich erinnere mich nicht, ob es …"

„Doch", sagte Mama, „Das wissen Sie sehr wohl. Wenn ihr mir etwas exklusiv verkauft, kann ich erwarten, dass es nicht auch noch der Nächstbeste bekommt, und schon gar nicht Vanessa und ihr verlauster Balg, denn die kann nichts anderes, als mich zu imitieren, weil sie keinen eigenen Geschmack hat."

„Das war sicher ein Versehen. Es wird … es wird nicht mehr vorkommen", sagte die Verkäuferin.

„Das hoffe ich doch sehr. Ich habe ja nur darüber gelacht, aber mein Mann war stinksauer", behauptete Mama. „Wie ist überhaupt Ihr Name?"

„Sylvia."

„Prima, ein königlicher Name, schön für Sie. Dann sind Sie sicher nicht dumm, oder? Merken Sie sich bitte, Sylvia, dass ich hier viel Geld lasse, also erwarte ich dafür einen entsprechenden Service, sonst könnte ich genauso gut zum Wochenmarkt gehen!"

Sylvia hatte jetzt rote Flecken am Hals. Ich auch, aber sie sind nicht zu sehen wegen des Rollkragens, an dem ich allmählich zu ersticken drohte. Die enge Cordhose war mir auch unangenehm, aber der blöde Pullover schien mich erdrosseln zu wollen.

Sylvia sah den Schweiß auf meiner Stirn. „Ich glaube, Ihrer Tochter geht es gerade nicht gut, Frau Grinberg-Becker", sagte sie.

„Wie? Was?" Mama drehte sich um, und für einen Moment schien es, als wüsste sie nicht mehr, wer ich war. Sie sah mich erstaunt und panisch an. So schaut sie immer, wenn Papa zu viele komplizierte Wörter in *einem* Satz benutzt hat.

„Ihr ist vielleicht zu warm", sagte die Verkäuferin.

„Und das bestimmen Sie?"

„Nein ... nein", sagte Sylvia. „Ich meinte nur, dass sie so ein liebes und stilles Kind ist und keinen Ton sagt, und dabei erstickt sie fast."

„Wollen Sie damit andeuten, dass ich nicht weiß, was meiner Tochter guttut?", fragte Mama scharf.

„Mama", unterbrach ich sie krächzend, „Mama, kannst du ihn mir bitte wieder ausziehen?"

„Warum?"

„Mir ist so schwindelig."

Sie sah auf den Pullover. „Ist er nicht bequem? Er sitzt doch perfekt."

„Nein! Er ist viel zu eng! Ich kann darin kaum atmen und die Arme nicht mehr bewegen ...", antwortete ich, „Mama, bitte ..."

„Aber dieses Violett ist eine aparte Farbe. Also hab dich nicht so! Das Material dehnt sich doch, Dummerchen", sagte sie. „Hm, zieh bitte mal den roten Mantel drüber, Poppy."

„Mama ..."

Mama packte mich an den Schultern und schüttelte mich wütend hin und her. „Du ziehst jetzt sofort den roten Mantel drüber", schrie sie mir ins Gesicht. „Keine Widerrede!"

Die Verkäuferin streckte mir kurz eine Hand entgegen, als ob sie mir helfen wollte, aber letztlich blieb die Hand einfach in der Luft hängen, sie trat sogar einen Schritt zurück.

Ich zwängte mich in den gesteppten roten Wintermantel, und als ich drinsteckte, konnte ich mich nicht mehr bewegen. Ich war zu einer Schaufensterpuppe in der Juniorfashion-Winterkollektion geworden.

„Nun kann der Winter kommen. Du wirst die Hübscheste auf dem Pausenhof sein, Poppy!", sagte Mama und warf der Verkäuferin einen triumphierenden Blick zu.

Sylvia nickte sprachlos.

„Ich kann in diesen Sachen nicht draußen spielen, Mama", sagte ich. „Ich kann mich nicht mal richtig bewegen."

„Na und?" Mamas Gesicht glühte vor Wut. „Du sollst ja auch nicht herumturnen, sondern nur hin und her laufen, nicht wahr? Das ist es doch, was du auf dem Schulhof tust? Hin und her laufen, oder nicht?"

„Mama, aber ..."

„Willst du etwa andeuten, dass ich nicht weiß, was man auf dem Pausenhof macht?"

„Nein."

„Also, was machst du auf dem Schulhof?"

„Hin und her laufen."

„Hab ich doch gewusst!", rief sie und blickte sich Beifall heischend um.

Die Verkäuferin nickte wieder, aber diesmal zu mir, als ob sie sagen wollte: Streite dich lieber nicht mit ihr.

Mama biss sich fest in den Daumen. Dann schlug sie sich mit derselben Hand auf das nackte Knie. „Ich bin vielleicht eine! Weißt du was, wir nehmen alles. Du lebst nur einmal, nicht wahr, Poppy? Aber danach will ich nichts mehr von dir hören, verstehst du? Nicht alle Mütter würden ihr Kind so hübsch anziehen, also verlang nicht noch mehr, hörst du?"

„Ja", sagte ich.

„Versprochen?"

„Versprochen."

Wir waren schon fast am Auto. Mama stolzierte mit all den Einkaufstaschen voran. Ich durfte nichts tragen (außer Fifi), weil Mama für ihr Leben gern mit vielen Einkaufstüten aus schicken Läden herumläuft. Sie hofft, dass jemand etwas zu ihr sagt, wie „Sie haben aber ganz schön zugeschlagen", weil sie dann antworten kann: „Nun ja, wenn man sich teure Sachen leisten kann, macht das Leben erst richtig Spaß!"

Mit weniger Einkaufstüten und ohne ihre neuen Leopardenstiefel mit fünfzehn Zentimeter hohen Absätzen wäre sie vermutlich nicht gestolpert. Aber so fiel sie mitten auf dem Zebrastreifen aufs Pflaster. Sie stand nicht mehr auf, sondern weinte wie ein kleines Kind. Ich versuchte sie hochzuziehen, aber sie fluchte und machte sich schwer und heulte noch lauter.

Ich habe mich geschämt, wie ich mich noch nie für sie geschämt habe. Ich blieb die ersten fünf Minuten in ihrer Nähe, aber als ich merkte, dass sie nicht wieder aufstehen wollte und sich ein riesiger Stau hupender Autos vor dem Zebrastreifen bildete, ging ich mit Fifi auf den Bürgersteig und tat, was die eintausend Leute um mich herum auch taten – ich starrte die weinende Frau an, die ausgestreckt auf dem Zebrastreifen lag, umringt von umgekippten Einkaufstaschen.

Ein Mann neben mir sagte: „Schau dir die mal an, was die für ein Theater macht. Die muss doch besoffen sein!"

Ich nickte. „Sieh nur, Fifi, die Dame dort benimmt sich ziemlich verrückt, zum Glück kennen wir sie nicht", und gab auch ein „Tssss!" zum Besten.

Schließlich kam ein Polizist und half Mama wieder auf. Anfangs lief es sehr gut (*weil der Polizist einen Schnurrbart hatte, glaube ich. Mama steht voll auf Schnurrbärte*), aber dann tat sie, als würde sie gleich erneut in die Knie gehen, sodass er sie schließlich zum Bürgersteig trug – mit weit auseinanderklaffenden Beinen (*sie hätte eine Hose und keinen Minirock anziehen sollen!*) und den Kopf nach hinten hängend, als hätte das Meer sie gerade in seine Arme gespült.

Neben dem Bürgersteig stand eine Bank, und er setzte sie vorsichtig dort ab. Zuerst flüsterte sie einige Male jämmerlich: „Wo bin ich? Was ist nur passiert …? Alles dreht sich." Dann erinnerte sie sich plötzlich an ihre Plastiktüten und schrie: „Poppy! Poppy! Komm sofort her! Wo sind die Taschen! Wo steckst du denn? Und wo zum Teufel sind die Taschen?" Sie schrie ein älteres Ehepaar an, das sie mit offenem Mund anstarrte: „Haut ab, ihr Mumien!"

Als ich alle Taschen wieder eingesammelt hatte, brachte ich sie zu Mama. Der Polizist sagte gerade: „Sie hatten nur einen kleinen Schwächeanfall. Verschnaufen Sie noch kurz. Sie haben sich überanstrengt." (Ich fand den Satz seltsam. Hatte er meine Mutter nicht richtig angesehen?)

Als Mama plötzlich Blut an ihren Knien entdeckte, erklärte sie, sie brauche ärztliche Behandlung und könne nicht mehr Auto fahren. „Können Sie uns nicht mit ihrem Polizeifahrzeug nach Hause bringen?"

Der Polizist schüttelte den Kopf und zeigte auf sein Fahrrad. „Für eine Eskorte fehlt uns leider das Personal."

Mama kann es nicht allein, das Leben. Und ich kann es nicht allein mit Mama, also lief ich zu einem Münztelefon und rief Papa an, und Papa kam.

„Was ist passiert, Poppy?"

„*Ich* bin gestürzt. Bist du blöd? Das sieht man doch!", brüllte Mama.

Papa sagte kein Wort und brachte uns nach Hause.

„Poppy, das ist doch kein Pflaster", riefen beide im Chor.
„Ich weiß, aber das ist eine Rolle Verbandmull." Ich wurde wütend. Sie sollten mich nicht auslachen, sie sollten nicht so tun, als wäre *ich* verrückt, als hätte *ich* ganz Aachen zusammengeschrien, als wäre *ich* zu blöd zum Laufen, als hätte *ich* gerade Klamotten für tausend Mark gekauft, die viel zu klein waren.
„Das ist auch kein Verbandmull, du kleines Unschuldslamm."
„Was ist es dann, Mama?"
Dann lachten Mama und Papa nur noch lauter. Es dröhnte in meinen Ohren, und ich hasste sie beide in diesem Moment so sehr, dass es mir Angst machte. Vor meinem inneren Auge sah ich, wie Mama *und* Papa auf dem Zebrastreifen lagen, und ein großer Lastwagen rollte laut hupend über sie hinweg. Erst vorwärts, dann rückwärts. Dann noch einmal vorwärts.
„Was ist es dann?", fragte ich noch einmal.
„Du wirst es herausfinden, Poppy", sagte Papa, streichelte mir über den Kopf und zwinkerte mir zu.
O nein, das Zwinkern gehört mir!

Und jetzt habe ich es herausgefunden. Das ganze Leben besteht aus zufälligen Begebenheiten, würde Oma Becker sagen. Papa erklärte es mir und steckte das Ding, das kein Verbandsmull ist, in mich hinein und zog es am Bändchen wieder heraus, als würde er ein Spiel spielen. Danach hat er ein Neues eingesetzt, denn nun bin ich dran. Es ist wichtig, dass ich weiß, wie ich es selbst herausziehen kann. Er hält seine zitternde Nase darüber. Er keucht und fasst sich an seinen Penis.

Nachdem ich den Tampon herausgezogen habe, steckt er seinen Penis in meinen Mund.

Mama liegt unten auf der Couch und schaut fern. Sie isst eine Schüssel Smarties auf den Schrecken.

Badekappe

Heute Abend liege ich auf der Couch, und Mama ist mit Papa im Badezimmer. Papa bekommt schwarze Haare.

Beim Sonntagsfrühstück führten wir im Stillen einen Krieg miteinander, weil ich an diesem Morgen nicht für Fotos nach unten gekommen war. Ich bin liegen geblieben. Als Papa nach oben kam, um mich zu holen, kroch ich in meinen geheimen Schrank. Er rief zuerst leise (*um Mama nicht aufzuwecken*) und dann immer wütender und lauter (weil er es nicht ertragen konnte, dass ich mich vor ihm versteckte und nicht antwortete).

Schließlich kreischte Mama aus dem Schlafzimmer: „Ruhe, verdammt!", und Papa ging wieder die Treppe hinunter.

Beim Frühstück warf er mir die ganze Zeit wütende Blicke zu. Ich fürchtete mich und sah immer nur Mama an, die über Tante Herta und Onkel Karl klatschte.

„Sie ruft mich die ganze Zeit wegen Geld an, aber sie kann mich mal."

„Hm ...", knurrte Papa.

„Und Herta labert und labert. So ein Anruf kostet jede Menge Geld, aber daran denkt sie nicht."

„Hm ..."

„Sie sagt, sie brauchen tausend Mark für den Zahnarzt, aber sie und Karl haben seit Jahren ein Gebiss, halten die mich für blöd?"

Ich habe gelacht. Papa fand es ärgerlich, dass ich das tat. Er suchte nach etwas, worüber er sich laut aufregen konnte. Es wurde der Käse. Käse ist eines der wenigen Dinge, die ich mag. Ich esse am liebsten nur die Scheiben von meinem Brot, aber das gefällt Papa nicht. Er mag es auch nicht, wenn ich meinen Tee schlürfe. Oder mein Messer ablecke. Ich weiß, was passiert, wenn ich das trotzdem mache: Als Erstes klopft er wütend mit dem Fingerknöchel auf den Tisch. Danach blicke ich auf und sage überrascht: „Herein?" Und schließlich gibt er mir einen Klaps auf den Kopf. Alles geschieht sehr schnell hintereinander, es könnte auch ein Sketch im Fernsehen sein. Es tut nicht weh. Ich verschwinde in meinem Kopf und fühle dann kaum etwas. Wie in diesem Moment.

Ich stibitzte eine Scheibe Käse von meinem Brot.
Papa klopfte auf den Tisch.
„Herein!"
Er gab mir einen Klaps auf den Kopf.
Soweit nichts Ungewöhnliches. Aber Mama hatte aufgehört zu essen und sah Papa mit gerunzelter Stirn an.
„Stimmt etwas nicht?", fragte Papa.
„Doch", sagte sie. „An und für sich schon, aber …" Mama schaute von meinem Vater zu mir und wieder zurück.
„Aber was?", fragte Papa irritiert.
Mama widerspricht Papa niemals, es wäre das erste Mal.
Sie zog ihre Stirn noch stärker zusammen. „Weißt du, was ich glaube, Pick-up?"
„Ich habe nicht die geringste Ahnung."
Sie biss sich auf den Daumen, wie sie es immer tut, wenn sie nach Worten sucht.
„Was möchtest du sagen, Mama?", fragte ich.
„Ich denke, mit ein wenig gutem Willen könnte man dafür sorgen, dass du wie fünfzig aussiehst."
Stille. Papa war irritiert.
„Meinst du, Patricia?", fragte er misstrauisch.
„Ja!", antwortete Mama, als hätte sie die Welt mit einem Mal vollständig verstanden. „Ja! Weil ich die ganze Woche überlegt habe, warum du so alt aussiehst, aber jetzt weiß ich: Es ist deine Haarfarbe."
Papa fuhr mit der Hand über sein Haar.
„Und es ist nicht so, dass du nicht massenhaft Material auf deinem Kopf hättest, mit dem man arbeiten könnte, aber du wirkst so alt, weil dein Haar so eine tote, mausgraue Farbe hat. Meinst du nicht auch, Poppy?"
Ich wusste nicht, was ich antworten sollte.
„Poppy?"
„Hm?"
„Papa hat volles Haar, es ist der Farbton, oder?"
Ich sah Papa an. „Welche Farbe möchtest du denn?"
„Natürlich schwarz", sagte Mama.
„Schwarz?" Papa war schockiert.
„Schwarz", sagte sie erneut. „Schwarz ist schick und zeitlos."
„Ich weiß nicht, Patricia …"
„Doch, Pick-up", sagte sie. „Glaub mir. Es gibt ein paar Dinge, wovon ich wirklich Ahnung habe, und eines davon sind Haare."
„Hm …"

„Und Gütesiegel", sagte Mama, „darüber weiß ich auch alles."
Innerhalb einer Woche kam mit der Post ein schönes hellblaues Päckchen aus Frankreich mit einem speziellen Haarfärbemittel. Papa hatte bereits zwanzigmal erwähnt, dass er gar nicht daran denke, sich färben zu lassen, aber als er die Schachtel sah, geriet sein Entschluss ins Wanken. Der Mann auf dem Bild hatte nämlich wunderschönes schwarzes Haar. Er schaute geheimnisvoll und ähnelte Pierce Brosnan.

„Wozu ein hübscher Kopf doch gut sein kann, Poppy", seufzte Mama.

Jetzt sitzen sie gemeinsam im Badezimmer, und ich schaue *Derrick* – fast ohne Ton, sonst hören sie es oben. Papa hat mir ausdrücklich verboten, mir *Derrick* anzusehen, weil es in der Sendung nur um Verbrechen geht, und Verbrechen können ansteckend sein. Ich mag aber Derrick und Harry. Sie bestrafen Väter, die ihren Kindern wehtun. Aber es geht auch um falsche Liebe, Bankraub, Sex und Traurigkeit.

Als ich sie auf der Treppe höre, schalte ich den Fernseher sofort aus.

„Was hast du dir angesehen?", fragt Papa.

Er hat eine lilafarbene Badekappe auf dem Kopf, und sein Hemd hat schwarze Farbspritzer. Seine Augen sind auch anders als sonst. Ich lese ein bisschen Angst darin. Er geht auch weniger aufrecht. Als ob die Badekappe zu schwer wäre.

„Was hast du dir angesehen?", wiederholt er.

„Gar nichts", antworte ich. „Ist dein Haar schon schwarz?"

„Es muss zwanzig Minuten einziehen", sagt Mama und schaltet den Fernseher wieder ein. Sie setzt sich neben mich auf die Couch und schaut auf den Bildschirm, auf dem Derrick seinem Assistenten Harry Anweisungen gibt.

„Hast du dir das heimlich angesehen?", fragte sie mich.

„Ja, aber ich wusste doch nicht, um was für ein Programm es sich handelt, Mama."

Papa bleibt stehen und sagt nichts. So sehen wir uns das Ende von *Derrick* an. *Alles gut.* Mama und ich sitzen zusammen auf der Couch, und Papa steht daneben. Dann piepst die Eieruhr, und die Haarfarbe wird ausgewaschen.

Ich soll kommen, um den Duschkopf über den Kopf meines Vaters zu halten. Er kniet vor der Badewanne, und Mama beugt sich über ihn, um ihm das Haar zu waschen. Das Wasser, das in die Wanne läuft, ist pechschwarz. Als Mama fertig ist, darf Papa aufstehen und in den Spiegel schauen. Er sieht aus wie ein Clown. Ein ziemlich gruseliger Clown mit einem alten Kopf, auf dem die Haare wie eine schwarze Perücke sitzen. Papa ist genauso schockiert wie ich.

Aber Mama sagt: „Wenn ich es nicht besser wüsste, würde ich dich auf fünfunddreißig schätzen, Pick-up."

Mein Vater schaut wieder in den Spiegel und fährt sich mit der Hand über die schwarzen Farbflecken auf seiner Stirn. „Wie lange wird das so bleiben?", fragt er.

„Es ist lang anhaltende Farbe", sagt Mama. „Das sollte wirklich Monate halten."

„Großartig", kichere ich.

Papa sieht mich an. Seine Schultern hängen herunter. Schwarze Male auf der Stirn.

Die Badekappe wurde zwar entfernt, aber sie scheint seinen Kopf noch immer nach unten zu drücken.

„Großartig", sage ich noch einmal.

1983

Szene 7 (Matilda)

„Ich bin nicht nur *eine*. Von mir gibt es *zwei*.
Die Poppy in mir, die niemand sehen kann,
und die Poppy, die jeder sieht und kennt.
Poppy innen wird stärker.
Poppy außen kann beim Lügen kaum noch auf den Beinen stehen."
(Poppy – dreizehn Jahre)

Die Maja-Hahn-Krankheit

Ich werde oft ohnmächtig. Weil vor einem halben Jahr Maja Hahn gestorben ist, die auch sehr dünn war und oft umfiel, glaubt Mama, ich hätte dieselbe Krankheit. Jetzt hat Papa uns zum Arzt geschickt. Großmutter begleitet uns. Sie hat Schlafstörungen. Als sie hörte, dass wir wegen mir den Arzt aufsuchen müssen, war sie wie der Blitz zur Stelle, damit Mama ihr die Medikamente zahlt.

Es ist sechzehn Uhr, also hatte Mama schon ein paar Gläser Rosé getrunken. Als Dr. Blachnik – die Brille oben auf dem Kopf – um die Ecke ins Wartezimmer blickt, sehe ich, wie er die Stirn runzelt und sein Kinn einzieht. „Fein. Die ganze Familie. Wer kommt zuerst?"

„Wir sind wegen Poppy hier", sagt Mama. „Aber da wir nun schon einmal da sind, können Sie sich auch mal Großmutter Becker ansehen?" Mama zeigt mit ihrem Daumen neben sich.

Dr. Blachnik schaut meine Großmutter an.

Sie hebt den Zeigefinger. „Ja, hier, Becker, Gewehr bei Fuß."

Im Sprechzimmer stehen nur zwei Stühle.

„Kein Problem", sagt Mama. „Ich bleibe stehen, hab ja noch junge hübsche Beine."

Aber Dr. Blachnik fällt auf, dass Mama ein wenig schwankt, und er holt einen zusätzlichen Hocker. Dann setzt er sich hinter seinen Schreibtisch und mustert mich kritisch. „Na, Poppy. Das ist aber lange her, dass du das letzte Mal hier warst."

„Jep, Dr. Blachnik."

„Wie geht es dir?"

„Gut."

„Wir glauben, dass sie die Maja-Hahn-Krankheit hat", sagt Mama. Der Arzt hebt die Augenbrauen. „Was für eine Krankheit?"

„Sie isst nichts", sagt Mama.

„Im Krieg haben wir uns nach Essen gesehnt", sagt Oma. „Aber lassen Sie uns mit mir anfangen, denn in zwanzig Minuten geht mein Bus."

Dr. Blachnik sieht Mama an, die einen Wollfaden aus ihrem neuen quietschgelben Pullover zieht und ihn anstarrt, als wäre es ein Regenwurm. Dann schaut er mich an. Ich lächle und zucke mit den Schultern.
„Wo drückt denn der Schuh, Frau Becker?"
„He? Wo der Schuh drückt? Ich ersticke verdammt noch mal vierzigmal pro Nacht. *Das* stört mich! *Nicht* mein Schuh."
Mir gefällt es, dass Dr. Blachnik so schnell weiß, was mit Großmutter los ist. Sie hat Apnoe. Ihr Atem setzt jede Nacht für zehn Sekunden oder noch länger aus.
„Sie sind ein kluger Junge, das habe ich gleich gesehen", sagt Oma. „Aber die Frage ist, was tun wir dagegen?"
„Es gibt mehrere Möglichkeiten", erklärt der Arzt. „Sie könnten anfangen, Diät zu halten, um Gewicht zu verlieren. Wenn Sie etwas abnehmen, ist das ohnehin gesünder für Sie und ..."
„Wenn, wenn", unterbricht Großmutter. „Wenn ich nochmal zwanzig wär, wär ich klüger wie vorher."
Dr. Blachnik räuspert sich. „Rauchen Sie?"
„Kaum", krächzt Oma.
„Trinken Sie?"
„Ich bin kein Mitglied der feuchten Gemeinde, wenn Sie das meinen. Ab und zu einen Schnaps. Wenn es fünf Uhr schlägt."
„Ich nehme an, Sie schlafen auf dem Rücken?"
„Genau wie Dolly Parton."
„Sie können einen Tennisball in Ihr Nachthemd nähen", sagt der Arzt. „Hinten."
Großmutter ist für einen Moment still und starrt Dr. Blachnik mit offenem Mund an. „Wat?"
„Ein Tennisball. Oder ein paar Kronkorken. Dann schlafen Sie nicht mehr auf dem Rücken."
„Erzählen Sie mir gerade eine neue Variante von Dornröschen?"
„Ich meine es ernst", antwortet Dr. Blachnik. „Und Apnoe ist eine ernste Angelegenheit. Die Nachtruhe ist lebenswichtig. Ohne eine gute Nachtruhe werden Sie unruhig, es ist sehr ungesund. Außerdem fängt man bald an, auf der geistigen Ebene weniger gut zu funktionieren."
Ich glaube, die letzte Bemerkung beeindruckt Oma am meisten.
„Na, dann verschreiben Sie mir doch einen Tennisball", sagt sie.
„Den können Sie in jedem Sportgeschäft kaufen, Frau Becker."
Großmutter schubst Mama an, die auf dem Hocker fast einschläft und hält ihr die Hand hin. Mama gibt ihr zehn Mark für den Bus und den Ball. Dann nickt Großmutter dem Arzt zu.

„Ich hoffe für Sie, junger Mann, dass Sie mich nicht zum Narren gehalten haben."

Und weg ist Oma Becker. Sie muss sich beeilen, um den Bus zu erreichen.

Dr. Blachnik spricht mich wieder an. „Und du, Poppy? Wie schläfst du denn so?"

„Großartig", sage ich.

Es sei denn, mein Vater kommt, um mich aufzuwecken. Und das passiert jetzt fast jede Nacht.

„Wie alt bist du?"

„Zwölf", antwortet meine Mutter.

„Dreizehn", sage ich.

„Auch gut", murmelt Mama.

Dr. Blachnik verschränkt die Arme und beugt sich leicht vor. „Wie ist dein Appetit?"

„Gut."

Ich esse nichts. Ich bin zu müde zum Essen.

„Warum bist du dann so dünn?"

„Weil ... ich mag es nicht so sehr."

„Zu essen?"

„Ja."

„Da...dabei kann ich spitzenmäßig kochen", lallt Mama.

Mama ist die schlechteste Köchin der westlichen Hemisphäre, hat Papa gesagt.

Dr. Blachnik fragt Mama, ob sie nicht lieber ins Wartezimmer gehen möchte. Dort bekomme sie eine heiße Tasse Kaffee. Mama lacht und findet das supertoll. Sie steht auf und torkelt zur Tür. Einen Moment habe ich Angst, dass sie gegen die Wand läuft, doch dann ist sie schon aus dem Sprechzimmer verschwunden.

„Wie siehst du dich denn selbst, Poppy?", möchte Dr. Blachnik wissen.

Das ist aber eine verrückte Frage.

„Findest du dich dünn, normal oder dick?"

„Dünn, denke ich."

Papa findet mich auch zu dünn. Aber leider immer noch schön. Soll ich Dr. Blachnik etwas darüber sagen? Mama ist jetzt nicht hier.

„Frühstückst du jeden Tag?"

„Ja."

Ich stehe um sechs auf. Dann gehe ich in die Küche, werfe ein paar Krümel und Brocken auf einen Frühstücksteller und ziehe mein Messer

durch die Butter. Wenn sie hereinkommen, sieht es so aus, als hätte ich schon gegessen.
„Mittagessen?"
„Ja."
Ich mache mir selbst Sandwiches für die Schule.
„Hast du jemals dein Mittagessen ausgespuckt?"
„Nein."
Ich werfe es in der Schule in den Müll.
Dr. Blachnik faltet die Hände unter dem Kinn und sieht mich an. Ich blicke freundlich zurück.
Er scheint nett zu sein. Soll ich ihn fragen, ob es normal ist?
„Wenn du dich im Klassenzimmer umsiehst, findest du, dass die anderen Mädchen dünner sind als du?"
„Nein", sage ich. „Ich denke, ich bin die dünnste."
„Magst du das?"
„Nicht wirklich."
Aber ich bin froh, dass ich noch keine Brüste habe. Papa würde bestimmt den ganzen Tag damit spielen wollen.
„Magst du es, dass du ... Ist es schön, über etwas Macht und Kontrolle zu haben?"
„Ich habe über nichts die Kontrolle."
Das leichte Gefühl in meinem Kopf stört mich eigentlich nicht. Es ist, als würde ich schweben.
„Aber du bist dafür verantwortlich, ob du isst oder nicht."
Plötzlich bin ich schrecklich müde.
„Ich esse schon."
„Aber nicht viel. Nicht genug, Poppy."
Ich seufze. Meine Augen sind schwer, ich kann sie kaum offen halten.
„Soll ich dir mal etwas sagen?"
„Jetzt?" Ich versuche, ihn anzusehen.
„Poppy, warum siehst du mich so seltsam an?"
Weil ich meine Augen extra weit öffnen muss, um nicht einzuschlafen.
„Entschuldigung!"
„Ich glaube, du bist reif für die Sommerferien. Oder nicht?"
„Ja", antworte ich.
„Fährst du wieder mit dem Campingwagen nach Frankreich?"
Ich nicke.
„Und was machst du, wenn du in Frankreich bist?"
Ich zucke mit den Schultern. „Das Übliche."
„Ein bisschen schwimmen? Ein bisschen lesen? Was machst du?"
„Vor allem Sachen mit Papa."

„Was macht ihr, dein Vater und du?"
„Dinge."
„Spiele?"
Ich schüttle den Kopf.
„Etwas anderes vielleicht. Was Lustiges?"
„Nein."
„Nichts Lustiges? Na gut." Er nimmt seine Brille ab und putzt sie mit dem Ärmel seines Kittels. Auf einem Brillenglas ist wohl ein hartnäckiger, fettiger Fleck. „Geht nicht weg", murmelt er.

Hinter Dr. Blachnik hängen zwei Poster des menschlichen Körpers. Links ein nackter Mann, rechts eine nackte Frau. Der Arzt hält seine Brille gegen das Licht. Der Fleck ist weg.

„Schau", sagt er und setzt seine Brille wieder auf. „Ich weiß genau, was du diesen Sommer machen wirst, Poppy."

Ich sehe ihn an.

„Ausruhen, nicht an die Schule denken, gut essen und insbesondere den Urlaub genießen. Was meinst du dazu?"

„Ja, herrlich", sage ich.

„Grüß bitte deinen Vater von mir. Wir werden dieses Jahr auch mit einem Liberty-Zelt in Urlaub fahren. Nach Dänemark."

„Ich werde es ihm ausrichten."

„Und nach den Ferien würde ich dich gern wiedersehen, Poppy. Braun gebrannt und ein bisschen dicker."

„Okay", sage ich. Ich stehe auf und gebe ihm eine feste Hand, wie Papa es mir beigebracht hat.

Im Wartezimmer schnarcht Mama, die Beine so weit von sich gestreckt, wie es der Minirock zulässt. Deshalb vereinbare ich mit der Sprechstundenhilfe einen neuen Termin nach den Sommerferien.

Nicht nur eine

„Fühlst du, wie du gewachsen bist, Poppy?"
Ich liege auf dem Bauch und zähle in meinem Kopf auf Französisch bis hundert. Papa und ich sind im Liberty-Zelt, und Mama liegt auf einer Luftmatratze im Pool des Campingplatzes. In den Ferien will er jeden Tag. Jeden Morgen, sobald Mama gegangen ist (sie bricht sehr früh auf, nur dann bekommt sie die beste Liege), schließt Papa uns wieder im Schlafbereich ein.
„Spürst du, wie du gewachsen bist?", fragt er noch einmal.
„Ich hoffe, dass wir heute Wind haben", sage ich.
„Bestimmt. Schön ... das hier?" Er keucht. „Großartig, nicht wahr?"
„Ich möchte jetzt surfen."
„Dein Rücken ist schön gebräunt."
„Wann gehen wir zum Strand?"
„Das sehen wir dann. Wir sind ja noch nicht fertig, hm?"
Plötzlich höre ich ein Rascheln vor dem Zelt.
„Ich glaube, da kommt jemand", sage ich.
Papa hört mich nicht, weil er keucht und stöhnt. Dann ertönt die Stimme meiner Mutter.
„Pick-up? Da steht ein riesiger Neger mit einer Kiste voller fantastischer Sonnenbrillen am Pool, ich brauche Kohle."
Papa und ich sehen uns an. Er lacht ein bisschen, als wollte er sagen: „Ist sie nicht ulkig?", und zwinkert mir zu. Ich blinzle gleichzeitig mit beiden Augen. Er hat immer noch nicht kapiert, dass ich auch zwinkern kann.
„Mensch, Pick-up, mach auf!", ruft Mama noch einmal. „Ich brauche Geld, französisches Geld."
„Geh schon vor, Patricia, ich komme in ein paar Minuten zum Pool."
„Gleich ist er fort", murrt sie.
Papa schüttelt den Kopf. „Deine Mutter, Poppy. Das ist vielleicht *eine*!"
Ich bin nicht nur *eine*, von mir gibt es *zwei*. Die Poppy in mir, die niemand sehen kann, und die Poppy von außen, die jeder sieht und

kennt. Soweit ich mich erinnern kann, war das schon immer so, aber in letzter Zeit vertragen sich die beiden nicht mehr miteinander. Jedes Mal, wenn ich mich zwinge, zu ihm zu sagen: „Ja, ich mag das auch gern. Ja, ich verstehe, dass du lieber mit mir als mit Mama verheiratet sein möchtest. Ja, was wir haben, das ist unglaublich schön und was Besonderes", möchte ich mich selbst verletzen.

Poppy innen will raus, und Poppy außen will rein. Poppy innen wird immer stärker, weil Poppy außen beim Lügen kaum noch auf den Beinen stehen kann. Sie hält nicht mehr lange durch. Und dann wird die andere gewinnen und nicht mehr nett sein.

Es ist so heiß hier drinnen im Schlafbereich. Auf der anderen Seite des Zeltes öffnet meine Mutter eine Flasche Rosé. Sie gießt sich ein Glas ein und grummelt vor sich hin. Papa raucht jetzt eine Zigarette auf dem Rand des Klappbetts. Das macht er oft *danach*. Aber diesmal ist es noch nicht vorbei.

Ich schaue auf seine Hände. Mama wird bald wieder zum Pool gehen und später wiederkommen. Mir ist schwindelig, mein Mund ist trocken, und auf Papas Kopf sitzt eine sehr große Fliege.

Was glaubt Mama denn, wo ich bin?

In Aachen darf ich ohne sie keinen Schritt machen, warum sollte ich dann hier auf dem Campingplatz alleine herumlaufen dürfen?

„Wann haut sie denn endlich wieder ab?", flüstert Papa.

Mein Herz rast. Dann rufe ich laut: „Mama!"

Papas Zigarette fällt auf den Boden. Mama antwortet nicht. Papa sieht mich an, überrascht und wütend zugleich.

Ich halte den Atem an.

Papa hebt die Zigarette auf und nimmt einen kräftigen Zug. Dann hustet er ein paarmal. Ein trockener Husten, und er versucht, das Kratzen in seiner Kehle auszuhalten, aber es funktioniert nicht. Er bekommt einen Hustenanfall und zeigt auf seinen Rücken.

Ich tue so, als würde ich ihn nicht verstehen.

Mama sagt immer noch nichts.

Dann höre ich ihre Flip-Flops. Sie verlässt das Zelt.

Als Papas Anfall vorbei ist, gibt er mir einen Klaps auf den Kopf. „Kein Surfen heute!"

In dieser Nacht wache ich von lautem Geschrei auf. Es ist größtenteils Mamas Stimme, die ich höre, hoch und schrill. Ich verstehe kein Wort von dem, was sie sagt. Zum Abendessen hat sie zwei Flaschen Rosé getrunken. Jetzt wirft sie Sachen durch das Zelt und heult. Sie fängt an zu schreien und weint immer lauter, aber irgendwann klingt es weiter weg, also wird sie wohl nach draußen gegangen sein.

Papa kommt zu mir. „Du läufst ihr nach, sie weckt sonst noch den ganzen Campingplatz auf." Dann geht er wieder ins Bett.

Ich gehe in Richtung des Lärms. Ein paar Leute sind schon aufgewacht, und sie sind gar nicht glücklich über das Geschrei. „Je m'excuse, je m'excuse", rufe ich und laufe in Richtung Pool, weil sich dort das Nachthemd meiner Mutter zwischen den Oleanderbüschen bewegt.

Mama liegt im Planschbecken. Sie klatscht mit der flachen Hand hart und rhythmisch auf das Wasser, wie ein großes, wütendes Baby.

„Mama", sage ich. „Komm, steig jetzt da raus."

„Ich spritze alles nass, aber das ist mir egal."

„Das ist doch albern. Komm bitte raus!"

„Ich lebe in der Hölle."

„Dort lebst du aber nicht schlecht."

„Spinnst du? Du hast doch keine Ahnung!" Sie klatscht und spritzt weiter und schreit: „Keine Ahnung habt ihr!" Mein Schlafanzug ist auch schon feucht.

„Hör auf, Mama", flehe ich sie an. „Bitte."

„Du weißt doch gar nicht, was ich durchmache!" Sie weint mit langen Schluchzern. „Zu dir ist er ja lieb."

Ich schlucke. „Komm schon. Du wirst dich noch erkälten."

„Du hast ja keine Ahnung, wie es ist!", schluchzt sie.

„Wie was ist, Mama?" Ich möchte ins Bett, ich bin müde, und mir ist kalt. „Was ist denn so schlimm an deinem Leben?", schreie ich.

Sie sieht mich erstaunt an. Sie weint nicht mehr, aber sie zittert immer noch ein bisschen. Ich nehme ihr diese Show nicht ab. Alles nur Theater. Da ist nur eine äußere Mutter. Innen drin ist da nichts. Überhaupt nichts.

„Worum ging es bei eurem Streit?", will ich wissen.

Sie schnäuzt sich in ihre Hände.

„Mama?"

Sie klettert mühsam aus dem Planschbecken und torkelt tropfend auf mich zu. Ein nasses altes Gespenst mit Lockenwicklern, von denen die Hälfte herunterbaumelt.

Als sie an mir vorbeigehen will, versperre ich ihr den Weg. „Ich habe dich heute Morgen gerufen, Mama. Hast du mich gehört?"

„Du hast ja keine Ahnung, wie es ist."

„Hast du mich gehört?"

„Eines Tages", sagt sie, „schneide ich mir die Pulsadern auf. Weil er …" Sie wedelt mit dem Arm in Richtung unseres Campingwagens. „… weil er *mich* gebrochen hat!"

Schließlich torkelt sie davon. Ihr Nachthemd ist völlig durchnässt. Die große weiße Unterhose um den erschlafften Hintern ist deutlich zu sehen.

Derrick hat es getan

Papa und ich stehen beim Chinesen an der Theke und warten auf unser Essen. Ich knabbere Krupukchips, er sieht fern. Der Restaurantbesitzer ist ein *Derrick*-Fan und nimmt stets alle Folgen auf, damit seine Kunden sich die Krimis ansehen können, wenn sie auf das Essen warten.

Papa sagt, was er immer sagt, wenn er sich diese Krimiserie anschaut. „Ich denke, Derrick hat es getan. Dieser Mann stellt ständig Fragen, um von sich abzulenken."

Als mein Vater das zum ersten Mal sagte, haben Mama und ich laut gekichert. Aber Papa meint, was er da sagt, er glaubt immer noch, dass er der Einzige ist, der Derrick durchschaut.

Tante Vanessa und Greta betreten unerwartet das China-Restaurant. Mein Vater runzelt die Stirn. Er hat keine Lust, Tante Vanessa zu treffen. Sie wurde diesen Sommer geschieden und wirft Papa vor, dass Gretas Vater jetzt in Südafrika lebt. Greta konnte er leider nicht mitnehmen. Ich verstehe aber nicht, was Papa mit dieser Scheidung zu tun haben soll.

Tante Vanessa sieht dünner und schwächer aus als je zuvor. Sie geht grußlos an uns vorbei. An der Bar nimmt sie die Speisekarte in die Hand. Greta sagt: „Hallo!", und greift in meine Schüssel nach den Krupukchips. Papa sieht Greta eine Weile missbilligend an und fragt dann, wie es ihr geht.

„Du bist jetzt auf der Schule für Hauswirtschaft?"

Greta nickt. „Und ich besuche Kurse für Jazzballett und Leichtathletik."

„Ach …", sagt Papa.

„Ich kann einen knüppelharten Speer werfen, Opa. Diese Chips riechen nach Fischstäbchen. Lecker."

„Kann deine Mutter sich das alles leisten?", erkundigt sich Papa.

„Wott?" Krupukkrümel fallen aus Gretas Mund.

„Wott? Was heißt das?", fragt Papa irritiert.

„Wott?", sagt Greta erneut.

„Ob deine Mutter all diese Vereine auch bezahlen kann?", erkläre ich.

Greta runzelt die Stirn und sieht ihre Mutter an, die mit dem Rücken zu uns steht und zwei Portionen Nasi Goreng bestellt.

„Mama?", ruft sie. „Kannst du dir meine Vereine leisten?"

Tante Vanessa dreht sich um. „Lass das Kind in Ruhe, Vater!" Sie spricht das letzte Wort verächtlich aus.

„Wenn du mehr Geld brauchst, Vanessa, musst du es mir nur sagen!"

„Ich komme sehr gut ohne dich klar", sagt Tante Vanessa.

„Du kommst überhaupt nicht klar. Du hast keinen Ehemann und ein Kind ohne Hirn."

„Und so was sagst du über deine eigene Enkelin? Dass du dich nicht schämst."

Greta lacht nur und sagt, sie brauche gar kein Gehirn, weil sie später mal Model wird. Sie versucht, sich ein Stück Krupuk in die Nase zu stecken, weil es so gut riecht.

„Greta sieht dir ähnlich", sagt Papa zu Tante Vanessa.

Sie wirft ihm einen hässlichen Blick zu. „Ach ja? Und *sie*?" Sie zeigt auf mich. „Sieht sie *dir* ähnlich?"

„*Sie* hat Gehirn", sagt Papa und legt seine Hand auf meinen Nacken.

„*Sie hat Gehirn*", wiederholt Tante Vanessa leise. Sie schüttelt den Kopf und macht ein schnüffelndes Geräusch. Urplötzlich hat sie Tränen in den Augen. Dann packt sie Greta am Arm und zieht sie raus. Ohne die zwei Portionen Nasi Goreng.

Papa zuckt mit den Schultern und geht zur Toilette.

Ich laufe nach draußen. Es ist schon dunkel. Tante Vanessa und Greta sind noch nicht sehr weit entfernt, weil Greta versucht rückwärtszugehen. Sie stößt gegen Autos und Laternenpfähle. Meine Tante bemüht sich, sie aufzuhalten, aber Greta kreischt und tritt wild um sich.

„Tante Vanessa, warte", rufe ich. „Warte bitte!"

Sie wartet. Nicht weil sie Lust dazu hat, sondern weil sie ohne Greta eh nicht weitergehen kann. Als ich keuchend vor meiner Tante stehe, sage ich: „Meiner Mutter geht es nicht so gut."

„Das wundert mich nicht. Das hätte ich ihr schon vorher sagen können." Tante Vanessas Augen sind trocken, aber ihre Stimme klingt gepresst. Sie schaut hinauf, schüttelt den Kopf, als ob sie Zweifel daran hätte, dass es den Sternenhimmel wirklich gibt: „Tsssss!"

Ich suche nach Worten, die noch nicht erfunden worden sind.

Der Wind weht durch den orangefarbenen Lockenwald meiner Tante. Ich kriege eine Gänsehaut, meine Jacke ist noch im Restaurant. Tante Vanessa sagt immer noch nichts und schüttelt unaufhörlich den Kopf, aber jetzt langsamer.

„Ich weiß nicht mehr, was ich machen soll", sage ich leise.

Tante Vanessa lacht laut auf. „Oh!" Und noch einmal: „Oh!" Dann: „Meines Erachtens weißt *du* ganz genau, was *du* tust. Wenn *du* erwachsen bist, kannst *du* sofort die Schauspielschule besuchen."

„Warum darf Poppy einfach so zur Schauspielschule gehen?" Greta ist fertig mit dem Rückwärtslaufen.

„Weil sie darin jetzt schon meisterhaft ist", erklärt Tante Vanessa. „Poppy spielt schon ihr ganzes Leben Theater. Oder etwa nicht, Poppy? Bist du es nie leid, den ganzen Tag so zu tun, als wäre alles in Ordnung? Oder fällt es dir schon *so* leicht? Ab einem bestimmten Punkt wird es zur zweiten Natur, ist es nicht so?"

Ich weiß nicht, was ich darauf antworten soll.

Tante Vanessas Blick wandert zu irgendetwas hinter mir.

Ich drehe mich um.

Mein Vater steht auf dem Bürgersteig. Er unternimmt nichts, er steht einfach nur da und schaut in unsere Richtung.

Vielleicht nicht heute

Szene 7 (Matilde)

Astrid Falkenberg raucht im Fahrradkeller der Schule hastig eine Zigarette. David und ich schauen ihr dabei zu. Astrid zieht an ihrer Mentholkippe, als wäre es ein Joint, und nennt uns Homos, weil wir nicht mitmachen wollen.

„Selber Lesbe", murrt David.

„Du musst Mumm haben und qualmen", sagt Astrid. „Oder du landest auf dem Müllcontainer – die fünfte Klasse ist der reinste Dschungel. Cool sein ist alles."

David wurde heute Morgen in der ersten Pause von ein paar Viertklässlern auf den Müllcontainer geworfen. Seine Augen sind immer noch vom Weinen gerötet.

Die ersten Wochen in der fünften Klasse sind die schlimmsten, hat Astrid uns erzählt, während sie pafft. Danach wird es langsam besser. Astrid hat eine siebzehnjährige Schwester, also wird sie es wohl wissen. Und sie hat einen Joker, der ihr Respekt einbringt: Ihr Vater ist Polizist. Manchmal sehe ich ihn die Polizeidienststelle auf der anderen Straßenseite betreten. Dann winke ich ihm zu.

Als Astrid ihn dort einmal besucht hat, hat sie an unserer Haustür geklingelt, aber ich darf niemanden reinlassen. Seitdem findet Astrid mich komisch und klingelt nicht mehr. Sie winkt auch nicht, wenn ich am Fenster stehe, sondern zeigt mir nur den Stinkefinger.

David und ich haben keinen solchen Joker. David gilt mit seinen Sandalen und Haferflockentalern als Witzfigur. Und ich bin auch nicht viel besser dran mit dem Körper eines Grashalms (sagt David), meiner viel zu teuren Kleidung und einer Mutter, die mich jeden Tag in einem offenen Sportwagen zur Schule bringt und kreischt: „Oh, Poppy, ist der schnuckelig, ist das dein Biologielehrer? Wenn er mal einen schönen Körper erforschen will, stelle ich mich gerne zur Verfügung. Ich würde mich sogar unter ein Nahglas legen." Mama meint ein Mikroskop.

Die Schulglocke läutet. Astrid zieht noch mal und wirft ihre Zigarette auf den Boden, bevor sie in Richtung Sportbereich verschwindet.

„Die Kacke geht wieder los", sagt David, stampft ein paarmal mit den Füßen und schwingt sich die Leinentasche aus der Stadtbibliothek über die Schulter. „Kommst du heute Nachmittag zu uns?"

Davids Mutter gibt mir jeden Donnerstag Nachhilfe in Mathe. „Diesmal nicht. Ich besuche heute Nachmittag Herrn Hoffmann und schaue mir das Baby an."

„Cool"

Ich glaube nicht, dass David mich gehört hat. Denn Babys findet er gar nicht cool. Er holt tief Luft und steht in einer Art Startposition, wie es Kurzstreckenläufer tun, kurz bevor der Startschuss ertönt.

Als David mein „Peng!" hört, sprintet er in die Schule.

An diesem Nachmittag bringt Mama mich zur Ludwigsallee. Papa glaubt, dass sie mich begleitet, aber Mama geht einkaufen. Das macht sie auch, wenn ich Nachhilfestunden habe. Sie setzt mich ab und geht zum Friseur oder manchmal in die Innenstadt.

Ich habe ein Geschenk dabei, weiß aber nicht, was es ist, weil Mama es ausgesucht hat. Ich bekomme kein Taschengeld. Wenn ich etwas haben möchte, muss ich Papa fragen, und er kauft es für mich. Dafür muss ich ein paar Stunden mit ihm im Auto fahren. Er lenkt nur mit *einer* Hand. Mit der linken.

„Ich finde es sehr schön, dass du uns besuchst, Poppy", sagt Herr Hoffmann, als er die Tür öffnet. Er lächelt breit. Sein Haar ist unordentlich und er ist blass, aber seine Augen glänzen, als wäre heute sein Geburtstag. Ich lächle zurück und gebe ihm eine Hand, die er mit zwei Händen ergreift. Er sieht mich von Kopf bis Fuß an. „Komm", sagt er. „Komm bitte rein!"

Im Wohnzimmer hängen überall Girlanden. Es riecht nach Grießpudding und Nivea. Elisabeth Hoffmann sitzt mit dem Baby auf der Couch. Elisabeth ist blond und etwas rundlich, mit Sommersprossen auf der blassen Nase. Sie sieht zwar auch müde aus, aber genauso glücklich wie Herr Hoffmann. Das Baby liegt in einer Decke an ihrer Brust.

„Hallo, Poppy!", sagt Elisabeth. „Hab schon viel von dir gehört. Wie schön, dass du da bist. Julia ist gerade aufgewacht."

„Zieh doch deinen Mantel aus, Poppy", fordert Herr Hoffmann mich auf. „Ich gehe in die Küche und hole uns Kekse und Limonade."
„Komm ruhig näher und schau dir das Baby an", sagt Elisabeth.
Elisabeth schiebt die Decke ein wenig zurück, damit das Köpfchen von Baby Julia zu sehen ist. Ich sehe schwarzes Haar, zarte rötlich Wangen und rosa Minifinger, und halte den Atem an.
„Süß, nicht wahr?", flüstert Elisabeth.
Ich glaube nicht, dass ich jemals etwas so Schönes gesehen habe.
„Ich kann es selbst immer noch nicht glauben", sagt Elisabeth. „Das ist meins. So klein." Sie küsst Julia sehr sanft auf das Köpfchen. Und nochmal. „Möchtest du mal fühlen, wie zart sie ist?"
Ich strecke einen Finger aus und berühre eine Wange, und halte wieder den Atem an.
Herr Hoffmann kommt mit Keksen und Limonade herein. Wir setzen uns mit Elisabeth und Julia auf die Couch, Herr Hoffmann auf der einen und ich auf der anderen Seite. Wir reden über meine neue Schule und über Babys. Und darüber, dass Herrn Hoffmann und Elisabeth nachts kaum mehr zum Schlafen kommen. Herr Hoffmann möchte wissen, ob ich auch genug esse. Um ihm einen Gefallen zu tun, futtere ich einen ganzen Keks. Dann übergebe ich das Geschenk, und weil Elisabeth es selbst auspacken möchte, darf ich Julia für einen Moment halten.
Elisabeth sagt, dass sie noch nie einen so lustigen pinkfarbenen Federball mit Glitzer gesehen hat und dass Julia in ein paar Jahren damit spielen kann. Sehr vorsichtig atme ich den Duft des Babys ein und drücke einen Kuss auf Julias Köpfchen.
Herr Hoffmann fragt, wie es meinen Eltern geht.
„Gut", sage ich. „Sehr gut."
„Großartig, das freut mich."
„Mich auch."
Es bleibt eine Weile still.
„Ja", sage ich.
„Ich frage, weil ich in der Vergangenheit manchmal den Eindruck hatte, dass du vielleicht eine schwere Zeit hattest. Zu Hause, meine ich."
Ich sehe ihn an und täusche, so gut ich kann, Überraschung vor.
„Ich habe immer gehofft, du würdest es mir sagen, wenn es da etwas gäbe. Etwas, das dich bedrückt."
Ich sehe ihn noch überraschter an. Das kann ich sehr gut: Mundwinkel nach unten sacken lassen, Augenbrauen hochdrücken, die Schultern nach oben ziehen.
„Hans", sagt Elisabeth.
„Ja?"

„Vielleicht nicht heute."
Dann ist es wieder still. Und plötzlich fange ich an zu weinen.
Elisabeth übernimmt schnell das Baby.
„Oh, Poppy, was ist denn los?", fragt Herr Hoffmann. Er klingt betroffen.
„Es ist nichts", sage ich, „das sind nur meine Elsteraugen." (Das habe ich aus der *Sendung mit der Maus*.)
Elisabeth sieht Herrn Hoffmann an. „Ich habe dir doch gesagt, dass heute wirklich nicht der richtige Zeitpunkt dafür ist."
„Ich verstehe", sage ich. Es kommt viel unfreundlicher rüber, als ich es meine. Ich stehe auf, schüttle ihre Hände zu schnell und sage zu laut, dass ich gehen muss, weil ich morgen eine wichtige Arbeit schreibe. Herr Hoffmann begleitet mich in den Flur und hilft mir in den Mantel. Er schließt sogar den Reißverschluss und dann noch einen Druckknopf nach dem anderen. Ich stehe da wie ein vierjähriges Kind, mit schlaffen Armen, die am Körper herunterhängen.
Als er fertig ist, schaut er mich an. Er nickt. Ich lächle ihn an, aber er sieht nicht mehr her. Er nickt nur weiter. Sehr ernst. „Okay", sagt er und noch einmal: „Okay."
„Auf Wiedersehen, Herr Hoffmann!"
„Vielleicht sollten wir … ich denke, wir sollten … warte bitte eine Minute", sagt er. „Ich muss nachdenken." Er fährt sich mit der Hand durch die Haare und schaut zur Decke.
Im Wohnzimmer beginnt Julia zu weinen.
„Gehen Sie ruhig zu Ihrem Baby", sage ich. „Und danke für den Keks!"
Ich vermute, er beobachtet mich durch das Fenster, also paradiere ich mit elastischen Schritten fröhlich um die Ecke. Dort setze ich mich auf den Bürgersteig und warte auf Mama.
Vielleicht nicht heute. Dies ist nicht der richtige Zeitpunkt …
Ich beiße mir auf den Zeigefinger, bis Blut austritt.

Während des Abendessens möchte mein Vater wissen, wie der Besuch bei der Familie Hoffmann war.
„Eine Wolke von einem Baby", antwortet Mama, „ich kann es nicht anders sagen. Er heißt Floh."
„Floh?" Papa runzelt sie Stirn. „Ist das nicht ein Mädchenname?"
Ich sage nichts. Wenn ich Mama irgendwie verbessere, wird es nur kompliziert. Ich schiebe mein Essen ein bisschen zur Seite. Ich muss nicht mehr mit meinem Teller im Büro meines Vaters sitzen, bis ich aufgegessen habe. Diesen Kampf habe ich gewonnen.

„Es ist ein wunderschönes Kind", fährt Mama fort. „Mit allem, was dazugehört. Aber was für ein Geschrei dieser kleine Mund veranstaltet hat. Ich glaube, seine Zähnchen kommen schon."

„Das Kind ist noch keine zwei Wochen alt", sagt Papa.

„Ja", erwidert Mama. „Und wirklich süß."

Papa sieht mich an. Ich zucke mit den Schultern.

„*Ich* bin wirklich froh, dass Poppy keine Windeln mehr trägt", sagt Mama.

„Poppy geht schon aufs Gymnasium, Patricia."

„Als ob ich das nicht wüsste!"

„Nun", sagt Papa. „Poppy räumt heute den Tisch ab. Du bist spät dran."

„Wofür?", fragt Mama.

„Deinen Malkurs."

„Ups, der kommt ja so schnell wieder wie ein Krebsgeschwür. Verdammt aber auch, ich muss mich fertig machen", sagt Mama und steht auf. Sie hat in der Volkshochschule zwei Kurse an je zwei Abenden belegt: Malen und salzfreies Kochen. Na ja, eigentlich hat Papa sie für sie belegt. Ein Mensch muss sich weiterbilden, sagt er. Das sind vier Abende in der Woche, an denen ich mit ihm alleine zu Hause bin. Außerdem gibt es noch dreimal pro Woche Haarewaschen. Macht genau sieben Abende pro Woche.

Sieben ... Papas Glückszahl!

1984

Letzte Szene TV Spot
(Leni und der Schauspieler Tom Heuser als Vertrauenslehrer)

„Ich werde Herrn Hoffmann alles erzählen.
Diesmal werde ich nicht weinen."
(Poppy – vierzehn Jahre)

Herr Hoffmann

„Gebt mir auch mal eine Portion Anorexia", verlangt Mama. „Dann kann ich meine zehn Jahre alten Hotpants wieder anziehen."

Meine Augen sind geschlossen. Alles fühlt sich schwer an. Mein rechtes Bein ist steif und hart.

„Darüber scherzt man nicht, Frau Grinberg-Becker. Das hier ist eine ernste Angelegenheit." Eine unbekannte weibliche Stimme.

„Ich mache doch nur Spaß", sagt Mama schnell.

„Außerdem wissen wir nicht, ob es Magersucht ist", sagt die Frau, vermutlich eine Ärztin.

Ich bin in der Schule wieder in Ohnmacht gefallen. Der grüne Fußboden in der Sporthalle ist das Letzte, an das ich mich erinnere.

„Warum hat sie einen Schlauch in der Nase?"

„Ihre Tochter bekommt eine Sondenernährung. Sie ist unterernährt. Hat mein Kollege das nicht erwähnt?"

„Ich hatte keine Ahnung, dass sie nichts isst."

„Was ist passiert?" Mein Vater kommt herein.

„Pick-up, ich war so schockiert. Bin noch immer ganz fertig. Poppy ist in der Sporthalle ohnmächtig geworden und war zehn Minuten bewusstlos. Sie hat sich das Schienbein gebrochen. Sie ist stark unterernährt, bis auf die Knochen abgemagert, wusstest du das?"

„Poppy? Poppy? Hörst du mich?" Er klingt besorgt.

„Sind Sie der Vater?", fragt die Ärztin.

„Ich möchte, dass meine Tochter in ein Privatzimmer gebracht wird", sagt Papa mürrisch.

„Sind Sie privat versichert?"

„Wenn nötig, kaufe ich das ganze Krankenhaus."

„Das müssen Sie nicht. Es genügt, wenn Sie ein Zimmer zahlen."

„Also kann sie verlegt werden?"

„Ich werde sehen, ob ein Zimmer frei ist."

„Machen Sie das bitte jetzt, sofort!"

Die Ärztin schweigt einen Moment. „Wie Sie wollen."

Sie warten, bis die Ärztin das Zimmer verlassen hat. Dann sagt Mama sehr laut in mein Ohr: „Schatz? Hier ist Mama. Alles wird gut. Dein Vater ist gerade gekommen. Du bekommst ein Privatzimmer. Auch wenn er dafür die ganze Bude kaufen muss. Das bist du ihm wert. Hörst du mich, Dummerchen?"

„Poppy? Kannst du deine Augen öffnen?" Die Stimme der fremden Frau.

Ich warte einen Moment, aber ich glaube, meine Eltern sind nicht mehr hier.

„Poppy?"

Ich öffne *ein* Auge. Sie hat einen blonden Pferdeschwanz und trägt eine Brille.

„Da bist du ja", sagt sie. „Ich bin Dr. Thaler. Sandra Thaler."

„Hallo", sage ich matt.

„Kannst du dein anderes Auge auch öffnen?"

Also gut.

„Was für schöne blaue Augen du hast. Eine Schande, sie geschlossen zu halten."

Das gefällt mir.

„Und ein hübsches Lächeln obendrein. Das habe ich bislang ja auch noch nicht gesehen."

Ich liege tatsächlich allein in einem Zimmer. Rechts von meinem Bett ist eine Tür zum Flur, und links stehen zwei Stühle. Auf einem sitzt die Ärztin. Hinter ihr ist ein Fenster mit Blick auf einen Parkplatz. Die gelben Vorhänge sind halb zugezogen.

„Wie fühlst du dich?"

„Gut."

„Den Umständen entsprechend sozusagen."

„Ja, den Umständen entsprechend."

Sie nimmt mein Handgelenk und schaut auf ihre Uhr. „Hast du gerade keine Lust, mit deinen Eltern zu reden?"

„Ich habe geschlafen."

„Toll, dass du bei all der Aufregung um dich herum noch schlafen kannst."

„Wann darf der Schlauch wieder aus meiner Nase?"

„Sitzt er unbequem?"

„Geht schon. Da ist ziemlich viel Gips um mein Bein."

„Du hast dir das Schienbein gebrochen."

„Ja, ich hab's gehört."

„Ha." Ihr Lachen ist sympathisch. „Ich wusste, dass du die ganze Zeit wach warst."

„Kommt das wieder in Ordnung?"

„Sicher. Aber vor allem musst du wieder essen."

Ich nicke.

„Ich meine es ernst, Poppy."

Ich nicke noch einmal.

„Wenn du nicht normal isst, wirst du sterben."

„Wirklich?"

„Wirklich."

„Das wusste ich nicht."

„Ich würde besser auf mich aufpassen, wenn ich du wäre." Dr. Thaler streichelt meine Wange mit einem Zeigefinger. „Es ist ein bisschen viel, nicht wahr?", sagt sie.

Ich nicke und weine. Ich kann es nicht mehr aufhalten, kann nicht mehr aufhören, und höre mich seltsame Geräusche machen, Geräusche, die ich noch nie gemacht habe: wie ein kleines Kind, das eigentlich zu müde ist, um zu weinen, aber es trotzdem tut, weil es Erleichterung dabei empfindet. Es ist leise, es seufzt tief, es schnappt nach Luft. Meine Traurigkeit schwappt über mich wie hohe Wellen, aber ich gehe nicht unter, sondern ich schwebe darüber, weil die nette Ärztin neben mir sitzt und meine Hand hält.

„Guck mal, Poppy, Blumen. Von deiner Klasse." Papa und Mama betreten mein Krankenzimmer mit einem großen Blumenstrauß. An ihm hängt eine Karte mit einem kranken Bären drauf. Er hat einen Eisbeutel auf dem Kopf, ein Thermometer im Mund, und über seinem Brummschädel steht: *MORGEN LACHST DU WIEDER!*

Mama legt den Strauß auf den Tisch neben meinem Bett. Das Hemd meines Vaters ist verschwitzt, und er blinzelt mit den Augen.

„Sie können deinen Vater gleich noch neben dich ins Zimmer legen, er ist fix und fertig, völlig neben der Spur, krank vor Sorge", sagt Mama. „Ich sage ihm immer wieder, dass alles gut wird. Die Ärztin sagt es ja auch. Oder, Pick-up? Sie sagt, Poppy wird wieder ganz die Alte. Sie muss sich nur richtig entspannen und ordentlich essen."

„Holst du bitte eine Vase", sagt mein Vater.

Meine Mutter hat sich hingesetzt. „Ich werde die Schwester gleich fragen, wenn sie reinkommt."

„Nein, mach schon, jetzt sofort. Sie welken ja schon."

Mama steht seufzend auf und verlässt das Zimmer.

Papa schließt hinter ihr die Tür. „Wie hast du geschlafen?"

Meine erste Nacht außer Hause. Ich war allein. Es war wunderschön. Jetzt ist es vorbei. Und die Tür ist geschlossen.

„Ich habe dich so vermisst", sagt er. Sein linkes Auge zittert.

Mama kommt bald zurück. Beeil dich, Mama!

„Hast du mich auch vermisst?"

Er setzt sich neben mein Bett. Dann schiebt er seine rechte Hand unter die Decke. Er zieht meine Unterhose ein wenig herunter und steckt seine Finger zwischen meine Beine. Ich möchte sie ganz fest zusammenpressen, aber der Gipsverband lässt das nicht zu.

„Ich habe dich so sehr vermisst", sagt er noch einmal.

Da kommt Mama wieder herein.

Er hält seine Hand still, lässt sie unter der Decke. Dort, wo Mama steht, ist nur seine linke Hand zu sehen. Sie liegt auf der Bettdecke. Seine Nägel sind gespalten. Neben meinem Vater ist ein Platz frei. Sie sollte sich jetzt dort hinsetzen. Aber sie macht es nicht. Sie bleibt einfach stehen.

„Sie schneiden die Blumen schnell noch schräg ab", sagt sie.

„Großartig", sagt mein Vater und bohrt seinen Finger tiefer in mich hinein. Ich mache ein quietschendes Geräusch.

„Was hast du?", fragt Mama.

Ich sage nichts. Papa auch nicht.

„Tut dein Bein weh?"

Stille.

„Was für ein Elend!", seufzt sie.

„Komm, setz dich bitte zu mir, Mama."

Sie bleibt in der Türöffnung stehen, und Mama und Papa sehen sich an. Dann schaut Mama weg.

„Ich glaube, ich brauch jetzt eine Zigarette", sagt sie.

„Möchtest du dich nicht zu mir setzen, Mama? Bitte!" Ich flehe sie an.

„Hier darf ich doch nicht rauchen, Dummerchen."

„Du kannst doch später rauchen, wenn du wieder draußen bist. Du kannst qualmen so viel du willst, aber komm erst mal her ..." Ich versuche, ihren Blick einzufangen. Sie kramt in ihrer Tasche, ohne aufzusehen.

„Geh ruhig, Patricia", sagt Papa. „Wir dürfen sie nicht überanstrengen. Ich bin gleich bei dir."

Er bewegt seinen Finger in mir, schiebt ihn rein und raus, als wollte er seine Macht demonstrieren.

Ich beiße mir fest auf die Zunge. Schmecke Blut.

„Mama, bitte, komm her!"

„Was?"
„Geh ruhig", sagt mein Vater noch einmal.
„Mama!"
„Ja, Poppy? Das wird schon, sagt die Ärztin, reg dich nicht auf! Ich geh jetzt eine rauchen, Poppy. Aber wir sehen uns morgen wieder, okay?"
Sie verlässt das Zimmer. Schließt die Tür.

„Wenn du nichts sagst, kann ich dir auch nicht helfen."
Ich werde nie wieder etwas sagen. Ich esse auch nicht. Auf dem Tisch neben meinem Bett steht heute eine Schüssel Joghurt mit Bananenstückchen. Der Psychiater hat gerade gemeint: „Sieht lecker aus! Willst du nicht probieren?" Ich habe nur den Kopf geschüttelt. Er heißt Dr. Krüger, hat rote Haare, spitze Ohren, und er kneift stets die Augen zusammen. Als ob er sie nur zur Hälfte öffnen könnte.
„Wir fangen einfach wieder von vorne an, Poppy."
Ich bin jetzt seit fünf Tagen im Krankenhaus. Am Anfang kam Dr. Thaler mit ihrem blonden Pferdeschwanz jeden Tag vorbei, um zu sehen, wie es lief, aber als ihr auffiel, dass ich mich zu reden weigerte, blieb sie fort, und seit gestern kommt Dr. Krüger.
„Weißt du was? Du kannst auch einfach nur nicken. Oder wie gerade den Kopf schütteln. Ja oder nein, wollen wir das einmal ausprobieren?"
Er hält sich wohl für besonders schlau.
„Sollen wir das versuchen, Poppy? Ja oder nein. Nicke einfach. Oder schüttle wieder den Kopf."
Ich bin erstarrt, bewege nichts mehr. Nicht einmal meine Augen.
Dr. Krüger schreibt etwas in sein Notizbuch.
Ich kann es kopfüber lesen. *Apathisch.*
Gut. Dann bin ich das eben.

Dr. Thaler hat mich gestern wieder besucht. Am Tag zuvor war Großmutter Becker da. Und am Tag davor David mit seiner Mutter. Weil ich nichts sage und niemanden ansehe, bleibt niemand lange. Mama und Papa kommen jeden Tag für eine halbe Stunde, von denen Mama fünfundzwanzig Minuten draußen ist, um eine zu rauchen.
Papa sitzt an meinem Bett und befühlt mich. Manchmal streift er kurz mit der Zunge über meinen zusammengepressten Mund oder öffnet seinen Hosenschlitz, um meine Hand für eine schnelle Berührung zu seinem Penis zu führen.
Ich bin apathisch, also mache ich nichts.

„Wann können wir sie nach Hause mitnehmen?" Mein Vater hat sich nicht rasiert. Und er stinkt.

„Das müssen Sie mit dem Arzt besprechen", sagt der Krankenpfleger, der gerade meine Infusion wechselt. Er heißt Mike und kommt aus Afrika. Papa sieht Mike keine Sekunde an. Schwarze bleiben kriminell, auch wenn sie in einem Krankenhaus arbeiten.

Mein Vater fällt langsam in sich zusammen. Er fährt immer wieder von der Arbeit hierher und wieder zurück. Ich rede nicht, der Gipsverband um mein Bein behindert ihn, und er ist gestresst, weil die Ärzte einfach, ohne anzuklopfen, mein Zimmer betreten und es wieder verlassen. Er wagt nur noch selten mehr, als seinen Finger unter die Bettdecke zu schieben.

Übermorgen muss er für fünf Tage zu der Fabrik in Polen. Er sagte es, als würden wir uns nicht wiedersehen. Ich blicke an ihm vorbei. Einen Moment lang glaube ich, dass er weint.

„Aber können Sie mir zumindest einen Hinweis geben?"

„Poppy muss erst in der Lage sein, selbstständig zu essen", erklärt Mike.

„Wird das denn mit ihr geübt?"

„Täglich."

„Was bekommt sie denn gefüttert?"

„Flüssige oder leichte Kost wie Quark, Joghurt."

„Holen Sie bitte mir eine Schüssel Joghurt", sagt mein Vater. „Ich mache das selbst."

Fünfzehn Minuten lang versucht Papa, mir einen Joghurt einzulöffeln. Meine Lippen bleiben zusammengepresst.

Mike schaut interessiert zu, damit mein Vater nicht ausflippt und wütend wird. Aber Papa drückt den Löffel nur immer fester gegen meinen Mund. Als mein Gesicht mit Joghurt bekleckert ist, meint Mike, dass wir es besser morgen erneut versuchen.

8:10 Uhr

„Darf ich eine Uhr in meinem Zimmer haben?"

Ich habe endlich gesprochen, bekomme aber erst weitere Vergünstigungen, wenn ich Vanillepudding hinunterschlucke. Dieser Plan stammt von Dr. Krüger. Er hat es sich noch einmal überlegt und ist zu dem Schluss gekommen, dass ich härter angegangen werden muss. Das ist nur zu meinem Besten, sagt er.

„Solange ich nichts esse, darf also niemand zu Besuch kommen?", frage ich.

Er schüttelt den Kopf. „Nein."

„Nicht einmal meine Eltern?"
„Es tut mir leid, Poppy, aber so stehen die Dinge nun mal."
„Okay", sage ich.

Dr. Krüger stellt die gelbe Puddingschale auf das Tablett und geht zur Tür. In der Mitte des Puddings steckt eine Kirsche, süß wie Baby Julia.

„Ich finde es großartig, dass du wieder sprichst, Poppy, damit das klar ist", sagt er. „Aber wir sind noch lange nicht auf dem richtigen Weg angekommen."

„Sicher nicht", sage ich.

Ich schaue auf die Uhr an der Wand gegenüber meinem Bett. Es ist eine große kugelrunde Uhr. Weiß mit schwarzen Zahlen und dünnen roten Zeigern.

Ich möchte wissen, wie spät es ist.

10:57 Uhr

Dr. Krüger kommt herein und strahlt. „Poppy, deine Eltern sind hier."

Wir sehen uns beide den Puddingbehälter an, der unberührt neben meinem Bett steht. Die Kirsche liegt noch ordentlich in der Mitte.

„Tja", sage ich. „Pech gehabt."

Krüger verengt seine kleinen Augen zu schmalen Schlitzen. „Du hast nicht einen Löffel genommen?"

Ich schüttle den Kopf.

„Du kennst die Konsequenzen?"

Ich nicke.

„Dein Vater verreist für ein paar Tage, Poppy. Wenn du noch Hallo sagen willst …"

„Dann muss ich einen Löffel davon nehmen."

„Genau."

„Hab keinen Hunger."

Dr. Krüger denkt einen Moment nach. Dann sagt er: „In Ordnung. Wenn du das Spiel so spielen willst, dann tut es mir leid."

Er verschwindet durch die Tür.

Mein Vater erhebt im Flur seine Stimme. Ich höre Gesprächsfetzen: „… absurd! … Ich werde selbst entscheiden … mein eigenes Kind …"

„… Verantwortung … Konsequenzen … Verhaltensmuster …"

„… Schande … Polizei … kümmern Sie sich um Ihren eigenen Kram …"

Dr. Krüger gewinnt. Meine Eltern gehen.

14:41 Uhr

„Da möchte dich jemand besuchen, Poppy. Es ist dein ehemaliger Lehrer von der Grundschule." Dr. Thaler schaut ins Zimmer.

„Herr Hoffmann?"

Das ist nicht möglich.

„Du kennst die neuen Regeln von Dr. Krüger: erst essen, dann Besuch."

„Ist es Herr Hoffmann?"

„Ja, das ist sein Name."

Ich lege meine Hand auf meine Brust. Mein Herz schlägt so schnell und heftig, dass es mir Angst macht.

Dr. Thaler neigt den Kopf. „Alles okay, Poppy?"

„Ja."

„Ist es ein netter Mann?"

„Sehr nett."

Herr Hoffmann steht plötzlich neben Dr. Thaler.

„Ups, Sie haben mich aber erschreckt", sagt sie trocken.

„Entschuldigung", sagt Herr Hoffmann und sieht mich an. Er runzelte die Stirn. Dann sagt er: „Hey, Grashalm!"

„Hallo, Herr Hoffmann", sage ich.

„Darf ich reinkommen?"

„Nicht erlaubt", sage ich.

„Von wem nicht?"

„Von Dr. Krüger, dem schlauen Fuchs."

„Warum?"

„Weil ich nichts esse."

„Sollst du für etwas bestraft werden?"

„Ich denke schon."

Herr Hoffmann wendet sich an Dr. Thaler, die noch in der Tür neben ihr steht. „Sind Sie Dr. Krüger?", fragt er.

Dr. Thaler errötet. Das steht ihr gut.

„Nein", sagt sie. „Mein Name ist Thaler."

„Ist Dr. Krüger in der Nähe?"

Dr. Thaler schaut auf die Uhr.

„Er macht gerade eine kurze Pause", sagt sie. „Gleich ist Visite."

„Aha. Also?", fragt Herr Hoffmann.

„Also gut, gehen Sie kurz zu ihr."

14:56 Uhr

Herr Hoffmann sitzt neben meinem Bett. Wir schweigen. Gelegentlich schauen wir uns an, und dann nicken wir.

15:00 Uhr
Wir wissen beide nicht, wer zuerst anfangen soll, deshalb ist es immer noch still.

15:02 Uhr
Herr Hoffmann hat schon einige Male tief geseufzt. Manchmal nickt er vor sich hin. Er nimmt meine Hand. Lässt sie wieder los.

15:07 Uhr
„Du enttäuschst mich."
Herr Hoffmann und ich blicken auf.
Dr. Krüger steht in der Tür. Er sieht übertrieben enttäuscht aus.
„Nicht essen bedeutet keinen Besuch, Poppy. Das war unser Deal."
„Wir reden nicht", sage ich.
„Darum geht es nicht." Dr. Krüger stemmt die Hände in die Hüften.
„Leider muss ich Sie bitten, sofort zu gehen."
„Noch einen Moment", sagt Herr Hoffmann.
„Nein! Es tut mir leid. Sie müssen gehen!"
Herr Hoffmann schaut auf die Vanillesoße. Dann sieht er mich an.
„Wie denkst du darüber?", fragt er.
Ich nehme die Schale in die Hand. Ich schaufle Pudding mit dem Löffel in meinen Mund. Ich esse weiter. Während ich hinunterschlucke, sehe ich Dr. Krüger an. Seine Augen sind weit offen für seine Verhältnisse.
Ich nehme noch einen Löffel Pudding. Noch einen. Und noch einen. Nach dem sechsten Löffel ist die Schüssel leer. Ich schenke Herrn Hoffmann die Baby-Julia-Kirsche.
„Na schau mal an", sagt Dr. Krüger erstaunt.
„Raus!", sage ich.
Herr Hoffmann dreht sich um und sieht Dr. Krüger an. „Wir hätten gern ein wenig Privatsphäre."

15:12 Uhr
Ich werde Herrn Hoffmann alles erzählen. Ich werde diesmal nicht weinen.

15:28 Uhr
Ich habe Herrn Hoffmann alles erzählt. Ich habe nicht geweint.

Masterplan

Dr. Thaler und Dr. Krüger sind in meinem Zimmer und hören Herrn Hoffmann zu.

Sandra Thaler reibt sich immer wieder mit einer Hand über ihren Mund, Dr. Krüger blättert in seinem Notizblock, als ob er dort noch zusätzliche Informationen über mich finden könnte.

Ihre Lippen bewegen sich, mal die einen, mal die anderen, aber ich höre nicht, was sie sagen. Sie schauen abwechselnd in meine Richtung. Der Ton in meinem Ohr ist abgeschaltet. Es piepst nicht einmal mehr. Ich höre gar nichts.

„Bist du wach, Poppy?"
Ein kühler Finger an meiner Wange. Dr. Thaler ... *Sandra*.
In meinem Zimmer ist es dunkel.
„Möchtest du etwas trinken?"
Sandra hilft mir auf und gibt mir ein Glas Tee mit Zucker.
„Herr Hoffmann ist nach Hause gegangen, als du eingeschlafen bist", sagt sie.
Ich nicke.
„Wir haben uns beraten, und wir fänden es gut, wenn er zuerst mit deiner Mutter spricht."
„Oh!"
„Erschreckt dich das?"
„Ein bisschen."
„Er hat es selbst angeboten. Und Dr. Krüger und ich denken auch, dass es das Beste wäre. Herr Hoffmann kennt deine Mutter schon so lange."
Ich weiß nicht, was das Beste ist. Gibt es das Beste überhaupt noch?
Aber Dr. Thaler sagt: „Das hast du gut gemacht, Poppy."
Ich glaube nicht, dass ich Herrn Hoffmann jemals wieder in die Augen sehen kann.
„Du hast das wirklich sehr gut gemacht", sagt sie noch einmal. „Dazu gehört großer Mut, Poppy."

Und bald wird es jeder wissen. Das ganze Dorf, die ganze Schule.
„Kannst du schlafen, was meinst du?"
Und Mama.
„Oder möchtest du eine leichte Schlaftablette?"
„Ja."
„Alles wird gut, Poppy, wirklich. Wir machen einfach einen Schritt nach dem anderen."

Ich träume.
Mama sitzt neben meinem Bett. Ich erzähle ihr alles. Als ich mit meiner Geschichte fertig bin, sagt sie: „Das wusste ich doch längst, Dummerchen", und zwinkert mir zu.
„Weiß Papa, dass du zwinkern kannst?"
„Dieser Mann weiß alles."
„Ich kann es auch", flüstere ich.
„Wirklich?"
„Ja, schau mal."
„Das ist kein Augenzwinkern, was du da machst, Poppy."
„Doch."
„Wenn das ein Augenzwinkern ist, habe ich eine Zahnprothese."
„Mama, du hast eine Zahnprothese!"
Sie gibt mir einen Klaps.
Ich wache auf, mein Kissen ist nass. Mein Gesicht auch.
Das Zimmer ist sehr dunkel, aber meine Tür ist offen. Im Licht des Korridors sehe ich meinen Vater in der Tür stehen. Er trägt einen Regenmantel und einen Koffer.
Ich schreie auf.

Jeder ist heute sehr lieb zu mir. Die Schwester, die mir beim Waschen hilft, die Frau mit dem Frühstückswagen, Mike, mit dem ich ein bisschen über den Korridor laufen muss *(ich habe heute Morgen einen Laufgipsverband gekriegt, und ich komme sehr gut mit einer Krücke zurecht)*, sie behandeln mich alle behutsam und freundlich.
Dr. Thaler erzählt, dass sie mit Herrn Hoffmann gesprochen hat. Er geht um elf Uhr zu meiner Mutter. Mein Vater ist um die Zeit schon unterwegs, sie haben es überprüft.
„Und dann?", frage ich.
„Dann werden wir weitersehen."
„Schritt für Schritt?", frage ich.
„Einfach Schritt für Schritt", sagt Sandra.

„Ich bin völlig baff. Das darf doch nicht wahr sein!"
Mama steht in der Tür. Sie hat sich kaum geschminkt, und der seitliche Pferdeschwanz hängt ihr fast über das Gesicht. Sie hält sich mit einer Hand ein zerknittertes Taschentuch vor die Augen. Mit der anderen sucht sie Unterstützung bei Großmutter.
Dr. Thaler und Dr. Krüger stehen hinter den beiden.
„Ich weine die ganze Zeit, Poppy. Wenn ich nur etwas geahnt hätte! Aber ich hab doch nichts davon gewusst", sagt Mama.
„Das konntest du auch nicht wissen", sagt Oma. „Wer denkt denn an so was? Er wirkte doch immer wie eine Respektsperson."
Mama macht irgendein lautes Geräusch und stürzt in mein Zimmer. Sie wirft sich auf mich. Großmutter wendet sich an Dr. Thaler. „Es ist wie im Dritten Reich. Mit den Juden. Niemand hat dir etwas gesagt. Ich wusste nichts", sagt sie. „Ich hielt die Nazis für Respektspersonen."

Morgen darf ich nach Hause. Uns werden dann noch drei ganze Tage bleiben, bis Papa aus Polen zurückkehrt. Genug Zeit, um unsere Sachen zu packen und eine neue Unterkunft in Aachen zu finden. Wir müssen auch Anzeige gegen Papa erstatten. Es ist ziemlich viel, aber Sandra Thaler hat alles für uns aufgeschrieben. Polizei, Krisenhilfe, Sozialarbeit. Wir bekommen sogar die Privatnummern von Sandra und Dr. Krüger.
Einfach Schritt für Schritt. Alles wird gut.
Als es Zeit wird, sich zu verabschieden, gibt mir Mama einen Sieben-Sekunden-Kuss. Nach dem Kuss bleibt sie noch mindestens eine Minute schluchzend auf mir liegen. Oma zieht sie dann von mir weg. „Komm, Patricia. Wir müssen uns an die Arbeit machen. Ich habe einen Masterplan. Punkt A: Wir gehen nach Hause. Punkt B: Als Erstes rufen wir Herta und Karl an."

Ich bin die Situation

„Wer hat euch denn gebeten hierherzukommen?", fragte Oma Becker, als sie den beiden Männern die Haustür öffnete. Da die Tür zum Korridor offen stand, konnte ich das Gespräch im Wohnzimmer verstehen.

„Karl hat uns angerufen", antwortete einer von ihnen.

„Warum?" Großmutters Stimme klang nicht gerade gastfreundlich.

„Weil wir Erfahrung mit bestimmten Situationen haben."

„Über was für Situationen reden wir hier?"

„Das wollen Sie gar nicht wissen, Oma Becker."

„Ihr wollt mir wohl drei Sack Vogelfutter für eine Kuckucksuhr verkaufen! Ich werd die Tür jetzt wieder schließen?"

Es blieb für einen Moment still.

„Nun?", fragte Großmutter streng. „Was für Situationen?"

„Situationen, in denen man das Gesetz selbst in die Hand nehmen muss."

„Schau mal an, jetzt führen wir doch tatsächlich ein vernünftiges Gespräch."

Zehn Sekunden später kam sie mit den Männern ins Wohnzimmer: Georg und Johann, Onkel Karls Freunde. Einer hatte eine Träne auf der rechten Wange tätowiert, der andere trug eine Kiste Bier.

„Setzt euch an den Tisch", sagte Großmutter. Dann holte sie meine Mutter aus dem Bett.

Es wurde still.

„Hallo", sagte ich schließlich. „Ich bin Poppy."

„Georg", sagte der Mann mit dem Tattoo.

„Johann", sagte der Mann mit dem Bier.

Danach sagten wir nichts mehr.

Ich fühle mich schwach und torkele. Mir ist übel. Heute Morgen bin ich mit einem Taxi aus dem Krankenhaus gekommen, weil Mama verschlafen hatte und Oma Becker keinen Führerschein besitzt.

Es ist verrückt, ohne meinen Vater zu Hause zu sein. Ich weiß, dass er in Polen ist. Trotzdem fühlt es sich an, als könnte er jeden Moment das Haus betreten.

Ich versuche, mich auf die positive Seite der Situation zu konzentrieren: Ich bin nicht mehr allein. Ich werde mein Geheimnis mit meiner Familie teilen, mit Tante Herta und Onkel Karl. Und dem Anschein nach auch mit Georg und Johann.

Die Türklingel läutet zum zweiten Mal.

Großmutter donnert den Flur entlang.

„Patricia?", ruft sie. „Wenn du jetzt nicht aus den Federn kommst, wirst du in die Röhre gucken."

Einen Moment später betritt Oma mit Tante Herta und Onkel Karl das Wohnzimmer. Onkel Karl klopft Georg und Johann auf die Schultern und zeigt auf Großmutter. Sie lachen. Johann hat nur wenige Zähne. Dann stößt Mama dazu – in ihrem Bademantel. Er ist nicht richtig geschlossen: Ihr durchsichtiges Nachthemd erlaubt einen tiefen Einblick. Sie hat Mascara unter den Augen und den Mund leicht geöffnet.

Tante Herta wirft ihr einen wütenden Blick zu. „Was hast du denn für ein Zeug geschluckt?"

„Ich glaube, wir sind vollständig." Oma ringt nach Atem und sieht müde aus. Die Tennisballtherapie hat wohl nicht geholfen.

„Gab es schon Kaffee?", fragt Tante Herta.

„Verdammt!" Großmutter stampft in die Küche.

„Wo ist *er*?" Onkel Karl sieht Mama wütend an.

„Wer?" Mama klammert sich an der Stuhllehne fest.

„Mein Vater ist in Polen", antworte ich und versuche Mama auf den Stuhl zu helfen.

„Lass los, das kann ich selbst!" Ihre Stimme klingt schrill und kindisch.

Onkel Karl starrt den Sessel meines Vaters an und lässt sich hineinfallen. Tante Herta widmet sich dem Gezappel meiner Mutter und setzt sie grob auf den Stuhl neben mich. „Mach nicht so ein Theater, Patricia."

„Du bist nur eifersüchtig. Immer schon gewesen."

„Ja, ja", sagt Tante Herta. „Hast *du* heute schon mal in den Spiegel geschaut?"

„Leute! Ruhe! Ist ja gut", funkt Onkel Karl dazwischen.

„Nichts ist gut", sagt Mama. „Es ist überhaupt nichts *g-u-t.*"

„Das hab ich ja auch nicht gemeint, ich bin doch nicht blöd." Onkel Karl zündet sich eine Zigarette an. „Ich hab keine Ahnung, warum du wolltest, dass ich herkomme, weil ich am Telefon kein Wort von deinem Gefasel verstanden hab. Aber eines ist mal sicher wie der Tod: Wenn eine Frau mir die Ohren vollheult, schrillen bei mir die Alarmglocken. So ist es nun mal. Das ist mein dritter Sinn. Das Auge in meinem Hinterkopf, sag ich immer." Er tippt sich mit dem Finger hinten auf das bisschen Haar.

„Das stimmt", sagt Großmutter. „Den hat er immer schon gehabt, den dritten Sinn."

„Es heißt, der siebte Sinn", verbessert meine Tante. „Wie diese Sendung im Fernsehen."

Onkel Karl wirft seiner Frau einen bösen Blick zu. „Halt deine Waffel, ich rede jetzt mit deiner Schwester. Geht es um den alten Krawattenhengst?"

„Wen?" Mama sieht ihn ängstlich an.

„Ja, wen wohl? Opa Backenbart."

Mama nickt langsam. Und nickt noch einmal und hört gar nicht mehr auf. Sie ist wie ein kleines Kind, das gerade eben entdeckt hat, dass es sich auf die Füße stellen und seine ersten Schritte machen muss.

Tante Herta hat das Kinn eingezogen und die Augen weit geöffnet. Sie sieht Mama voller Verachtung an. „Die hat sie nicht alle, Karl!"

„Ruhe jetzt! Patricia ... hallo, jemand zu Hause? ... Was hat der Mistkerl getan?", will Onkel Karl wissen. „Und hör verdammt noch mal auf, hier einzunicken."

Mama sieht ihn erschrocken an. „Es ist schrecklich", flüstert sie. „Schrecklich."

„Red nicht drum rum, was hat *er* gemacht, Patricia?"

„Ich kann nicht darüber reden." Mama legt ihren Kopf auf den Tisch und fängt an zu heulen.

Tante Herta sieht mich an. Ich sage nichts. Großmutter kommt mit Kaffee und Kokosmakronen ins Wohnzimmer. Georg holt drei Flaschen Bier und öffnet sie mit den Zähnen. Er hat mehr Zähne als Johann, aber ich frage mich, ob sie echt sind.

Mama schlägt ihren Kopf auf die Tischplatte. Sie schluchzt laut, stöhnt, schreit. Tante Herta sieht mich wieder an. Mir läuft der Schweiß über den Rücken.

„Gut", beginnt Großmutter. „Es ist wohl besser, ich eröffne dieses Treffen. Die Situation ist folgende."

„Sollte sie hier wirklich dabei sein?" Onkel Karl nickt in meine Richtung.

In dieser Familie wird eindeutig zu viel genickt.

„*Sie* ist die Situation", antwortet Oma.

„Warum ist *sie* die Situation?", fragt Tante Herta. „Ich denke eher, die Situation brüllt gerade wie eine Geisteskranke und hämmert pausenlos mit dem Kopf auf die Tischplatte."

Großmutter gibt Mama einen Schubs. „Erzählst du es jetzt, oder muss ich es verkünden? Patricia ... Hör auf damit! Hör jetzt endlich damit auf und reiß dich zusammen!"

Meine Mutter gehorcht, lässt ihren Kopf aber auf dem Tisch liegen.

„Gut. Dann erzähle ich es", entschließt sich Oma.

Alle sehen Großmutter an, bis auf meine Mutter.

„Was denn, Mama? Nun sag schon, was los ist!" Meine Tante hält es vor Neugier kaum noch aus.

„Die Situation ist folgende: Herr Grinberg ist ein Pädo."

Endlich ist es ausgesprochen.

„Pädo was?" Onkel Karl schüttelt den Kopf, als hätte er sie nicht verstanden.

„Ein Pädophiler?", fragt Tante Herta entsetzt. „Ein Kinderschänder?"

„Was?", fragt Onkel Karl.

„Er hat Poppy sexuell missbraucht", brüllt Mama, ohne den Kopf zu heben.

Oma seufzt. „Und nicht nur einmal, sondern regelmäßig und jahrelang. Das hat selbst mich umgehauen."

Für ein paar Sekunden sind alle still. Dann springt Onkel Karl vom Stuhl auf und wirft seine Bierflasche gegen die Wand. „Ich wusste es! Diese dreckige, schmierige Schwuchtel! Ich hab es immer geahnt, dass mit dem was nicht stimmt, diesem verdammten Schwanzlutscher."

„Er hat keine Schwänze gelutscht, Karl", flüstert Oma Becker, „sondern unsere Poppy."

Unsere Poppy. Das hat Großmutter noch nie gesagt.

Die Glasscherben der Bierflasche liegen bis an die Fensterbank mit Mamas Hummelfiguren. Onkel Karls Ausbruch ist auch der Startschuss für Johann und Georg, die ihre Bierflaschen gegen die Kommode schmeißen und einem Foto von Papa „Mieser Kinderficker" und „Widerliche Sau" zurufen.

Meine Tante kann es kaum glauben. Mit zittriger Hand zündet sie sich zwei Zigaretten an. Eine für sich und eine für Mama. Großmutter meint, dass es in diesem Spiel keine Verlierer geben muss, solange jeder sein Gehirn benutzt.

„Ja und? Was ist der Plan?", fragt Karl.

„Dr. Thaler hat einige wichtige Dinge aufgeschrieben", sage ich und nehme die Notiz mit den Telefonnummern der Rettungsdienste und der

Krisenhilfe aus meiner Hosentasche. Er lag immer noch auf meinem Nachttisch im Krankenhaus. Mama hatte vergessen, ihn mitzunehmen.

„Dr. Thaler lebt in einer anderen Welt", knurrt Oma.

„Aber hier steht alles", sage ich. „Schritt für Schritt."

„Wir leben nicht im Universum von *Dr. Snuggles!*" Großmutter nimmt mir das Blatt aus der Hand und hält es in die Luft. „Wir haben *das* hier", sagt sie, „aber wir haben auch *das* hier!" Sie hämmert sich mit dem Zeigefinger gegen die Schläfe. „Unsern Grips!"

„Gib mal her, den Wisch!", murrt mein Onkel.

Großmutter reicht Onkel Karl das Blatt Papier.

Er sieht sich alles an. „Das glaub ich nicht. Was sollen wir denn bei den Heinis? Das erledigen wir selbst!" Er hält sein Feuerzeug unter das Blatt Papier. Die Telefonnummern gehen in Flammen auf.

Ich habe Probleme mit dem Atmen. *Wir machen es Schritt für Schritt*, hatte Dr. Thaler gesagt. *Dann wird alles gut.* Aber ich habe keine Ahnung mehr, was der nächste Schritt sein wird.

Ich muss pinkeln. „Oma, wo sind meine Krücken?"

Großmutter antwortet nicht. Sie hat mir heute Morgen die Gehhilfe weggenommen. Sie hat alles aufgeräumt, wollte es schön haben, weil Herta und Karl kommen. („Krücken sind kein schöner Anblick. Weg damit!")

Ich stehe auf und quäle mich langsam zum Flur. Dabei greife ich nach Stühlen und Schränken. Auf halbem Weg bleibe ich stehen, schließe die Augen und atme tief ein und aus. Ich höre, wie Onkel Karl verspricht, dass er höchstpersönlich dafür sorgen wird, dass mein Vater in der Hölle brennt.

„Den sollte man von einem durchgeknallten Nigger in den Arsch ficken lassen, bis seine Hämorrhoiden wiehern", gibt Oma zum Besten.

„Das sage ich dir, Oma. Die Knastbrüder würden sich den feinen Herrn auch ordentlich vornehmen, nicht wahr, Georg?"

Georg nickt und nimmt einen Schluck Bier. „Ja, die gehen mit Kinderschändern nicht gerade zimperlich um. Ich hab's im Knast gesehen."

Oma lacht. „Und hast hoffentlich deinen Teil dazu beigetragen. Aber immer schön langsam, damit sie was davon haben!"

Alle lachen.

Als ich meine Augen wieder öffne, ist meine Mutter aufgestanden und steht jetzt ganz nah neben Georg. „Ich sollte mir vielleicht auch eine solche Träne auf die Wange tätowieren lassen. Für Poppy. Damit man sieht, dass ihr Schmerz auch mein Schmerz ist." Sie schluchzt kurz. „Ich werde diesen Schmerz nie mehr vergessen können!"

Georg öffnet eine neue Flasche.

„Ich habe immer noch meine eigenen Zähne, ich würde mich das nicht trauen", sagt Mama leise.

Das Telefon klingelt. Alle erstarren. In der Stille hören wir das Läuten, dann noch mal. Dreimal, zähle ich mit.

„Nun", sagt Oma. „Das wird *er* wohl sein."

Viermal.

„Wo, hast du gesagt, steckt der Scheißkerl?", fragt Tante Herta.

„Polen", antworte ich.

„Heb endlich den Hörer ab, Patricia!" Großmutters Stimme klingt gereizt.

„Was soll ich denn sagen?" Mama schaltet ihre Piepsstimme ein.

Fünfmal.

„Dass alles okay ist, natürlich! Er darf keinen Verdacht schöpfen, dass hier irgendwas läuft."

Aber was läuft hier denn? Ich wünschte, jemand würde es mir erklären.

Sechsmal.

Mama geht in das Arbeitszimmer meines Vaters. Fünf Personen trotten ihr nach, und dann hink ich hinterher, am Ende der Kolonne.

Siebenmal.

Als Mama neben dem Telefon steht, lässt sie die Arme mutlos herabhängen. Es läutet bereits zum achten Mal.

„Teufel noch mal!" Großmutter schiebt Mama zur Seite und nimmt selbst den Hörer ab. Das Tonband schaltet sich ein. Karl, Georg und Johann starren mit offenem Mund auf das Gerät unter der Plastikhaube.

„Becker hier", meldet sich Großmutter.

„Was machst du in meinem Büro?" Die Stimme meines Vaters dringt durch den Lautsprecher des Tonbands. Er ist stinksauer.

„Das Gespräch annehmen. Ebenfalls einen guten Morgen!"

„Wo ist Patricia?"

„Sie liegt im Bett. Bauchgrippe. Sie hat hohes Fieber."

„Und wie geht es Poppy?"

„Ist noch im Krankenhaus."

„Das weiß ich selbst."

„Schrei mich gefälligst nicht so an!"

„Ich will wissen, wie es meiner Tochter geht."

„Supertoll geht's ihr. Für ein Mädchen, das knapp fünfundvierzig Kilo wiegt."

„Isst sie schon?"

„Sie haut rein wie ein Bauarbeiter."

„Keine dummen Witze, verdammt noch mal."

„Ich mache keine Witze. Sie isst wieder."
„Wirklich?"
„Und jetzt muss ich auflegen, deine Frau hat den flotten Heinrich, und die Partyzeitung ist alle."
„Die was?"
„Das Klopapier!"
„Poppy möchte mich bitte zurückrufen. Die Nummer liegt auf dem Schreibtisch."
„Sag ich ihr."
„Noch heute Nachmittag."
„Ich weiß nicht, wann ich in die Klinik komme. Ich kann Patricia nicht allein lassen. Wann fliegst du zurück?"
„Übermorgen."
„Lass dir Zeit. Ist hier kein Zuckerschlecken."

Großmutter legt auf und sieht Onkel Karl an, der vor dem Tresor steht und die Knöpfe dreht. „Du kannst an den Dingern herumfummeln, bis dir ein Garten auf dem Bauch wächst", sagt sie. „Dazu brauchen wir einen Safeknacker."

Mir wird plötzlich sehr heiß.

„Mensch, Poppy", sagt Tante Herta.

Ich sehe sie an.

„Du hast dir ja in die Hose gepinkelt."

Auf die andere Seite ...

Als ich am nächsten Morgen herunterkomme, sind sie alle noch da. Oder wieder. Ich weiß nicht, wo alle geschlafen haben. Niemand redet mit mir, also gehe ich in die Küche, wo ich ein Sandwich mit Käse esse. Ich habe es Dr. Thaler versprochen: ordentlich zu essen.

Im Wohnzimmer brüllen sie sich an, ich höre, wie Georg und Johann das Haus mit viel Getöse verlassen. Als ich meinen Teller in die Geschirrspülmaschine stelle, kommt Großmutter herein.

„Guten Morgen, Oma!"
„Ich hatte schon bessere."
„Was machen wir jetzt?", frage ich.
„Pack schon mal die Koffer."
„Gehen wir nun fort?"
„Wolltest du denn hierbleiben?"
„Nein, ich dachte bloß, dass ..."
„Überlass das Denken nur mir."
„Aber ich weiß nicht, was der Plan ist."
„Alles einpacken und sich verdünnisieren. Das ist der Masterplan."

Ich packe vier Koffer mit unseren wichtigsten Sachen. Kleidung, Zahnbürsten, meine Spardose, Mamas Schmuck, meine Schulbücher. Ich versuche, einigermaßen abzuschätzen, was wichtig ist und was nicht. Unsere Kissen und Bettdecken stopfe ich in Müllsäcke. Ich habe keine Ahnung, wie wir das später alles aus dem Haus schaffen werden.

Als ich fertig bin, höre ich ein Auto in die Einfahrt fahren und blicke aus dem Schlafzimmerfenster. Ein ramponierter Lieferwagen hält vor der Haustür. Georg und Johann steigen aus. Sie tragen beide einen Presslufthammer und eine neue Kiste Bier.

„Poppy!", ruft Oma Becker. „Komm her!"

Sie wollen, dass ich die Straße überquere und die gegenüberliegende Polizeidienststelle betrete, um Anzeige zu erstatten. Dafür soll ich mir unbedingt viel Zeit nehmen, meint Onkel Karl und fügt hinzu: „Du

musst sie beschäftigen, Poppy. Wir können das Haus nicht in fünf Minuten ausräumen."
Das ist also der Masterplan.
„Was guckst du?", fragt Karl.
„Ich weiß nicht, ob das in Ordnung ist, Onkel Karl, wenn du all diese Sachen mitnimmst."
„Lass das meine Sorge sein, Poppy, und konzentrier dich auf deinen eigenen Beitrag. Du willst doch Gerechtigkeit, und für die sorgen wir jetzt."
Ich habe Bedenken.
„Fang jetzt nicht an, auf blöd zu machen", sagt er. „Du hast A gesagt. Danach folgt nicht nur B, sondern das ganze Alphabet."
Mir fällt ein, dass Dr. Thaler auch aufgeschrieben hat, dass ich Anzeige erstatten muss. *Es ist ein Schritt, ich muss das also machen.*
„Also, los!" Onkel Karl schiebt mich in Richtung Haustür.
„Papa wird aber sehr wütend sein, wenn ihr alles mitnehmt."
Großmutter kommt jetzt auch in die Halle. „Warum ist sie immer noch nicht weg?"
„Sie geht schon", antwortet mein Onkel.
„Sollte mich nicht jemand begleiten?", frage ich.
Oma räuspert sich. „Warum? Hast du Angst?"
„Ich bin minderjährig."
„Das ist doch sehr gut", sagt sie. „Das ist genau der Punkt, den wir hervorheben müssen. Je minderjähriger, desto besser."
„Wie alt bist du?", fragt Karl.
„Vierzehn."
Er überlegt kurz. „Mach zwölf draus."
„Aber dann lüge ich ja."
„Mach dir da keinen Zopf. Das wird die Bullen noch mehr schockieren, und dann sind sie abgelenkt", meint Oma.
„Im Grunde sind wir auf der Seite des Gesetzes", erklärt Karl.
„Genau. Wir helfen nur nach, damit es triumphiert." Oma kichert jetzt wie Mama. Dann verschwindet sie in der Küche.
„Im Grunde ist egal, was du sagst", meint Karl. „Aber du kannst dir gerne noch jede Menge ausdenken und das Ganze richtig ausschmücken. Verstehst du, was ich meine?"
Ich möchte, dass er aufhört zu reden.
Er legt seine Hand auf meine Schulter. „Es muss sich so richtig schlimm anhören. Vor allem immer viel weinen. Dann bringen wir den Drecksack auf den elektrischen Stuhl. Merk dir das im Hinterstübchen."
„Es gibt in Deutschland gar keine Todesstrafe, Onkel Karl."

Onkel Karl zuckt mit den Schultern. „Dann muss ich mir wohl was anderes einfallen lassen!"

Im Krankenhaus war es auch nicht schön, aber dort hatte ich wenigstens Leute, die mir sagten, dass alles gut werden würde. Jetzt sagt niemand mehr, dass alles wieder in Ordnung kommt.

Als ich nach draußen gehe, ruft Onkel Karl. „Poppy?"

Ich drehe mich um.

„Sag denen, dass er seinen Schlappschwanz überall bei dir reingehängt hat."

Auf der Polizeidienststelle sitzen zwei Polizisten an einem Schreibtisch. Einer von ihnen ist der Vater von Astrid Falkenberg.

„Hallo, Poppy", sagt er. „So sehen wir uns auch noch mal."

„Ja."

„Wie geht es deinem Bein?"

„Mir geht es gut. Das hier ist ein Laufgips."

„Wie ist das noch einmal passiert?"

„Ich bin beim Sport hingefallen."

„O ja. Astrid hat es erzählt."

„Ja."

Er zeigt auf seinen etwas dickeren Kollegen. „Das ist keine Walze, Poppy, sondern Herr Waltz."

„Hallo, Herr Waltz!"

„Guten Morgen, junge Dame!"

„Was können wir für dich tun, Poppy?", fragt Astrids Vater.

„Ich möchte Anzeige erstatten."

„Oh, Poppy, wirklich?" Astrids Vater gibt sich schockiert, zwinkert aber Herrn Waltz zu. Herr Waltz schubst Astrids Vater an, und er schubst zurück. Und noch einmal.

Wieso machen sie das?

Zwischen dem Schubsen fragt Astrids Vater: „Wurde dein Fahrrad gestohlen, Poppy?"

Ich schüttle den Kopf.

„Hast du deinen Hund verloren?"

„Nein, der Hund ist zu Hause."

„Süßigkeiten im Supermarkt gestohlen, Poppy?"

„Auch nicht."

„Ein Feuerchen gelegt?"

„Nein."

Sie haben aufgehört, sich gegenseitig anzuschubsen.

Herr Falkenberg reibt sich den Arm. „Was ist denn dann dein Problem, Poppy?"
„Es geht um Missbrauch", sage ich, „sexuellen Missbrauch."

Herr Falkenberg und ich sind in einem kleinen, warmen Raum ohne Fenster. Wenn das Zimmer Fenster hätte, wäre es hier weniger stickig. Und dann könnten wir sogar sehen, wie Oma Becker, Onkel Karl, Georg und Johann unser Haus auf der gegenüberliegenden Straße ausräumen. Alles, was von Wert ist, schleppen sie hinaus. Ich habe es richtig vor Augen: die Perserteppiche, das Silberbesteck, die Swarovski- und Hummelfiguren, das Service, die chinesischen Vasen, den Fernseher, das Faxgerät, mein Surfbrett, das Tonband. Und wenn sie könnten, vermutlich sogar den Tresor.

Herr Falkenberg räuspert sich und legt ein Stück Papier in die Schreibmaschine, die vor ihm auf dem Tisch steht. Er ist schon eine Weile still.

„Wie geht es Astrid?", frage ich.
„Sehr gut, sehr gut. Sie hat einen Freund."
„Schön."

Herr Falkenberg schaut zur Tür. Es gab niemanden sonst, um die Anzeige aufzunehmen, außer Herrn Waltz, aber der musste plötzlich auf die Toilette.

„Nun", sagt Astrids Vater. „Wo waren wir?"
Ich antworte nicht.
Ich werde Herrn Falkenberg nicht helfen. Er muss mir helfen.
Er faltet die Hände hinter dem Kopf. Es ist eine unangenehme Position, die nur vorgibt, bequem zu sein. Das spürt auch Herr Falkenberg bald, also legt er die Hände einfach wieder auf den Tisch. „Ich werde Astrid von dir grüßen", sagt er.

Ich nicke.
„Wann wirst du wieder in die Schule zurückkehren?"
Ich zucke mit den Schultern.
„Entschuldige mich bitte", sagt er und verlässt den Raum.
Astrids Vater hat mich in den letzten zehn Minuten kein einziges Mal angesehen.

Auf dem Stuhl von Herrn Falkenberg sitzt jetzt ein anderer Polizist. Er ist von der Kriminalpolizei, sagt er. Hauptkommissar Hertel ist älter als der Vater von Astrid. Er hat ein nach außen gewölbtes Gesicht mit einem großen weißen Schnurrbart in der Mitte, wie der Weihnachtsmann.

„Also", beginnt Kommissar Hertel. „Du musst es mit mir gemeinsam machen, Poppy. Ist das in Ordnung?"

„Okay."

Kommissar Hertel nimmt einen Schluck Wasser und hämmert auf die Tasten der Schreibmaschine. Er spricht mit mir, ohne von seinen tippenden Fingern aufzublicken.

„Poppy, dieser Missbrauch, den du erwähnt hast. Was meinst du damit genau? Erzähl mal. Mit deinen eigenen Worten."

„Nun, es ist passiert. Öfter passiert."

„Was ist passiert?"

„Na, der Missbrauch."

„Ist es dir selbst passiert?"

Ich nicke.

„Und wer?"

„Hm?"

„Kannst du mir sagen, wer das gewesen ist?"

Ich schaue auf seinen Schnurrbart.

„Poppy?"

„Hm?"

„Wer hat dich missbraucht?"

„Mein Vater", murmle ich so schnell und leise wie möglich. Vielleicht versteht er es falsch, und dann können wir diese Frage überspringen.

„Dein Vater?"

Er hat gute Ohren.

Mein linkes Auge juckt und zuckt. Ich reibe daran. Es hilft nicht.

„Dein Vater hat dich missbraucht. Hab ich das richtig verstanden?"

Ich blinzle ein paarmal sehr schnell. Dann schließe ich das linke Auge für fünfzehn Sekunden. Als ich es wieder öffne, hat das Zucken aufgehört.

„Weißt du auch genau, was Missbrauch bedeutet?"

Wie weit Onkel Karl wohl mit dem Haus ist? Vielleicht haben sie schon alles, was sie wollen. Dann kann ich dem hier schneller ein Ende setzen.

„Poppy?"

„Ja?"

„Ich frage deshalb, weil es sehr ernst ist, was du hier sagst, das verstehst du doch?"

„Es tut mir leid."

„Also ist es nicht wahr?"

„Nein."

„Wirklich nicht?"
„Nun."
„Ist es wahr?"
„Ja."
„Und du bist dir ganz sicher, dass du verstehst, was Missbrauch ist?"
„Ich denke schon."
„Dann sag es mir bitte!"
Ich räuspere mich.
„Poppy?"
„Ja."
„Was ist Missbrauch?"
„Es ist für später."
„Was?"
„Es ist praktisch für später, wenn man verheiratet ist. Aber wenn man es zu früh macht, ist es Missbrauch."
Kommissar Hertel schweigt für einen Moment. Dann fragt er: „Kannst du mir vielleicht ein Beispiel nennen?"
Ich zucke mit den Schultern.
„Was genau hat dein Vater getan?"
„Er hat an mir rumgemacht."
„Mit seinen Händen?"
Ich nicke, aber er sieht es nicht, weil er tippt.
„Ich verstehe dich nicht. Ja oder nein?"
„Ja."
„Mehr als *einmal*?"
Ich nicke wieder.
„Ich verstehe dich nicht. Ja oder nein?"
„Ja."
„Hast du dabei was angehabt, also Kleidung getragen?"
„Hm?"
„Hast du irgendwelche Kleidung getragen, während er an dir rumgemacht hat?"
„Nö."
„Was?"
„Nicht wirklich."
„Du hattest keine Kleidung an?"
„Nein."
„Also warst du nackt?"
Mir ist sehr heiß, mein Mund ist völlig trocken.
„Warst du nackt?"
„Ja."

„Und er?"
„Hm?"
„Und dein Vater?"
„Auch."
„Auch was?"
„Nackt."
„Immer?"
„Meistens."
„Wie oft?"
„Sehr oft."
„Aber nicht immer?"
„Fast immer."
„Wo hat er dich angefasst?"
Ich glaube, ich bekomme Fieber. Mir ist ganz heiß, und ich würde mich am liebsten übergeben.
„Wo hat er dich angefasst?"
„Ein bisschen überall."
„Was heißt ein bisschen überall?"
„Halt mal hier, mal dort."
Inspektor Hertel tippt und tippt.
„Ist es zum ... ähm ..."
Ich versuche herauszufinden, wie es sein wird, wenn Mama und ich an einem anderen Ort leben werden. Es funktioniert nicht, ich sehe nichts. Nicht einmal eine Farbe, nur grauen Nebel.
Will ich denn allein mit Mama leben?
„Hat dein Vater dich jemals ... wie soll ich sagen?"
Herr Hoffmann hat einmal gemeint, dass du, wenn du zweifelst, ganz still sein sollst. Denn wenn du still genug bist, dann kannst du deine innere Stimme hören, die dir sagt, ob das, was du tust, richtig oder falsch ist. Ich schließe meine Augen und warte.
„Weißt du was Geschlechtsverkehr ist?"
Ich habe anscheinend keine Stimme im Inneren. Ich höre gar nichts.
„Poppy?"
„Hm?"
Inspektor Hertel hört auf zu tippen. Er hüstelt und nimmt einen Schluck Wasser. Dann befühlt er seine Nase und schaut zur Decke.
„Geschlechtsverkehr ist, wenn ... wenn also der Mann ... seinen, also ... aber das wird bei dir sicher nicht der Fall sein."
Es ist wieder still.
„Wo hat der Missbrauch stattgefunden?"
„Zu Hause."

Inspektor Hertel murmelt etwas. Er fängt wieder an zu tippen. „Nur zu Hause?"
„Nein, zusammen."
„Was?"
„Wir waren zusammen."
„Nein, ja, das verstehe ich. Aber ich meine, ist es nur zu Hause oder auch an anderen Orten passiert?"
„Manchmal im Auto."
Er tippt.
„In der Scheune."
Und tippt.
„In dem Liberty-Zelt."
Kommissar Hertel blickt auf.
„Das Wohnwagenzelt", erkläre ich.
„Ich weiß, was ein Liberty ist", sagt Kommissar Hertel.
„Entschuldigung!"
„Das war es?", fragt er.
„Und einmal im Baumhaus."
„In was?"
„Dem Baumhaus. Er hat mir mit einem Arbeitskollegen ein Baumhaus gebaut. Mein Vater kann das sehr gut."
Kommissar Hertel tippt einen sehr langen Satz.
Ich warte, bis er mir wieder eine Frage stellt.
„Wann hat der Missbrauch begonnen?"
„Als wir hierherkamen, um hier zu leben."
„Wie alt warst du damals?"
„Nicht so alt."
„Wie alt ist das?"
„Sechs."
Er hört wieder auf zu tippen und sieht mich an. „Sechs?"
Kommissar Hertel hebt immer die Augenbrauen, wenn er zweifelt.
„Das scheint mir weit hergeholt. Wieso weißt du denn das noch so genau?"
„Ich bin an diesem Tag sechs geworden. Es war an meinem Geburtstag."
Er schüttelt leicht den Kopf.
„Mit einem sechsjährigen Kind! Das ist ja ..."
Jetzt sieht es aus, als wäre er sehr wütend.
„Entschuldigung!", sage ich noch einmal.
„Wie alt bist du jetzt?"
„Zwölf."

„Zwölf?"

„Nein, Entschuldigung, ich bin durcheinander, vierzehn."

Ich sehe in seine Augen.

Glaubt er mir?

Dann ist es still in meinem Kopf.

Später schüttle ich Hauptkommissar Hertel die Hand und danke ihm freundlich. Ich habe schwarze Flecken vor meinen Augen. In der Halle begegne ich Astrids Vater. Er steht an der Kaffeemaschine und unterhält sich mit Herrn Waltz und einem anderen Kollegen. Als sie mich sehen, schweigen alle.

„Auf Wiedersehen, Herr Falkenberg, noch einen schönen Nachmittag!"

Die schwarzen Flecken werden größer.

„Auf Wiedersehen, Poppy", sagt Astrids Vater. „Viel Glück mit dem Umzug!"

Ich weiß nicht, was ich sagen soll, und ich starre ihn an.

„Vor eurer Tür steht ein Umzugswagen." Er zeigt mit seiner Pappkaffeetasse in Richtung Ausgang.

„Ja", sage ich. „Wir kriegen neue Möbel."

„Ah." Herr Falkenberg nickt. „Wunderbar."

Wankend verlasse ich die Polizeidienststelle. Auf dem Hinweg waren es genau fünfzehn Schritte, für den Rückweg brauche ich siebenundzwanzig.

... und zurück

Der Kristalllüster liegt zersplittert im Eingang. Im Wohnzimmer stehen keine Möbel, und auf dem Parkett liegen keine Teppiche. Fifi kläfft unentwegt, ihr Rücken ist mit roter Farbe besprüht. Es ist das gleiche Rot wie die Farbe, die ich etwas später im Esszimmer entdecke: *PÄDO* steht in Großbuchstaben an der Wand, darunter in Anführungszeichen *NAZI*. Meine Ohren pfeifen, und ich bin mittlerweile so sehr an das Pochen in meinem Kopf gewöhnt, dass es eine Weile dauert, bis ich merke, dass da noch ein anderes Geräusch ist. Es kommt aus Papas Büro.
Der Presslufthammer.
„Mieser Backenbartperverser!" Onkel Karl versucht, den Safe zu knacken. In der Wand sind so große Löcher, dass ich an einigen Stellen hindurchsehen kann. Georg und Johann stehen verschwitzt daneben. Als er mich sieht, senkt mein Onkel den Hammer.
„Wo ist Mama?", frage ich.
„Mit Oma Becker zur Bank", keucht Karl und stürzt sich wieder auf die Wand.
„Und Tante Herta?"
„Holt einen Schneidbrenner." Die Adern auf seiner Stirn sind lila. Onkel Karl schwingt den Presslufthammer über den Kopf und läuft zur Höchstform auf. „Auf ein Neues!"
Größere Steinbrocken fallen auf den Boden. Mörtel fliegt durch den Raum. Aber der Safe ist immer noch fest in der Wand verankert.
„Verfluchter Safe." Johann zieht seine Nase hoch.
Ein paar Sekunden lang passiert nichts, doch dann stürzt die Wand mit dem Tresor ein.
„Was ist das für ein Krach hier?" Großmutter betritt mit Mama das Arbeitszimmer. Sie hat sich meine rosa Sporttasche über die Schulter gehängt, die sie ein wenig aus dem Gleichgewicht bringt und muss sich am Arm meiner Mutter festhalten. „Du Idiot! Wir konnten dich schon im Kreisverkehr hören!"
Oma ist ziemlich sauer.

„Hab dich nicht so! Hier gibt's doch eh überall Baustellen auf den Straßen", sagt Onkel Karl.

Großmutter entdeckt den Safe auf den Boden und fasst sich an den Kopf. „Da waren ja echte Fachleute am Werk!"

„Wie viel haben sie dir gegeben, Patricia?"

Mama starrt auf den Safe, Georg und Johann auf die rosa Sporttasche, die Oma fast umwirft.

„Patricia!"

„Was?"

„Ich frage, wie viel in dieser Tasche ist."

„Zweihunderttausend", antwortet Mama.

„Zweihundert Mille?"

„Mit einer Banderole um die Scheine."

„Und sie haben es dir einfach so gegeben?" Karl kann es nicht glauben.

„Ich habe halt Macht", sagt Mama stolz.

Großmutter rollt mit den Augen. „Nein, sie hat eine Vollmacht."

„Und ob ich die habe!"

„Wie war es bei der Polizei, Poppy?", fragt Oma.

„Gut", sage ich.

„Hast du alles ehrlich erzählt?"

Ich nicke.

„Gutes Kind. Denn sie lässt sich nicht auf Dauer verbergen."

„Was, Großmutter?"

„Die Wahrheit, Poppy."

Und so ist es auch. Letztendlich kommt die Wahrheit immer ans Licht, wie gut du sie auch versteckst. Wie dick die Wand eines Safes auch sein mag, wie kompliziert sein Code, am Ende war alles umsonst. Die ganz großen Geheimnisse wollen gelüftet werden. Weil sie einsam sind. Und weil sie wachsen. Je länger du ein Geheimnis wahrst, desto einsamer und größer wird es.

Als Tante Herta gegen sechs mit einem Schneidbrenner zurückkommt und der Safe schwelend und rauchend besiegt wird, finden sie kein Geld und keine Juwelen, sondern nur die Wahrheit. Schmerzlich entblößt. Hundertmal. Zweihundert-, dreihundert-, vierhundertmal. Zuerst wundere ich mich, wie viele verschiedene Mädchen es sind. Es gibt sehr kleine, einige sind etwas größer, und andere sind in meinem Alter. Trotzdem sehen sie sich ähnlich. Sie sind alle weiß und dünn, mit blonden Haaren und blauen Augen. Manchmal blicken sie in die Kamera, aber in der Regel schauen sie weg. Auf den Boden. An die Wand hinter dem Fotografen. Sie schämen sich. Ich möchte sie mit meinen Händen bedecken. Aber es gibt zu viele. Ich weiß nicht, mit wem ich anfangen soll. Ich liege überall.

Sobald Mama versteht, was das für Fotos sind und wer darauf zu sehen ist, nimmt sie so viel wie möglich in beide Hände und wirft sie durch den Raum. Die Polaroids wirbeln wie Konfetti durch die Luft. Niemand hebt sie auf. Alle sind still. Nur ihre Augen sprechen das Unfassbare aus.

Mama legt sich weinend zwischen die Aufnahmen. Sie krümmt sich, macht sich klein wie ein Baby. Sie flieht in ihre Welt und lässt mich wieder allein.

Tante Herta ist die Erste, die spricht. „Ich möchte mich in euer Trübsal blasen nicht einmischen, aber womit darf ich eigentlich nach Hause gehen? Mit einem alten Teppich oder einem Bündel Scheine?"

Großmutter antwortet, dass Geduld eine gute Tugend ist und dass sie den Erlös aus dem Verkauf des Hauses fair aufteilen werden.

„Wieso", fragt Onkel Karl. „Es ist doch sein Haus, richtig?"

„Der wandert doch ins Gefängnis! Denk nach, Karl. Wir werden den Pädo natürlich auf Schadenersatz verklagen."

„Und bis dahin? Was krieg ich bis dahin?" Tante Herta kreischt jetzt.

Großmutter greift in die Tasche und gibt Karl ein Bündel Geld. Er zählt es, ich auch. Es müssen mindestens tausend Mark sein.

„Ich betrachte das als Anzahlung, Oma", sagt er und gibt Johann und Georg jeweils einen Fünfziger. „Eine Anzahlung! Schreib dir das hinter die Ohren, Oma Becker! Und ich schlage vor, dass ich auf die rosa Tasche aufpasse."

„*Du* hast hier gar nichts vorzuschlagen!"

„Karl hat recht, so machen wir es", sagt Tante Herta. „Denn wenn wir das Geld bei dir lassen, Mama, verzockst du es innerhalb einer Woche in deiner Spielhölle."

Oma erstickt fast vor Empörung. „Und das muss ich mir von meiner eigenen Tochter sagen lassen?" Sie hat die Hände in die Seiten gestemmt und stellt die Beine etwas weiter auseinander, um das Gleichgewicht zu halten. „Wer hat denn den Masterplan ausgetüftelt?", fragt sie wütend. „Wer ist denn die Einzige in dieser Familie von Volltrotteln, der einen kühlen Kopf behält? Wer hat den Pädoficker in Polen hingehalten? Na?"

„Aber wir haben die ganze Arbeit gemacht", kreischt Tante Herta.

„Und dringend benötigte Arbeitskräfte angeworben." Onkel Karl zeigt auf Johann und Georg. „Und einen Presslufthammer und einen Schneidbrenner besorgt."

„Die sind nur Handlanger. Was zählt, sind diese beiden!" Großmutter zeigt auf Mama und mich. „Die zwei haben gelitten, ohne sie könnten wir gar nichts auf die Rechnung setzen. Mein Enkelkind hat die Zeche gezahlt."

„Aber jetzt hat sie es ja hinter sich und braucht sich nicht mehr zu grämen", sagt Herta. „Das alte Schwein wird doch eingesperrt."

Großmutter fasst sich heute zum zweiten Mal an den Kopf und rollt mit ihren alten Augen. „Mannomann, was ist bei dir nur schiefgelaufen? Selbst wenn der beschissene Pädo in den Knast wandert, hat er Poppys Leben zerstört. Die kann froh sein, wenn sie wieder halbwegs normal wird. Und darum muss für ihre Zukunft gesorgt sein. Dafür leg ich meine Hand ins Feuer!"

Tante Herta starrt Großmutter mit offenem Mund an. „Dann verbrenn dich mal bloß nicht!"

„Keine Sorge, ich bin hitzebeständig", erwidert Oma.

Mama steht plötzlich wieder auf. „Gib her!", sagt sie und streckt die Hand nach der rosa Tasche aus. „Gib sie sofort her!"

„Das Geld gehört mir!" Großmutter blickt sie misstrauisch an und fügt schnell hinzu: „Ich pass für Poppy darauf auf."

„Ich bin aber ihre Mutter!"

„Einerseits ja", sagt Oma.

„Andererseits auch!", sagt Mama.

Großmutter gibt Mama grollend die Tasche.

„Und jetzt?" Karl blickt in die Runde.

„Jetzt verlassen wir den Tatort!"

Onkel Karl und Tante Herta fahren mit dem Wagen los, an dem unser Liberty de luxe angehängt ist. Tante Herta sitzt vorne und hält die Hummel- und die Swarovskifiguren in zwei Schuhkartons auf dem Schoß. Mama hatte nichts dagegen, dass Herta sie genommen hat. („Ich kaufe später alles neu.") Die Rückbank des Toyota ist vollgepackt mit Kristallgläsern und Silberbesteck. Tante Herta hat in aller Eile alles in alte Zeitungen und Werbebroschüren eingepackt. Einmal kräftig bremsen, und alles fliegt durch das Auto. Aber ich sage nichts.

Großmutter darf in dem Umzugswagen von Georg und Johann mitfahren. Sie hockt auf Papas Sessel, zwischen Plastiktüten mit Geschirr, umgeben von den Möbeln, der Enzyklopädie, den Fahrrädern, dem Fernseher, der Couch, den chinesischen Vasen und einigen Gemälden.

Ich schleppe die Koffer und Müllsäcke nach draußen. Mama sitzt auf dem Bürgersteig auf der rosa Sporttasche und zündet sich eine Zigarette an. Fifi umkreist sie und kläfft.

Nachdem ich den letzten Müllbeutel in den Sportwagen gelegt habe, gehe ich noch einmal hinein. Im Arbeitszimmer meines Vaters hebe ich alle Fotos vom Boden auf und stecke sie in eine Plastiktüte aus der Kinderboutique. Dann nehme ich ein Blatt, auf das ich das Wort *Entschuldige!* schreibe und lege es auf den Schreibtisch meines Vaters. Die Tüte mit den Fotos nehme ich mit und verstecke ich ganz unten in meinen Schulranzen.

Eigentlich tut es mir nicht leid, ich fühle gar nichts. Das Chaos tut mir nicht leid. Weder die zerbrochene Mauer noch die leeren Räume. Und wenn Papa ins Gefängnis muss, bedauere ich das auch nicht. Vielleicht ist das gemein. Dann tut es mir leid, weil ich es *nicht* bedauere. Das ist so, als würde ich ihm erklären, dass Hitler kein Linker war. („Natürlich war der Mann links, Poppy. Rechts ist gut, links ist schlecht. Willst du etwa behaupten, dass Hitler gut war?") Aber Hitler war rechts. Schwule sind nicht krank. Und Schwarze macht ihre Hautfarbe nicht böse. Und Derrick war nie der Täter.

Ich schleppe mich zum letzten Mal nach oben in mein Zimmer. In der Türöffnung sage ich laut: „Tschau!", ohne zu wissen, warum oder zu wem. Ich denke an Herrn Hoffmann, den ich wohl nie wiedersehen werde.

Plötzlich weiß ich einfach nicht mehr, wie ich atmen soll. Ich hämmere meinen Kopf ein paarmal gegen die Wand, bis ich Lichtblitze sehe. Das hilft etwas.

Ich humple wieder herunter und schließe das Haus ordentlich ab. Und weil ich nicht weiß, was ich mit dem Schlüssel anfangen soll, werfe ich ihn mit Schwung in den Rhododendronstrauch.

Unsere letzte Chance

Mama steht heute zum ersten Mal unter der Dusche. Es ist unser dritter Abend im Hotel. Wir wohnen im vierten Stock. Der Raum ist ziemlich groß, aber weil wir so viele Koffer, Taschen und Müllsäcke bei uns haben, können wir eigentlich nur auf dem Bett oder im Badezimmer sitzen. Das Zimmermädchen lassen wir nicht rein.

Mama hat in den vergangenen drei Tagen fast nur geschlafen. Ich habe viel gebadet. Wenn ich nicht in der Badewanne war, habe ich ferngesehen. Ich folge den Nachrichten, weil ich wissen möchte, inwieweit wir schon wegen Vandalismus, Verleumdung oder Diebstahl gesucht werden. Bisher haben sie noch nicht über uns berichtet. Trotzdem fühle ich mich nicht wohl.

Mein Vater ist aus Polen zurück, das weiß ich ganz genau. Ich weiß nur nicht, ob er verhaftet wurde. Ich habe Mama gebeten, sie solle Großmutter anrufen. Wir sind abgetaucht, und sie weiß nicht, wo wir sind. Wenn sie also Neuigkeiten über meinen Vater hat, kann sie uns nicht erreichen. Mama hatte aber keine Lust dazu. „Wenn wir Großmutter anrufen, wird sie sofort wieder das Kommando übernehmen, Poppy", sagte sie. „Mir gefällt es so viel besser. Alles ist einfach schön jetzt. Nur wir beide ohne Aufsichtsperson."

Mama kommt aus der Dusche und föhnt sich die Haare. Als sie das Badezimmer verlässt, kippt sie alle Koffer und Müllsäcke um und sucht nach ihrem Hosenrock in weißem Leder. Er ist im letzten Müllsack.

„Ich muss verdammt noch mal hier raus, Poppy", sagt sie. „Wir sind jetzt auf uns allein gestellt und können nicht mehr bloß in den Tag hinein leben. Wir müssen alles wieder selbst in die Hand nehmen." Sie kombiniert den Hosenrock mit einer rot-weiß karierten Bluse und den hohen weißen Stiefeln. „Ich wünschte, ich hätte auch einen Cowboyhut, dann wäre es perfekt." Sie steckt den Zeigefinger in das Kästchen mit dem blauen Lidschatten. Als sie fertig ist, ruft sie: „Ich bin bereit. Jetzt werde ich die Bude rocken."

„Wohin gehst du, Mama?"

„Nach unten, an die Hotelbar."

Um mir die Zeit zu vertreiben, zähle ich das Geld in der Sporttasche. Es sind tatsächlich fast zweihunderttausend D-Mark. Minus eintausend, die Oma für Onkel Karl herausgenommen hat. Ich überlege, wie lange wir damit auskommen werden. Es ist eine anstrengende Rechenaufgabe, aber sie beruhigt mich auch. Wir werden es schaffen, Mama und ich. Das ist unser Hintertürchen.

Ich ziehe meinen Schlafanzug an. Er ist mir viel zu klein. In der Mitte sieht man meinen Bauch und unten zu viel von den Unterschenkeln. Es ist kalt, also bedecke ich mich mit Mamas Klamotten, die überall auf dem Bett verteilt sind.

Ich habe die Plastiktüte der Kinderboutique wieder in die Sporttasche gesteckt und hänge mir die Tasche um den Hals. Dann lösche ich das Licht und schlafe sofort ein.

Ein Mann ist im Zimmer. Ich kann an dem Lächeln erkennen, dass es ein Mann ist. Weil ich weiß, dass es unmöglich mein Vater sein kann (mein Vater lacht so gut wie nie), habe ich nur ein bisschen Angst. Der Mann zerrt an einer Gestalt auf dem Boden. Es ist Mama, die über die Koffer gestolpert ist, aber der Mann schafft es nicht, sie hochzuziehen. Sie kichern beide, während Fifi hysterisch kläfft und Mama einen Pups loslässt.

„Ups, ich pups mich hoch, na dann los."

Ich mache das Licht an. Der Mann wischt sich die Lachtränen aus den Augen. Mama steht keuchend da.

„Mama, ist alles okay?"

„Poppy, das ist Ewald!" Mama kichert.

„Entschuldigung, wir wollten dich nicht aufwecken", sagt Ewald.

„Kein Problem." Ich winke ab.

Ewald ist groß und schlank. Er trägt eine graue Hose und einen weißen Rollkragenpullover, er zieht an seinem Kragen, ihm ist warm. „Gütiger Himmel, deine Mutter ist einfach zum Schreien komisch", sagt er und wiehert.

„Wie spät ist es?", frage ich.

„Ewald und ich haben einige Gläschen zusammen gehoben, Poppy."

„Oh. Nur Ihr beide?"

„Und Rudolf, der Barkeeper mit dem riesigen Hintern. Er wollte uns beide nicht."

„Nein", sagt Ewald, „Ich verstehe das gar nicht. Dabei sehen wir beide so gut aus."

„Rudolf ist schwul", kichert Mama und taucht in die Minibar ab.

„Ah, also deswegen. Aber wieso mochte er dann mich nicht?" Ewald kann sich gar nicht mehr einkriegen, schließlich setzt er sich ans Fußende und fängt an, Fifi zu streicheln.

„Deine Mutter hat Humor, findet man selten", sagt er zu mir und sieht sich um.

„Ja."

Ewald registriert alles. Das Chaos im Hotelzimmer, Fifi, Mama in ihrem ledernen Hosenrock, ich in meinem zu kleinen Pyjama und die rosa Sporttasche um meinen Hals.

„Ich versteh eure Situation", sagt er.

Ich blicke ihn misstrauisch an. *Was weiß er?*

„Ich werde euch zwei helfen", sagt Ewald. „Für euch habe ich schon die richtige Wohnung."

„Das ist nett von Ihnen", sage ich.

„Ewald ist Makler." Mama nimmt ein Fläschchen Wodka aus der Minibar und gibt es dem Makler. Er schraubt die Kappe ab und leert den Wodka in einem Zug. Dann verabschiedet er sich mit einem Kuss von Mama.

„Wir sehen uns morgen in meinem Büro. Hast du meine Visitenkarte noch, Patricia?"

Mama schiebt ihre Hand unter den BH. „Da ist nichts mehr. Ups!"

Ewald gibt mir eine neue Karte. „Du siehst nicht so aus, als würdest du Dinge verlieren", sagt er und geht.

Ewald hat mehrere Objekte im Angebot. Wir fahren mit ihm in seinem Auto. Mama sitzt vorne, mit Fifi auf dem Schoß, und zeigt auf alle Häuser, die ihr gefallen, insbesondere wenn sie gar nicht zum Verkauf stehen. Ich sitze hinten und stecke meinen Kopf durch die Vordersitze, um zu hören, was Ewald erzählt. Manchmal muss ich Mama anschubsen und „Pst!" sagen, weil sie Ewald ständig unterbricht. Ich möchte verstehen, worüber er spricht. Er kennt unser Budget: irgendwo zwischen fünfundsiebzig- und einhunderttausend. Den Betrag habe ich selbst ermittelt. Von dem Rest des Geldes können wir, wenn wir jeden Abend bei McDonald's essen, leben, bis ich meinen Abschluss habe. Danach suche ich mir einen Job, und wir sehen weiter.

Ewald glaubt, das Geld stamme aus einer Erbschaft, und verhält sich ernster als gestern. Er sagt nicht mehr, dass er sich über Mama amüsiert, wohl aber, dass ich sehr stolz auf sie sein kann. „Nicht alle Frauen haben den Mut, aus einer gewalttätigen Beziehung auszusteigen, Poppy. Über all die Jahre körperliche Gewalt zu ertragen, muss schrecklich für deine Mutter gewesen sein. Und du als Kind konntest ihr ja auch nicht helfen."

„Hm ..."

„Ganz zu schweigen von den emotionalen Schlägen. Dass sie so fröhlich und optimistisch geblieben ist, kann man durchaus als Wunder bezeichnen. Du solltest stolz auf sie sein."

„Humor ist meine Waffe", sagt Mama. „Wollen wir nicht zu dem ersten Haus zurückkehren?"

Mama hat ein Herrenhaus in einem schicken Stadtteil im Visier. Wenn wir das kaufen würden, wäre die Sporttasche mit einem Schlag leer, und wir müssten uns noch etwas leihen.

„Dieses Haus können wir uns nicht leisten, Mama. Wovon sollen wir dann leben?"

„Du musst mehr an dich glauben, Poppy. Zuversicht ist meine zweite Waffe."

Ewald parkt das Auto vor einem Haus auf einer stark befahrenen Straße. Wir steigen aus.

„Das ist das letzte Objekt", sagt er und zeigt auf eine Wohnung im ersten Stock.

Mama schaut misstrauisch auf das Verkaufsschild auf dem kleinen Balkon. „Fahr weiter!", sagt sie. „Ich gehe nie wieder in eine Wohnung!"

„Aber schau doch erst mal", sage ich.

„Ich mag sie nicht, das kann ich jetzt schon sehen."

„Jetzt komm einfach mal mit, Mama."

„Ihr könnt ja reingehen. Ich werde hier warten." Mama zündet sich eine Zigarette an. Ihre Augen irren von links nach rechts.

„Alles in Ordnung mit dir?", erkundigt sich Ewald.

„Ich fühl mich großartig", sagt Mama. „Solange ich hier stehe und rauche."

„Okay", sage ich. „Dann werden Ewald und ich schon mal hineingehen, und du kommst, wenn du deine Zigarette zu Ende geraucht hast."

„Mal sehen", sagt Mama. „Kann aber auch sein, dass ich plötzlich weg bin."

Sie nimmt die rosa Sporttasche vom Rücksitz und hängt sie sich über die Schulter. In den vergangenen Tagen hat Mama es hauptsächlich mir überlassen, über die Tasche zu wachen. Dass sie sie jetzt selbst nimmt, macht mich ziemlich nervös; es fühlt sich plötzlich an, als wäre etwas Gefährliches in der Tasche. Eine Handgranate oder eine Giftschlange.

„Mama, sei bitte nicht albern!"

Mama rollt übertrieben entnervt mit den Augen. „Deine Mutter macht sich aus dem Staub, Poppy, sie ist gleich über alle Berge."

„Mama, bitte, das ist nicht lustig."

„Wir können auch morgen weiterschauen", sagt Ewald. Er wirkt ebenfalls nervös. Er weiß nicht so recht, was er von meiner Mutter halten soll. Je besser er sie kennenlernt, desto mehr geht er auf Distanz. Egal, was er so redet.

Mama hat die Arme um sich gepresst und schaukelt vor und zurück, die Zigarette zwischen den Lippen.

Ewald räuspert sich. „Es ist nur so, dass diese Wohnung vermutlich heute Nachmittag schon weg ist. Acht Interessenten waren bereits da. Und die meisten sind begeistert. Es ist wirklich ein schönes Objekt. Und zudem sehr günstig."

Mama hört nicht mehr zu. Sie redet halblaut mit sich. Wenn ich sie noch einmal bitte, wird sie herumbrüllen oder einfach weglaufen. Aber wenn ich sie draußen allein lasse, ist sie vielleicht wirklich auf und davon, bis ich zurückkehre. Aber wir brauchen eine Wohnung. Ich muss wieder zur Schule. Unser Leben muss endlich wieder normal werden.

„Mama? Ich werde nur einen kurzen Blick darauf werfen, okay? Und dann bin ich gleich wieder da."

Sie schüttelt wild den Kopf und schließt die Augen, als könnte sie so die Welt verschwinden lassen. Ewald sieht mich an. Ich sehe seine Zweifel, sein Staunen.

„Weißt du was, Mama, ich glaube, du hast recht", sage ich fröhlich. „Aber da wir schon mal hier sind, wäre es unhöflich, nicht wenigstens einen Blick darauf zu werfen. Du kannst hier warten, wir sind gleich wieder da. Komm, Ewald, bringen wir es schnell hinter uns."

Ich gehe zur Wohnung. Es funktioniert. Ewald folgt mir. Bevor wir eintreten, schaue ich noch einmal zurück. Sie steht immer noch da und wippt.

Natürlich ist sie immer noch da. Wo sollte sie auch hin?

Die Wohnung hat drei Zimmer und eine Küche, sie ist nicht sehr groß, aber sauber. Die Wände sind weiß. Vor den Fenstern hängen rosa Vorhänge, und alle Räume bis auf Bad und Klo haben einen hellen Teppichboden, genau wie es Mama mag. Ich humple nach jeder Besichtigung immer wieder zurück zum Wohnzimmer, weil es drei große Fenster zur Vorderseite hat, sodass ich überprüfen kann, ob Mama noch da ist.

„Wie denkst du darüber?", fragt mich Ewald.

„Ich finde sie sehr schön", sage ich. „Was kostet sie?"

„Fünfundsiebzigtausend."

„Das ist ein guter Preis. Wir nehmen sie."
„Ich glaube, das ist eine gute Wahl. Aber musst du nicht erst deine Mutter fragen."
„Ach, solche Entscheidungen überlässt sie gern mir. Du weißt ja, dass sie eine schlimme Zeit hinter sich hat."
„Allerdings."
„Sollen wir sofort bezahlen?"
„Das erledigen wir beim Notar."
„Können wir jetzt dorthin gehen?"
„Dafür müssen wir erst einen Termin vereinbaren, Poppy."
„Morgen?"
„Ich werde sehen, was sich machen lässt."
„Es muss schnell gehen."
„Verstanden."
„Nein, ich glaube, du hast es nicht ganz verstanden. Es muss *wirklich* sehr schnell gehen. Wir brauchen dringend ein Zuhause."
„Was ist los mit deiner Mutter, Poppy, hat sie das alles psychisch nicht verkraftet? Ist sie in Behandlung? Sie braucht Hilfe."
„Sieht schlimmer aus, als es ist. Sie ist sehr müde."
„Bist du sicher, dass das alles ist? Dass es ihr gut geht?"
„Wie sagt man so schön? Den Umständen entsprechend. Es ist natürlich schwer für sie, aber wir brauchen ein Zuhause, damit sie sich wieder stabilisieren kann. Es muss einfach alles um sie herum wieder ein bisschen normaler werden. Dies ist, sagen wir mal so, unsere letzte Chance."

Meine hohe Stimme nervt mich. Als ob ich kurz vor einer Panik wäre. Und ich benutze das Wort „normal" viel zu oft. Das ist nicht mehr normal. „Verstehen Sie, Ewald?", sage ich eindringlich. „Ich bin so froh, dass sie Sie kennengelernt hat. Ein netter Typ, der uns eine Wohnung besorgen kann. Sie sind unsere letzte Chance."

Ewald antwortet nicht. Ich gehe zum Fenster und schaue auf die Straße hinaus. Fifi macht einen Haufen. Mama ist fort.

Ewald und ich stehen vor seinem Wagen. Ich habe das Blatt über die Wohnung in der einen Hand, in der anderen halte ich Fifi. Sonst nichts. Wir haben bereits fünf Minuten gewartet.
„Vielleicht solltest du die Polizei rufen", sagt Ewald.
„Nein", sage ich leise. „Das ist nicht nötig."
Er sollte unter keinen Umständen sehen, dass ich am liebsten losheulen würde. Denn dann wird die ganze Party abgeblasen und wir kriegen kein neues Zuhause.

„Aber wo ist sie hin?"
„Wahrscheinlich zu Großmutter", sage ich. „Sie wohnt nur ein paar Straßen weiter." Ich zeige auf etwas in der Ferne.
„Bist du dir sicher?", fragt Ewald.
„Ich weiß, wo meine Großmutter wohnt."
„Das meine ich nicht."
„Hören Sie", sage ich. „Wir nehmen die Wohnung. Ohne Wenn und Aber. Sie gefällt mir, und wir können sie uns leisten. Ich rufe Sie später wegen des Notars an. Ich hab ja Ihre Nummer."
„Ich gehe ein großes Risiko mit euch ein."
„Das ist sehr freundlich von Ihnen. Aber Sie brauchen keine Angst zu haben. Sie können sich darauf verlassen."
„Wenn ich heute Nachmittag nichts von dir höre, muss ich mit anderen Interessenten weitermachen, das verstehst du doch?"
Ich nicke.
Er schaut auf seine Uhr. „Ich lasse dir bis drei Uhr Zeit."
„Pas de problème", sage ich. Ich hoffe, dass Ewald jetzt endlich geht, damit ich mich einen Moment auf den Bürgersteig setzen kann, aber er bleibt weiterhin stehen. Ich schüttle ihm die Hand und humple davon, nur weg von ihm weg. Selbstbewusst blicke ich noch mal zurück und biege um die Ecke.
Ich habe keine Ahnung, wo ich bin.

Außer Atem schleppe ich mich durch die belebte Einkaufsstraße. Ich spreche immer wieder Leute an. Niemand hat meine Mutter gesehen. In der letzten halben Stunde bin ich abwechselnd gerannt (soweit das mit meinem Gipsbein überhaupt möglich ist) und schnell gelaufen. Ich habe die ganze Zeit Fifi getragen, in der Hoffnung, dass das Biest bald genug Energie hat, um das zu tun, was ich von ihm verlange. Nun setze ich den Hund auf den Boden und gebe den einzigen Befehl, der mir einfällt: „Such Frauchen, Fifi, los, such!"
Fifi macht nichts, außer zu kläffen. „Such!", sage ich noch einmal, doch sie schnüffelt nur an einer schmutzigen Serviette, die auf dem Bürgersteig liegt, und leckt danach an dem Butterbrot gleich daneben.
„Fifi! Such!", knurre ich. Dabei wird mir übel. Ich erbreche meine Verzweiflung und meinen Zorn, sauer und kalt strömt alles aus mir heraus. Einige Passanten bleiben stehen. Eine Frau mit einem behinderten Kind im Rollstuhl sagt sehr laut: „Pfui!"
„Was denn?", schnauze ich sie an.
„Müsst ihr jungen Dinger euch schon besaufen?", empört sie sich angewidert. „Wenn das deine Mutter wüsste!"

„Meine Mutter ist eine bescheuerte Schlampe", blaffe ich.
„Man sollte die Polizei rufen!"
Ich kann mich nicht mehr beherrschen und fange an zu weinen. Die Frau geht kopfschüttelnd weiter. Ich wische mir den Mund ab.
„Fifi, finde Frauchen", flehe ich sie an.
Fifi dreht sich um und saust davon. Ich habe keine Ahnung, ob sie wegläuft, weil ich sie erschreckt habe, oder ob sie tatsächlich Mamas Fährte aufgenommen hat. Weinend trotte ich hinter ihr her, remple Menschen an. Ich fange an schneller zu humpeln. Immer mehr Leute strömen mir entgegen. Ich stolpere, stürze fast, die Menschen weichen aus, starren mich an, während ich brülle, ob sie alle keine Augen im Kopf hätten.

Und als ich dann keuchend dastehe und der Fußgängerfluss um mich herumbrandet, schließe ich die Augen und versuche mir vorzustellen, wo Mama jetzt am liebsten wäre. Sie und ihre Tasche voller Geld. Und plötzlich weiß ich es.

Die Boutique ist gar nicht weit weg, und weil ich nicht mehr weine und kreische, sind die Leute, die ich nach dem Weg frage, freundlich und hilfsbereit. Fifi ist verschwunden, ich habe sie nicht mehr gefunden. Ich bin jetzt auf unserer alten Einkaufsstraße und folge den vertrauten Geschäften. Die Mitarbeiter, die ich frage, erkennen mich sofort.
„Ja, Frau Grinberg-Becker war gerade da. Sie hat die halbe Kollektion gekauft."
Ich gehe weiter. Auch im nächsten Laden ist Mama gewesen. Sie kann nicht mehr weit sein. Dann entdecke ich sie an der Kasse einer sündhaft teuren Boutique. Sie ist überhaupt nicht überrascht, mich zu sehen.
„Oh, Poppy", sagt sie, „da bist du ja endlich. Wie siehst du denn wieder aus! Dein Haar ist ja ganz unordentlich."
Ich umarme sie.
„Hör sofort auf", sagt sie. „Du bist doch kein Baby mehr."
„Du gibst zu viel aus, Mama."
„Wollen Sie sich lieber einen Teil zurücklegen lassen?", fragt die Kassiererin, die auf den Kleiderhaufen blickt, den sie gerade in die Kasse eingegeben hat.
„Gibt es Neuigkeiten?", fragt Mama.
„Fifi ist weg, ich habe sie verloren."
„Ach, das ist blöd … aber egal. Dann kaufen wir halt einen neuen Hund!", sagt sie.
„Ich bin so froh, dass ich dich gefunden hab, Mama."

„Nun sag schon: Haben wir ein neues Zuhause?"

„Ja. Wenn wir uns ein bisschen beeilen, gehört es uns. Es sieht so aus, wie es dir am besten gefällt."

„Nun", sagt Mama, während sie das Wechselgeld in die Klamottentüte stopft. „Alles in allem können wir das dann einen sehr erfolgreichen Tag nennen. Guten Tag allerseits!"

Durchgelutscht

Wenn ich früher an später dachte, sah ich mich in der Uniform einer Krankenschwester: eine altmodische, mit einer weißen Schürze über einem hellblauen Kleid und einem weißen Häubchen auf dem Kopf. Ich lebte in einem hübschen Playmobil-Haus mit einem Garten. Der Garten hatte frisches grünes Gras mit kleinen Halmen, die sich bei einer leichten Brise sanft im Wind wiegten. Es gab Rosensträucher und orangefarbene Blumenbeete. Der Garten war von einem weißen Zaun umgeben, an dem die Farbe noch nicht trocken war, weshalb ein *Frisch-gestrichen*-Schild daran angebracht war. Im Garten spielten zwei Mo- und Benny-ähnliche Kinder. Sie trugen Schürzen, Knickerbocker mit hohen braunen Schnürschuhen und warfen Kieselsteine in eine Regentonne. Ein grau-schwarz gestreiftes Kätzchen schlich um die molligen Waden der Kinder. Ich stand in meiner schmucken Uniform in der Tür des hübschen Hauses. Ich lachte über die Kinder Mo und Benny (ich glaube, sie gehörten mir) und klatschte vor Vergnügen in die Hände. „Kinder, Kinder", rief ich. „Ihr treibt es zu bunt, ist euch das klar?"
„Wir machen doch gar nichts", lachten die Kinder.
„Nein, gewiss nicht", sagte ich. Und ich schüttelte lächelnd den Kopf mit dem Häubchen, sodass sich eine Haarnadel löste. Ich schob die Nadel mit geschickten Fingern zurück, und in diesem Moment kam immer ein junger Mann mit einem dunkelblauen Anzug und glänzenden Haaren auf mich zu. Ich habe sein Gesicht nie sehen können, aber er roch gut. Er trug einen schmalen Aktenkoffer, den er tagsüber im Büro brauchte. Am Ende des Nachmittags kam er zurück und arbeitete draußen im Garten – die Hemdsärmel hochgekrempelt – in der Abendsonne. Geküsst hat er mich nie.

„Du musst deinen Mund öffnen", sagt Tim Stein. Er sagt es freundlich, aber auch ein wenig ungeduldig. Wir küssen uns im Park zwischen den spielenden Hunden. Zumindest ist es das, was wir zu tun versuchen. Aber ich halte meine Lippen geschlossen. Ich spüre nie, wann es Zeit ist, sie zu öffnen, und jetzt ist es zu spät. Schon wieder.

Tim schaut auf seine Uhr. Ich bin verliebt. Glaube ich zumindest. Ich denke jedenfalls mehr als fünfmal am Tag an diesen Jungen. An ihn zu denken, bringt mich zum Träumen. Aber seit ich glaube, dass ich verliebt bin, ist mein Vater oft in meinem Kopf. „Was stellst du dich so an? Ich hab dich doch gut darauf vorbereitet", sagt er. Und deshalb kann ich es nicht genießen.

Übrigens, ich weiß nicht mal, ob Tim mich so liebt, wie ich bin. Elly Dohm, um nur ein Mädchen zu nennen, das für ihn schwärmt, ist tausendmal hübscher als ich. Sie ist seit Wochen hinter ihm her. Tim sagt, sie sei ein abgeleektes Butterbrot. Aber irgendwie bin ich auch eine durchgelutschte Brotscheibe, nur weiß Tim das nicht. Er denkt, ich wäre noch nie zuvor geküsst worden.

„Ich muss jetzt zum Fußball", sagt Tim.
„Ich muss auch noch eine Menge Dinge erledigen."
„Wir sehen uns später. Bis dann!"
„Ja."
Und weg ist Tim. Ich gehe nach Hause.

Es ist ein bisschen wie der Lippenstift meiner Mutter, er verläuft über die Kontur. In Aachen waren ihre Lippen perfekt geschminkt, jetzt malt sie alles über den Rand hinaus. Seit wir in der neuen Wohnung sind, gelingt ihr einfach nicht mehr alles. Sie hat eine Obstschale gekauft, aber darin liegen nur Berge von Smarties. Das Blau, das Violett und das Rosa. Sie denkt, dass die anderen Farben stillos sind. Es gibt Vorhänge, aber keinen Tisch oder Stühle. Wir schlafen auf Luftmatratzen und essen jeden Abend andere Sachen von McDonald's auf einer Couch, die ich auf der Straße gefunden habe. Wir haben einen Fernseher, aber das Bild ist gestört. Mama scheint es meistens egal zu sein.

Großmutter ist gerade eben hereingekommen. Jetzt, da sie weiß, wo wir wohnen (irgendwann habe ich sie einfach angerufen, obwohl Mama es nicht für notwendig hielt), kommt sie einmal pro Woche vorbei. Sie gibt vor, dass es nur zum Spaß ist, aber es ist nie ein Spaß. Sie will auch nicht helfen, sondern kommt wegen des Geldes. Mama gibt ihr immer zweihundert Mark. Auch dieses Mal.

„Vielen Dank, mein Kind!"
„Sei bitte still", sagt Mama. Sie will fernsehen.
„Du hast Glück, dass *ich* den Krieg erleben musste", sagt Oma.
„Warum ist das mein Glück?", fragt Mama.
„Weil ich deshalb so sparsam lebe, Patricia. Und dass Herta und Karl von mir nicht erfahren haben, wo du steckst, ist auch ein Glück für dich."

„Bitte bleib so stehen, Mama, super, da stehst du genau richtig."
Jetzt, da sich Großmutter neben dem Fernseher befindet, ist das Bild plötzlich messerscharf. Vielleicht liegt es an ihrem neuen Korsett, in dem Eisendraht steckt. Es ist nach Maß gefertigt worden, und sie ist ganz begeistert. Seit Kurzem hat sie auch ein silbergraues Haarteil, der Farbunterschied zu ihrem eigenen, weiß-gelben Haar ist aber noch deutlich zu sehen. Großmutter behauptet, dass alles ihre eigenen Haare sind.

„Mein Haar wirkt voller aufgrund meines Korsetts, ich stehe jetzt immer aufrecht, schreite sozusagen kerzengerade durchs Leben. Da fühlt man sich wie ein anderer Mensch."

„Ja, ja", nuschelt Mama.

„Gibt es Neuigkeiten aus Aachen, Oma?", frage ich.

„Keine Nachrichten sind gute Nachrichten", erklärt mir Großmutter. „Der Pädo-Nazi kann immer noch Brot und Eier für sein Geld kaufen. Ich habe gehört, dass er einen halben Tag auf der Polizeidienststelle verbracht hat. Er hat alles geleugnet. Der hat die Justiz doch in der Tasche."

Es liegt zwar eine Anzeige vor, aber es passiert nicht viel. Soweit wir wissen, hat Papa der Polizei aber auch nie etwas darüber erzählt, was an dem Tag, als Mama und ich gingen, in seinem Haus passiert ist.

Die Möbel und das Geld, er hat alles losgelassen. Mama sowieso. Und sogar mich.

„Deshalb werden wir vorerst keinen Prozess einleiten", betont Oma. „Denn an und für sich sind wir doch gut davongekommen."

Eingefangen

Mama liegt in Unterwäsche auf der Couch und blättert mit der Kippe im Mund durch ein Klatschmagazin. Ich bezweifle, dass ich sie heute allein lassen kann.
„Mama, zieh dir bitte etwas über."
„Null Bock."
„Aber du musst dich doch mal anziehen. Das ist irgendwie schräg."
„Das musst gerade du sagen."
„Ich trage immerhin Kleidung, du nicht."
„Nennst du *das Zeug* Kleidung?"
„Heute ist Schulfest, das habe ich dir doch gesagt."
„Ich dachte, es sei Zirkus. Du siehst aus wie ein Clown."
Ich *bin* ein Clown. Ich bin die weibliche Ausgabe von Oleg Popow oder sogar *seine* Poppy. Komplett mit gelber Perücke, roter Nase, karierter Jacke, grüner Hochwasserhose und Flip-Flops. Ich habe mich selbst geschminkt.
„Wir machen eine Kostümparty, Mama", sage ich. „Eine Art Wettbewerb."
„Warum verkleidest du dich dann nicht verrückter, lustiger? So sieht doch jeder Zweite aus."
Mir gefällt mein Kostüm. Es passt zu mir. Ich habe immer noch nicht viele Freunde gefunden. Vielleicht klappt es heute – als Poppy Popow, die unter ihrem lustigen Gesicht tieftraurig ist. Aber die Leute, die über sie lachen, werden das nicht merken.
Doch als ich den Saal betrete, lacht niemand.

Das Auditorium ist dunkel, und die Musik ist zu laut. Die Jungen haben Gel in den Haaren und tragen Sonnenbrillen. Die Mädchen sind wie Madonna angezogen: rote Lippen, Eyeliner, Netzstrumpfhosen und Lederröcke. Alle sehen mich irritiert an. Ich möchte am liebsten sofort wieder nach Hause laufen, aber das wäre eine große Niederlage. *Einen* Vorteil hat mein Outfit immerhin: Anscheinend bin ich so gut geschminkt, dass mich niemand erkennt. Damit das so bleibt, halte ich den

Mund. Und wenn ich doch etwas sagen muss („Ich hätte gerne eine Cola"), werde ich Popows Stimme imitieren, was ich ziemlich gut kann.

Ich sitze zweieinhalb Stunden in einer Ecke und starre auf die volle Tanzfläche, als würde ich es genießen. Dann steht Tim plötzlich neben mir.

„Poppy? Bist du es?"
„All in one", antworte ich.
Tim lacht. Mir geht es sofort viel besser.
„Diese Stimme ist echt cool."
„Ich habe ihn einmal auf der Bühne gesehen", sage ich.
Mit Papa.
„Sprich mal normal. Du hast Popow wirklich live gesehen?"
„Jep. In Aachen", sagt meine Alltagsstimme.
Tim lächelt wieder. Ich auch.
„Du kommst also aus Aachen."
Ich nicke. Wir wissen nichts voneinander. Das liegt daran, dass wir uns meistens küssen. Na ja, sofern wir das Küssen nennen können. Heute Abend werde ich meine Lippen für ihn öffnen. Ich weiß es genau.
„Hast du dort mit deiner Mutter gewohnt?"
„Wo?"
„In Aachen."
„Ja."
„Und dein Vater? Wo hat er gelebt?"
„Auch dort."
„Wo ist dein Vater jetzt?"
„Immer noch in Aachen."
„Sind sie geschieden?"
„Ja."

Elly Dohm kommt tanzend auf uns zu. Sie trägt Stöckelschuhe, die ihre Beine um mehrere Zentimeter verlängern. Sie sieht alt aus, wie achtzehn. Elly schwenkt ein imaginäres Lasso über ihren Kopf und wirft es in Tims Richtung. Er zuckt plötzlich, als hätte ihn die Schlinge eingefangen. Dann zieht sie an dem Seil. Ich sehe Tim an. Aber Tim sieht Elly an. Er lacht, ganz anders als ich. In diesem Moment erkenne ich den Unterschied: Er lacht *über* mich. Und er lacht Elly *an*. Dann zieht sie an dem Seil, und er stolpert lachend auf sie zu, bis er in ihre Arme fällt. Sie löst die imaginäre Schlinge. Dann nimmt sie seine Hand und tanzt mit ihm auf die Tanzfläche.

Tim muss mitkommen, das verstehe ich. Er kann es nicht ändern.
Er schaut nicht zurück. Auch das verstehe ich.

Ich ziehe gerade meinen Mantel an, als bekannt gegeben wird, dass *der Moment* da ist. Uns wird in wenigen Sekunden mitgeteilt, wer den Preis für das beste Kostüm gewonnen hat. Da ich bereits den Regen über meinen Augen spüre, laufe ich so schnell, wie es meine Überschuhe zulassen, in Richtung Ausgang.

Natürlich bin ich zu spät dran. Natürlich fangen sie mich ein. Natürlich muss ich auf die Bühne kommen. Natürlich lachen nun alle, als ich mich mit Popows Stimme bedanke. Natürlich erhalte ich einen Riesenapplaus.

Ich bekomme nicht nur den Preis für das beste Outfit, sondern auch für die kreativste Idee. Zwei Plastik-Trophäen mit Glitter und bunten Sternen, die meiner Mutter bestimmt gefallen werden. Ich danke der Jury (unserem Handarbeitslehrer, der Kunstlehrerin und der Leiterin der Theatergruppe) und winke dem Publikum freudestrahlend zu. Das gesamte Auditorium singt mit voller Brust „*Everything is for Poppy*". Elly und Tim singen – soweit das zwischen ihren Zungenküssen möglich ist – eifrig mit.

Ich hebe die Arme, und mit einer Trophäe in der linken Hand und einer in der rechten dirigiere ich meine singenden Klassenkameraden.

Immer

Wann immer es klingelt, befürchte ich, dass es Onkel Karl sein könnte. Er belästigt Großmutter seit Wochen, weil er davon überzeugt ist, dass sie weiß, wo wir wohnen, auch wenn sie es Karl gegenüber vehement leugnet. Oma fürchtet sich vor ihm. Früher war das nicht der Fall, aber seit er in „diese Angelegenheit" verwickelt ist, ist er eine tickende Zeitbombe, sagt Großmutter.

Onkel Karl will Geld. Viel Geld. Darauf hätte er einen Anspruch, behauptet er. Er habe schließlich die Drecksarbeit erledigt. Wenn ich Großmutter glauben darf, hat sie ihm bei ihrem letzten Treffen gesagt, dass Geld nicht glücklich macht und dass man im Innern ein reicher Mensch werden müsse. Dafür verpasste mein Onkel Oma einen rechten Kinnhaken und ein blaues Auge, das mittlerweile gelb ist.

„Ich riskiere verdammt noch mal mein Leben für euch", sagt sie gelegentlich zu Mama und mir. Sie traut sich nur samstags während der *Sportschau* vorbeizuschauen, dann weiß sie, dass Karl ihr auf keinen Fall folgen würde. Sie bleibt immer nur kurz.

Sobald Mama ihr Geld gegeben hat, geht sie.

Und immer kommt sie wieder.

Manchmal

Manchmal, gewöhnlich an einem Mittwochnachmittag, gehe ich zu einer Telefonzelle und rufe in Aachen an. Die Gespräche dauern nie lange, und danach bin ich total traurig, aber wenn ich die Stimme von Herrn Hoffmann nie wieder hören würde, würde ich mich noch elender fühlen, deshalb rufe ich ihn ab und zu an und belüge ihn und sage, dass es mir an meiner neuen Schule sehr gut gefällt. Dass ich dort viele Freunde habe. Dass wir ein fantastisches Zuhause haben und dass meine Mutter wie verwandelt ist. Sie hat sogar einen Job, behaupte ich, und arbeitet in einem Reisebüro, und da sie bereits zweimal Mitarbeiterin des Monats wurde, können wir voraussichtlich zu Weihnachten kostenlos nach Mallorca fliegen.

Ich fühle mich immer noch scheußlich wegen allem, was passiert ist, beteuere ich, aber uns wurde eine liebevolle Sozialarbeiterin zugewiesen, und mit ihr kann ich reden.

Herr Hoffmann ist froh, dass es mir gut geht. Bevor er auflegt, hält er Julia für eine Weile an die Muschel, und ich höre das Baby atmen.

Und manchmal sagt es: „Bah!"

Oft

Wenn ich in der Schule bin, durchstreift Mama oft die Stadt. Ich habe dann keine Ahnung, wo sie ist und mit wem. Wenn ich um vier Uhr nachmittags nach Hause komme und sie noch nicht da ist, stelle ich mich vors Fenster und warte, bis ich sie sehe.

Ich kann nicht essen oder trinken, bis sie da ist. Ich ziehe nicht einmal meinen Mantel aus. Erst wenn ich sie in der Ferne auftauchen sehe, werde ich ruhiger. Seit wir in Bardenberg leben, geht sie nicht mehr normal, sie tanzt nur noch über die Straße oder hüpft zwischendurch seltsam. Dann presse ich mein Gesicht gegen das kalte Fenster und schaue auf das seltsame Wesen, das die belebte Straße überquert. Mama trägt nur noch riesige, glockenförmige weiße Mäntel. Zum Glück sind diese Mäntel sehr auffällig, denn Mama tanzt, ohne auf den Straßenverkehr zu achten. Das Geräusch von quietschenden Autoreifen wirkt beruhigend auf mich, denn es bedeutet: Mama kommt nach Hause.

„Hoho, hoho, Poppy, da bin ich!"

„Ich sehe es, Mama."

Sie tanzt im Wohnzimmer von Wand zu Wand. Jedes Mal, wenn sie an einer Wand ankommt, schließt sie die Augen und legt die Wange gegen die Tapete. So bleibt sie für einige Sekunden stehen. Dann sieht sie sich – mit schüchternem Ausdruck im Gesicht – um und rollt mit den Augen. Dabei hält sie stets die Wange an die Wand gepresst, und ich glaube, sie zählt dann in ihrem Kopf rückwärts. Denn plötzlich ruft sie: „Null!", und hüpft zur anderen Wand, um sich dort anzulehnen.

„Ich hüpfe von Ast zu Ast, Poppy."

Von Ast zu Ast, aber in einem Haus ohne Bäume.

„Was möchtest du essen, Mama?", frage ich.

„Ich möchte lieber ins Restaurant gehen."

„Das ist zu teuer."

„Hast du einen Blick in die Tasche geworfen, Poppy?"

„Die Tasche wird irgendwann mal leer sein, Mama."

„Auf keinen Fall. Das reicht ewig, Poppy."

„Nein!"

Mama sieht traurig aus.

„Du musst aufhören, dir immer neue Sachen zu kaufen, Mama."

Sie schaut mich noch trauriger an.

„Und du musst auch aufhören, unser Geld zu verschenken."

„An wen?"

„An alle. Obdachlose, lebende Statuen, den Leierkastenmann. Sie haben genug bekommen."

Mama wirft dem Leierkastenmann jedes Mal zwanzig Mark in den Hut. Sie versucht, den Pantomimen in seiner Konzentration zu stören, indem sie mit einem Hundertmarkschein vor seinen Augen herumwedelt. Sie zielt mit Zweimarkstücken auf die Pappbecher von Obdachlosen, als ob sie an einem Wurfspiel teilnehmen würde.

„Und vielleicht sollten wir Großmutter auch einmal erklären, dass wir das Geld selbst zum Leben brauchen."

„Was hat Großmutter damit zu tun?"

„Du gibst Oma immer noch Geld, Mama."

„Nein, ja, ja, ist ja gut!"

„Nein, ist nicht gut, Mama. Oma verzockt es, und Opa kauft davon nur Schnaps. Zweihundert Mark pro Woche sind zu viel."

„Wirklich?"

„Manchmal dreihundert. Vierhundert." Ich weiß es nicht genau, also rate ich einfach.

„Oh, verdammt noch mal. So viel? Aber denk an Karl, Poppy!"

„Wenn der erfährt, dass uns Oma die ganze Zeit abkassiert hat, ist sie dran. Sie wäre blöd, wenn sie uns verraten würde."

„Meinst du? Und du meinst auch, das Geld in der Tasche ist jetzt wirklich alle?"

„Nein, noch nicht, aber bald, wenn du so weitermachst, Mama."

„Gott sei Dank! Dann haben wir doch noch genug, Poppy."

„Aber nicht mehr lange, Mama, und ich kann noch nicht arbeiten. Ich muss zur Schule."

„Und nach der Schule?"

„Nach der Schule warte ich auf dich."

„Warum?"

„Weil ich das möchte."

„Für mich muss das nicht sein."

„Für mich schon."

Sie zuckt mit den Schultern und schaltet den Fernseher ein.

Ruhe bewahren

Die Mädchen in meiner Klasse wechseln sich auf dem Sprungbrett ab. Angelina beherrscht den Sprung ins Wasser rückwärts, Mia hüpft mehrmals, bevor sie springt, und für Elly ist der Sprung Showtime: Erst hüpft sie in die Höhe, und dann stürzt sie sich kerzengerade ins Wasser, wie eine Möwe auf der Jagd nach ihrer Beute.

Ich liege im Wasser und hüte die Gummimatratze, die wir später brauchen, wenn die Wellen kommen. Wir sind wegen der neuen Wellenmaschine, die heute zum ersten Mal eingeschaltet wird, im subtropischen Badeparadies Blue. Unsere Klasse wurde für den ersten Test ausgewählt. Danach gibt es Hamburger und Pommes, und ein Reporter der lokalen Zeitung macht die ganze Zeit Fotos.

In fünfundvierzig Minuten wird Mama bereits zwei Stunden allein zu Hause sein. Das ist das Limit, länger kann ich sie nachmittags nicht allein lassen.

Alle sind begeistert und aufgeregt. Die Mädchen tragen wasserfeste blaue Wimperntusche und fluoreszierende Badeanzüge. Die Jungen sind dünn, weiß und hyperaktiv. Äußerlich sehe ich eher wie ein Junge aus, aber innerlich bin ich mehr denn je ein Sonderfall. Nach sechseinhalb Monaten an meiner neuen Schule gehöre ich immer noch nicht dazu. Nicht wirklich. Sie mögen mich, finden mich aber auch seltsam. Das hat Mia mir in der Umkleidekabine gesagt, während wir uns alle die Badesachen angezogen haben. Ich hätte lieber eine Einzelkabine gehabt, aber die Mädchen wollten unbedingt eine Gemeinschaftskabine.

„Du bist wirklich nett, Poppy. Und lustig und so. Aber auch seltsam."

Ich lachte. „Oh, wieso denn?"

„Weiß nicht. Ist halt so."

Ich lachte noch breiter.

„Und das liegt nicht nur daran, dass du immer noch wie ein Kind aussiehst, weil du so flach bist."

Ich zuckte mit den Schultern, drehte mich von ihr weg und schlüpfte schnell in den Badeanzug.

„Oder fangen die kleinen Mädels endlich an, ein wenig zu wachsen?"
„Na ja, nicht gerade", sagte ich.
„Lass mal sehen."
„Nein." Ich schüttelte den Kopf. „Wenn es etwas zu sehen gibt, melde ich mich bei dir."
Sie lachten alle. Denn ich bin nett, vergnügt und seltsam.

Ein lautes Horn ertönt. Der Bademeister brüllt durch ein quietschendes Mikrofon, dass heute ein denkwürdiger Tag sei und dass er hofft, dass die Schüler dieses subtropische Wellenerlebnis in vollen Zügen genießen werden. Dann wird die Welle eingeschaltet. Angelina, Mia und Elly kommen auf mich zu und klammern sich an die Matte. Es gibt nicht wirklich genug Platz für vier Personen, also halte ich mich nur mit einer Hand daran fest. Der Wellen sind zunächst sanft, dann werden sie höher. Die Mädchen kreischen, die Jungen johlen vergnügt. Innerhalb weniger Minuten sind die Wellen aber so hoch, dass sich noch mehr an unserer Matte festhalten wollen. Angelina fängt an zu weinen, und Elly schreit jeden an, der sich uns nähert, dass er sich selbst um eine Matte kümmern soll. Chlor brennt in meinen Augen ein.

Tim treibt an uns vorbei, geht unter, steigt wieder auf und würgt. Ich ziehe ihn auf die Matte.

„Verdammt", prustet er. „Das ist viel zu heftig."

Die Wellen sind jetzt so hoch, dass sie über den Beckenrand bis zu den Umkleidekabinen schwappen. Angelina ist nicht mehr die Einzige, die weint. Alle geraten in Panik. Die Bademeister streiten sich untereinander und bekommen die Welle nicht in den Griff. Einer von ihnen nimmt das Mikrofon und fordert alle auf, sofort das Schwimmbecken zu verlassen.

„Ruhe bewahren", ruft ein Bademeister. Er wiederholt den Satz immer wieder, bis alle aus dem Wasser sind. Der Fotograf des Stadtspiegels macht unentwegt Fotos.

Letztendlich ist niemand ertrunken. Trotzdem lautete am nächsten Morgen die Schlagzeile: *Schüler nur knapp dem Tod im subtropischen Bad entkommen*, und darunter ein Foto mit den bedrohlich hohen Wellen. Man sieht das Schwimmbecken voller verängstigter Jugendlicher, mit Angelina, Elly, Mia und mir in der Mitte, wie wir an der Matte hängen.

Ich bin die Einzige auf dem Foto, die lächelt.

Auge um Auge

Onkel Karl ist mir vom Schulhof aus gefolgt. Ich sah ihn schon von Weitem, aber zuerst war ich mir nicht sicher, ob er es war, aber dann war er plötzlich nicht mehr da, also dachte ich: *Na ja.* Aber es blieb nicht bei einem *Na ja.* Denn selbst Onkel Karl liest den Stadtspiegel, und er hat mich erkannt und wusste von dem Moment an, welche Schule ich besuche.

Jetzt steht er auf dem Bürgersteig und starrt auf das Haus und zum Fenster im ersten Stock. Er hat schon hundertmal an der Wohnungstür geklingelt. Ich verberge mich halb hinter dem Vorhang und hoffe, dass er aufgibt, bevor Mama nach Hause kommt. Aber das macht er nicht. Er raucht fünf Zigaretten und ist immer noch da, als meine Mutter gegen siebzehn Uhr wieder mal versucht, Selbstmord zu begehen, indem sie mit geschlossenen Augen und ausgestreckten Armen die Straße überquert.

Mein Onkel will sie auf halbem Weg abfangen, aber sie fängt an zu schreien und schlägt ihm ins Gesicht. Er schlägt zurück. Mama kreischt noch lauter. Autos fangen an zu hupen, ein Mann steigt aus. Er versucht, Onkel Karl und Mama zu beruhigen. Onkel Karl brüllt, dass er sich vom Acker machen soll. Der Mann gehorcht. Dann packt mein Onkel Mama an den Haaren und schleift sie über den Bürgersteig. Mit meiner kreischenden Mutter im Griff klingelt er erneut. Ich kann nicht anders, als die Tür zu öffnen.

Erst in der Wohnung lässt er sie los. Sie schreit weiter, als er anfängt, jeden Raum zu durchsuchen. Ich gehe hinter ihm her.

„Onkel Karl, bitte geh, sie wird sich sonst nur noch mehr aufregen."

„Keine Sorge, es dauert nicht lange, Poppy."

Als er die rosa Sporttasche unter meinem Bett hervorholt, stürzt Mama sich auf ihn und klammert sich an seine Beine.

Mein Onkel tritt Mama in den Bauch, um sie loszuwerden. „Lass los, du blöde Fotze, lass mich los!"

„Bitte, Onkel Karl, mach das nicht!"

„Sag ihr, sie soll mich sofort loslassen, Poppy."

„Mama, lass bitte Onkel Karl los", flehe ich sie an.

„Das werde ich nicht zulassen", zischt Mama. „Das ist meins."

„Halt dein Maul, du dumme Kuh!" Jetzt tritt Onkel Karl Mama heftig gegen den Kopf, und ich glaube, ich höre etwas krachen. Sie lässt ihn los und kriecht in die Ecke des Zimmers, wo sie weinend und blutend liegen bleibt.

Solange sie noch weint, kann es nicht so schlimm sein, denke ich.

„Auge um Auge, Patricia!", schreit Onkel Karl den gekrümmten, weinenden Haufen an. „Das passiert, wenn du deine Familie verrätst!"

„Wir brauchen das Geld wirklich", sage ich so ruhig wie möglich.

„Du hältst besser auch dein Maul, du arrogante kleine Schlampe. Ohne mich würdest du immer noch in Aachen die Beine breitmachen."

„Onkel Karl, bitte ..."

„Fickt euch doch! Ihr seid für mich gestorben. Beide! Du hattest verdammt noch mal mehr als sechs Monate Zeit, um das mit einem gewissen Respekt zu erledigen. *Ein* Anruf hätte genügt", schnaubt er und verlässt die Wohnung. Ich gehe neben Mama in die Hocke und halte vier Finger vor ihr blutverschmiertes Gesicht.

„Wie viele Finger siehst du?", frage ich.

„Bin ich die Mutter von einem Äffchen?"

„Nein", sage ich erleichtert.

Ich stehe auf und gehe ins Badezimmer. Hinter dem Spülkasten der Toilette hole ich die Plastiktüte der Kinderboutique mit den Fotos hervor. Und die tausend Mark, die ich dazugelegt habe, denn man weiß ja nie.

Das bleibt uns – von nun an.

Man weiß ja nie

Eine Woche vor Weihnachten ist das Geld fast aufgebraucht, die Heizung kaputt, und Tim und Elly haben ihre Beziehung beendet. Es ist mir egal, ob es vorbei ist oder nicht, alles, woran ich denke, ist Essen. Ich habe sogar in den beiden Socken, die ich anhabe, zwei Markstücke versteckt, weil ich immer hungrig bin. Man weiß ja nie.

Großmutter kommt einmal pro Woche, um ein paar Essensreste vorbeizubringen. Sie ist mürrischer als je zuvor und sagt immer wieder, dass die Dinge anders hätten laufen können, wenn alle nur auf sie gehört hätten. Wenn ich sie frage, was wir anders oder besser hätten machen können, antwortet sie nicht.

Mama hat in den letzten Tagen nur noch vom Schnee und vom Weihnachtsmann gesprochen. Sie hat fünfundvierzig Weihnachtskugeln im Kaufhaus gestohlen. Sie haben alle unter ihren glockenförmigen Mantel gepasst.

„Ich muss hier abbiegen, Tim", sage ich. In den vergangenen Wochen ist er mir wie ein Hund gefolgt.

„Ich auch."

„Nein, du musst in die andere Richtung."

„Ich begleite dich."

Mit jedem Schritt rutscht das Geld weiter nach unten. Ich taumle, habe schreckliche Kopfschmerzen.

„Geht es dir gut, Poppy?"

„Nein!" Die Münzen rutschen an meinen Knöcheln entlang zu den Füßen.

„Kann ich etwas für dich tun?"

„Geh und hol mir ein paar Pommes."

„Dann komm doch mit."

„Ich bin müde. Ich warte hier."

„Wirklich?"

„Ja."

Tim rennt zur nächsten Snackbar. Sobald er um die Ecke biegt, laufe ich schnell nach Hause. Mit den Münzen unter den Sohlen.

Zuerst dachte ich, ich halluziniere wegen des Hungers. Aber fast zur gleichen Zeit wird mir klar, dass das, was ich jetzt sehe, vielleicht gar nicht so verrückt ist. Nicht viel verrückter als das, was ich in den letzten Jahren von ihr gesehen habe. Es ist jedoch viel gefährlicher. Wenn sie so weitermacht, wird sie irgendwann die ganze Wohnung in Brand setzen. In der Ferne höre ich Sirenen. Ich hoffe, sie können durchkommen, denn die Hälfte der Nachbarschaft ist auf den Beinen. Autos stehen mitten auf der Straße, die Fahrer sind ausgestiegen, um Mama besser sehen zu können.

Ich warte auf die Ankunft der Feuerwehr. Die Polizei ist auch schon da. Und ein Krankenwagen, na bitte. Sie dringen in die Wohnung ein, was nicht schwer ist, weil die Tür offen steht, und Mama, die mit zwei brennenden Kerzen herumfuchtelt, wird überwältigt. Die gesamte Aktion dauert keine fünf Minuten und findet hinter den drei großen Fenstern unserer Wohnung statt, sodass jeder auf der Straße einen Platz in der ersten Reihe hat. Wie durch ein Wunder gerät nichts in Brand.

Mama bekommt eine Foliendecke. Ihr muss wohl kalt sein, und außerdem war das nun wirklich kein Anblick, dieser ausgelaugte nackte Körper.

Die brennenden Kerzen wurden gelöscht. Der bizarre Tanz, den sie gerade absolviert hat, zuckt noch ein wenig in ihren Gliedmaßen nach. Sie brabbelt etwas, bewegt ihren Mund. Sie hat keine Zähne. *Also doch eine Zahnprothese.* Ich wusste es. Zwei Polizisten ziehen sie aus meinem Sichtfeld. Sie sieht aus wie eine verrückte alte Frau.

Ich bewege mich strategisch weiter, damit ich sie im Blick habe, ohne dass sie mich sehen kann, wenn sie sie in den Krankenwagen schieben. Sobald sie mich wahrnimmt, würde sie nach mir rufen, und dann wissen sie, dass ich zu ihr gehöre, und bringen mich in eine Pflegefamilie, und alles ist umsonst gewesen. Alles, was ich getan habe, und alles, was ich nicht getan habe.

Der Krankenwagen mit meiner Mutter fährt los, und ich laufe noch zweimal um den Block, bis ich mir sicher bin, dass alle fort sind. Dann gehe ich hinein und sperre die Tür ab.

Es ist still. Es ist kalt. Es ist dunkel. Ich werde vor dem Fenster stehen und warten, auch wenn ich mir sicher bin, dass Mama eine Weile nicht zurückkommen wird. Ich stehe da, bis ich meine Beine nicht mehr spüre, und danach noch ein bisschen länger.

Bis ich auf den Boden sinke und vor Erschöpfung einschlafe.

Mädchen brauchen eine Mutter

Mias Vater legt seine Hand auf mein Bein und bringt sein Gesicht näher an meins. „Es schmeckt dir doch, Poppy?"

„Ja, sicher", antworte ich.

Mia hat den Kopf vor ein paar Minuten angewidert zur Seite gedreht. Aber ich bin halbtot vor Hunger, also stopfe ich Pasta Gorgonzola in mich rein, als ob mein Leben davon abhängen würde.

„Mm. Lecker, Herr Robbe." Ich will nicht unhöflich sein.

Mias Vater schlägt triumphierend mit der Faust auf den Tisch. „Ich wusste es! Es gibt auch normale Kinder auf dieser Welt!"

„Benimm dich nicht so idiotisch, Papa", sagt Mia. „Es schmeckt eklig. Es ist zum Kotzen. Poppy isst deinen Schweinefraß nur aus Höflichkeit."

„O mein Gott!" Thomas Robbe schaut amüsiert erschrocken in meine Richtung. „Ist das wirklich wahr, Poppy? Ist er so schlimm?"

Ich schüttle den Kopf und sage noch einmal, dass es gut schmeckt.

„Und du", er sieht seine Tochter an, „du bist ein schlechter Mensch. Du hast keine Manieren und keinen Geschmack."

„Und du bist ein unterirdischer Koch", kontert Mia und wirft ihrem Vater eine Kusshand zu.

Herr Robbe lacht laut auf. Und weil er lacht, lacht Mia auch. Ich sollte jetzt auch lachen, aber ich weiß nicht wie. Und ich wage es nicht. Es kommt mir ohnehin wie ein Wunder vor, dass sie mich hereingebeten haben. Als ich an der Tür klingelte, wusste ich sehr wohl, dass Essenszeit war, aber jetzt, da ich tatsächlich am Tisch sitze, habe ich nur Angst, dass sie mich wieder hinauswerfen.

Als Mia und ihr Vater ausgelacht haben, ist es eine Zeit lang still. Sie sehen zuerst mich und dann einander an. Ich merke, dass sie die Augenbrauen hochziehen und die Stirn runzeln.

„Solltest du nicht zu Hause anrufen?", fragt Herr Robbe.

„Nein. Meine Mutter ist über Nacht fort. Sie ist Flugbegleiterin."

„Was macht dein Vater?"

„Heizungsmechaniker."

„Ah, wunderbar. Dann habt ihr es zu Hause immer mollig warm."

„Sie sind geschieden, Herr Robbe."

Mia beginnt den Tisch abzuräumen. Ich stehe auf, um ihr behilflich zu sein, aber sie sagt: „Musst du nicht", also setze ich mich wieder hin. Ihr Vater zündet sich eine Zigarette an.

„Und du wohnst bei deiner Mutter, Poppy?"

„Ja."

„Sehr gut", sagt er. „Mädchen brauchen eine Mutter. Mit einem Vater kann man nicht viel anfangen."

„Das ist nicht so schlimm, Herr Robbe."

„Doch, das ist wohl schlimm." Mia nimmt ihrem Vater die Zigarette aus der Hand und läuft davon.

„Wenn dir dein Leben lieb ist, Mia Robbe …" Er steht fluchend auf.

Mia rennt zur anderen Seite des Raums und nimmt schnell einen tiefen Zug. Sie hustet nicht einmal wie Großmutter. Ihr Vater geht auf sie zu. Mia steigt auf einen Stuhl und hält die Zigarette in die Luft.

„Poppy!", ruft sie. „Hilfe!"

Ich kann mich nicht bewegen. Ich möchte, aber es funktioniert nicht. Ich blicke auf Mia und ihren Vater. Zwischen uns ist eine Glaswand, als wären sie im Fernsehen. Mia kreischt, lacht, flucht, raucht und hüpft durch den Raum. Mias Vater treibt sie in eine Ecke, nimmt ihr die Zigarette aus dem Mund und dreht ihr spielerisch den Arm auf den Rücken. Mia kreischt wieder, vielleicht ein bisschen vor Schmerzen, aber vor allem vor Lachen. Er lässt den Arm los und gibt ihr einen Kuss auf die Wange. Sie schlingt ihre Arme um seinen Hals und hebt die Beine, sodass sie wie ein Affe an ihm baumelt.

Ich stehe auf, gehe auf sie zu und frage Mia nach dem englischen Lehrbuch, das mir angeblich eingefallen ist. Ich weiß nicht, warum ich das mache. Sie sehen mich ein bisschen irritiert an.

Dann sagt Mia: „Ich hole es für dich."

„Entschuldigung", sagt Mias Vater. „Waren wir ein wenig zu laut für dich, Poppy?"

„Überhaupt nicht, Herr Robbe."

Als Mia mich hinausführt, murmelt sie höflich: „Bis morgen!" Dann schließt sie schnell die Tür.

Draußen laufen mir Tränen über die Wangen. Ich weine mit dem Himmel. Ich friere. Kriege kaum Luft.

Überall wirbelt der Schnee.

Der Vorschlag

Mama ist seit mehr als drei Wochen fort. Die Weihnachtsferien sind vorbei, aber ich gehe nicht mehr zur Schule. Ich liege den ganzen Tag im Bett. Zum Aufwärmen, und weil ich nicht weiß, was ich sonst noch machen soll. Wenn es dunkel wird, gehe ich zu den schönen Häusern, um für die Heilsarmee zu sammeln. Niemand fragt, warum ich keine Sammelbüchse habe. Weil ich stets zum Abendessen an den Türen klingle, geben mir die Leute Geld, damit ich schnell wieder gehe. Von dem Geld kaufe ich Pommes oder einen Hamburger. Ich habe *einmal* versucht, Herrn Hoffmann in Aachen anzurufen, aber Elisabeth sagte, sie würden gerade nach Herzogenrath umziehen, also hat es nicht geklappt.

Ich esse im Bett. Ich schlafe ein, ich wache auf. Ich denke nicht darüber nach, was ich als Nächstes tun werde, das habe ich mein ganzes Leben lang getan, und es hat nicht geholfen. Wenn ich alle Grübelstunden zusammenzähle, habe ich wahrscheinlich sechs Jahre meines Lebens darüber nachgedacht, wie ich die Dinge angehen soll. Und jetzt liege ich hier. Also nein, ich mache keine Pläne mehr. Ich denke nur manchmal nach, aber dann nur über Mama in der Anstalt. Ob sie auch an mich denkt? Ob sie mich vermisst? Ich vermisse sie sehr. Ich vermisse all das, was noch nie passiert ist und vielleicht noch geschehen wird, sollte es Mama jemals besser gehen. Dass sie mir zuhört, wenn ich ihr etwas erzähle. Dass wir zusammen über Großmutters Korsett lachen. Dass ich ihr Tim vorstelle und Mama ihren Daumen hinter seinem Rücken hebt. Dass ich Mama küsse und sie nicht sagt, dass ich aufhören soll, weil ich kein Baby mehr bin.

„Poppy!"

Großmutter klatscht mit der flachen Hand auf meine Wangen. Links, rechts, links, rechts, links, rechts. Mein Gesicht glüht an den Stellen, an denen ihre Hand mich berührt, und gleichzeitig fühle ich dabei die Kälte von Omas Ehering.

„Poppy! Hör sofort mit der Träumerei auf. Aufwachen!" Wieder links, rechts. „Mach die Augen auf!"

Ich sitze auf meiner Matratze in einer Ecke des Zimmers, mit dem Rücken zur Wand. „Geh weg!" Ich halte meine Augen weiterhin geschlossen.

„Was machst du denn da?", fragt sie.

„Nichts. Ich schlafe."

„Du stinkst ja gottserbärmlich."

„Das Wasser wurde abgestellt, Oma."

„Dann benutze wenigstens ein bisschen Deo."

„Ich hab kein Deo."

„Dann gehst du eben zur Drogerie und besprühst dich mit einem Tester."

Ich öffne die Augen. Großmutter schnappt nach Luft.

„Wie bist du hereingekommen, Oma?"

„Die Tür stand offen."

Ich springe auf und laufe zur Tür.

„Immer mit der Ruhe, Poppy."

„Verdammt!" Ich bleibe stehen.

„Es ist ja nicht so, dass es hier etwas zu holen gibt", sagt Großmutter.

Ich weine.

Sie stemmt ihre Hände in die Fettpolster, die sie Taille nennt. „Fang jetzt nicht mit so was an, Poppy. Für Heulen ist jetzt keine Zeit."

„Okay, okay. Mir geht es gut."

„Dein Wort in Gottes Ohr."

„Ich habe nur geschlafen."

„Du siehst aus wie eine Leiche."

„Warum bist du gekommen, Oma?"

„Ich habe mit deiner Mutter gesprochen."

„Wann?"

„Heute Morgen."

„Heute Morgen?" Mein Herzschlag gerät ins Stolpern.

„Hörst du schlecht?"

„Und was hat sie gesagt?"

„Sie darf nach Hause."

Ich fange wieder an zu weinen.

„Fang jetzt doch nicht mit so was an", sagt sie noch einmal.

„Wann kommt Mama zurück?"

„Jeden Moment." Großmutter und schaut auf die Uhr. „Sie meinte, dass sie nach Hause gebracht wird."

Ich laufe zum Fenster und wische mit dem Ärmel meines Pullovers über die Scheibe, aber der meiste Schmutz ist außen, es bringt nicht viel. Ich lehne meine Stirn gegen das Glas.

In der Spiegelung sehe ich, wie Oma versucht, sich auf die Matratze zu setzen. Sie schwenkt ihren Hintern eine Weile hin und her, die Höhe bereitet ihr Probleme.

Schließlich lässt sie sich fallen.

Der Mann, der der Frau aus dem weißen Van hilft, trägt eine Krankenpflegeruniform. Die Frau ist kleiner als ich sie in Erinnerung habe. Ihr Haar ist an den Ansätzen grau. Sie trägt eine braune Hose, schwarze Schnürschuhe und einen kurzen grauen Wintermantel. Sie bewegt sich unsicher und legt alle paar Sekunden einen Finger vor den Mund, als ob sie immer wieder vergessen würde, was sie sagen will. Der Krankenpfleger nimmt eine weiße Plastiktüte aus dem Auto und gibt sie der Frau. Dann schaut er hoch und sieht mich. Er fragt sie etwas und zeigt auf das Fenster. Ihr Blick folgt seinem Zeigefinger. Ich trete zurück, aber nicht weit genug. Der Mann lächelt mich an und winkt. Mama und ich tun nichts. Wir schauen uns nur an.

„Sie ist da", sage ich, ohne mich umzudrehen.

Großmutter hustet. „Nun, dann soll sie mit ihrem Hiwi reinkommen."

Aber der Hiwi bleibt draußen. Er wartet so lange, bis meine Mutter das Gebäude betritt, dann hebt er den Daumen hoch. Ich mache die gleiche Geste. Er steigt ein und fährt weg.

„Hilf mir mal, Poppy." Großmutter streckt mir die Hände entgegen.

Als ich sie hochziehe, höre ich, wie meine Mutter die Wohnung betritt. Ich kümmere mich länger um Oma als nötig. Als sie aufrecht steht, weiß ich immer noch nicht, was ich tun soll, darum ziehe ich die Decken auf der Matratze gerade.

„Nun, da bist du ja", höre ich Großmutter sagen.

„Ja." Mamas Stimme klingt sehr leise.

„Hattest du eine gute Zeit?"

„Ja."

„Was haben sie dir gegeben?"

„Hm?"

„Was haben sie dir gegeben?"

„Ja."

„Nein, nicht ja, was? Pillen?"

„Pillen, ja. Hier." Mama hält die Plastiktüte hoch.

„Und geht es dir besser?"

„Ja."

Großmutter schaut mich an. „Poppy, hör auf mit dem Quatsch und begrüße deine Mutter."

Ich drehe mich um und gehe auf sie zu. Mama blinzelt. Dann macht sie etwas Seltsames mit ihrem Mund. Ich glaube, sie versucht zu lächeln, aber ich bin mir nicht sicher.

„Hallo, Mama!"

„Hallo, Poppy!"

Sie hat zugenommen. Ihr Gesicht ist aufgequollen, ihre Augen sind nicht mehr blau, sondern grau.

„Wie geht es dir, Mama?"

„Ja, ja. Gut", antwortet sie.

„Gut", sagt Oma. „Umarmt euch mal, und dann will ich ein paar dicke Schmatzer hören!"

Ich sehe Großmutter an.

„Komm schon", sagt sie böse. „Du musst sie doch vermisst haben."

Ich küsse Mama auf die Wange. Ihre Haut fühlt sich eisig und schwammig an.

Mama zittert. „Kalt", flüstert sie und sieht sich um.

„Ja, das hier ist auch keine Luxusvilla mit Kuschelheizung, Patricia. Und weil sie das auch nie sein wird, hätte ich jetzt einen Vorschlag für die beiden Damen."

Die Currywurst brennt mir im Bauch. Mama nimmt den letzten Bissen eines Sandwichs. Großmutter sticht mit einer rosafarbenen Gabel in die Überreste eines Pommesschlachtfelds. Ich trinke Schokoladenmilch, Mama Limonade, Großmutter Bier.

Oma hat uns gerade ihren Plan erklärt. Meine Mutter und ich saßen an dem Plastikgartentisch in der Snackbar und hörten ihr zu. Mama hielt die ganze Zeit eine Haarsträhne zwischen den Fingern und zog daran.

„Gibt es noch irgendwelche Fragen?", möchte Großmutter wissen.

Mama und ich sehen uns nicht an, kein Wort kommt über unsere Lippen. Wir wissen beide, was los ist: Wir haben es nie geschafft. Wir können und werden es nie schaffen. Nicht zu zweit und schon gar nicht allein.

„Dann ist die Entscheidung also gefallen", sagt Großmutter feierlich. „Ich werde den Plan in einem Telefonat mit Aachen darlegen."

Mama schaut überrascht auf, sie hält ein Büschel Haare in der Hand und legt ihn auf den Tisch.

Großmutter steht mit viel Getöse auf. „Ich persönlich sehe die Sache nicht als verloren an", sagt sie. „Und nebenbei bemerkt: Manchmal muss man erst einen Verlust hinnehmen, um einen Gewinn zu erzielen." Dabei sieht sie finster den Spielautomaten in der Ecke an. Dann geht sie zur Kasse und bittet um die Rechnung. „Komm, wir gehen."

„Ich muss noch zur Toilette, Oma", sage ich.
„Dann beeil dich gefälligst, Kind", sagt sie.
Ich eile zur Toilette. Es dauert mindestens sieben Minuten, bis ich mit dem Erbrechen und Würgen fertig bin.

Mama und ich liegen zitternd nebeneinander auf dem Boden. Der Mond ist fast voll und wirft sein Licht in das Zimmer. Mama raucht eine Zigarette, die sie vom Chef der Snackbar bekommen hat. Rauchwölkchen kommen auch aus meinem Mund, aber vor Kälte.
Als die Zigarette erlischt, schließt Mama die Augen. Sie atmet langsam. Ich versuche, mein Atmen ihrem anzupassen.
„Poppy?"
Ich erschrecke und fürchte mich.
„Ja?" Meine Stimme zittert.
Stille. Für einen Moment glaube ich, dass sie meinen Namen nicht gesagt hat, dass ihre Stimme nur in meinem Kopf ist. Aber nach einer Minute sagt sie es noch einmal: „Poppy?"
„Ich bin hier", sage ich.
„Ich auch", sagt sie.
„Ich bin froh, dass du zurück bist."
„Ja", seufzt sie.
„Wie war es da, wo du warst?"
Mama antwortet nicht und wendet sich von mir ab. Ich frage mich, ob ich meine Hand auf ihren Rücken legen kann. Ob uns beiden das gefällt oder ob es schrecklich wäre.
„Poppy?", flüstert sie.
„Ja?"
„Was willst du später mal sein?"
Das hat sie mich noch nie gefragt.
„Weißt du schon, was du werden möchtest, Poppy?"
„Ja, ich glaube schon, Mama."
„Was denn?"
„Etwas mit Humor."
„Wirklich?"
„Ich möchte Bankerin werden, Mama."
„Aber die haben keinen Humor."
„Ich werde eben die erste Bankerin mit Humor."
Und dann werde ich reich sein.
„Ja."
„Und dann kaufe ich ein Haus."
„Ja."

„Dann kannst du mich besuchen, wenn du magst."

„Ja, das ist gut", sagt Mama und fügt nach einer Weile hinzu: „Ich schau mal."

Wir schweigen.

Ich bin froh, dass ich gerade nicht meine Hand auf ihren Rücken gelegt habe.

Er

Er ist dünn und zittert.

„Parkinson", sagte Großmutter Becker, bevor wir das Restaurant am Stadtrand betreten haben. „Genau wie bei Arafat und dem Papst."

Er hat ein tragbares Funktelefon dabei, eine Aktentasche aus Leder und einen Mann mit Sonnenbrille, den *er* uns als seinen Anwalt vorstellt. Das Telefon ist an einem schwarzen Koffer befestigt, der auf dem Tisch vor ihm steht. *Er* sieht niemanden an.

Ich dachte, ich hätte Angst, aber ich habe keine.

Wir bestellen Kaffee und Apfelsaft. Und ein Glas Wasser für Mama, damit sie ihre Tabletten einnehmen kann. Großmutter möchte ein Bier.

Er muss den schwarzen Kasten mit dem Telefon auf den Boden stellen, da sonst nicht genügend Platz für alle Getränke auf dem Tisch ist. Dabei wirft *er* das Wasserglas meiner Mutter um.

Sie lacht. „Ups! Sieh doch, ein kleiner See!"

Der Kellner eilt mit einem Tuch herbei. Während der Tisch abgewischt wird, bestellt *er* wieder ein Wasser für Mama. Sie sieht zum Kellner hoch.

„Wir halten Sie ganz schön auf Trab, was?" Mama hat in zwei Minuten mehr Humor gezeigt als in den vergangenen beiden Tagen. Sie hat sich heute Morgen sogar geschminkt, Oma hat ihr Make-up gekauft. Wir warten, bis der Kellner wieder gegangen ist.

„Gut", sagt Großmutter, nachdem Mama ihre Tabletten eingenommen hat. „Ich würde sagen, jetzt legt mal die Karten auf den Tisch."

Er holt ein Blatt Papier aus der Ledertasche und schiebt es Großmutter zu. Sie liest und nickt. „Ja, das ist sonnenklar", sagt sie und reicht es meiner Mutter. Mama runzelt die Stirn und gibt vor, als könnte sie lesen, was der Anwalt aufgesetzt hat. Ich versuche mitzulesen, bin aber zu weit weg.

Mama bringt ihr Gesicht näher an die Buchstaben und murmelt einzelne Wörter. Wir warten.

„Du musst das nicht alles verstehen", sagt Oma nach einer Weile.

„Ach so." Mama ist erleichtert.

„Es geht hier ums große Ganze", sagt Großmutter. „Poppy kann die Anzeige nicht zurückziehen, du musst du das tun. Setz deine Unterschrift hier über die Punkte."

„Und wird finanziell dann alles in Ordnung kommen?", fragt Mama vorsichtig.

„Das steht da alles, keine Sorge!", antwortet Oma.

Er lächelt. Es ist ein kurzes, wütendes Lächeln. Mama, Großmutter und ich blicken auf.

„Du hast doch keine Ahnung", sagt *er*, sieht seinen Anwalt an und wiederholt es etwas lauter. „Die haben doch keine Ahnung."

Der Anwalt merkt, dass wir nicht verstehen, was *er* damit meint. „Was mein Mandant ertragen musste, würde ich meinem schlimmsten Feind nicht wünschen", sagt er.

„Es war für mich auch nicht einfach", flüstert meine Mutter.

Der Anwalt schüttelt den Kopf und hält die rechte Hand hoch, als wollte er das damit wegwischen. „Waren *Sie* in einer Gefängniszelle? Wurden *Sie* stundenlang verhört? Haben *Sie* eine Krankheit, die bei großem Stress erst richtig ausbricht? Hatten *Sie* einen tadellosen Ruf, der von einem Tag auf den anderen in den Schmutz gezogen wurde? Ist *Ihr* Haus von Vandalen auseinandergenommen worden? Wurden *Ihre* persönlichsten Sachen entwendet, *Ihr* Vertrauen in die Menschheit für immer auf null reduziert?"

„Das habe ich alles nicht gewusst", wispert Mama hilflos.

Großmutter rutscht auf dem Stuhl unangenehm hin und her. Die Richtung, die das Gespräch nimmt, gefällt ihr nicht.

„Na ja, ich war ein paar Tage in einer Isolationszelle", kichert Mama. „Zählt das auch?"

„Halt die Klappe, Patricia!" *Er* ist außer sich. „Bitte halt die Klappe, oder ich vergesse mich!"

Mama hebt ihre Hand und gibt vor, ihren Mund mit einem Schlüssel zu verschließen.

Er sieht mich an. „Und du? Hast du mir etwas zu sagen, Poppy?"

Ich habe ihm nichts zu sagen.

„Das ist doch unglaublich! Du hast fast mein Leben zerstört, Poppy, ist dir das klar?"

Auch der Anwalt schüttelt empört den Kopf.

„Poppy tut es sehr leid", sagt Großmutter. „Das habe ich dir schon gesagt. Es tut uns allen aufrichtig leid, deshalb sind wir ja hier. Und darum werden wir auch unterschreiben. Richtig, Patricia? Du wirst die Anzeige zurückziehen."

Mama beißt sich auf den Daumen. „Ich würde ja gerne, aber ich hab doch keinen Stift." Sie kichert.

Niemand hat einen Stift dabei, nicht einmal der Anwalt. *Er* sagt, ich soll an der Bar nach einem Stift fragen. Dann schweigen sie. Ich stehe auf und gehe weg. Mein Kopf ist völlig leer. Als ich zurückkomme, haben sie – glaube ich – noch immer kein Wort miteinander gesprochen.

Meine Mutter schreibt ihren Namen zittrig über die Punkte. „Da", sagt sie, „Stimmt doch, oder? Patricia Grinberg-Becker."

Er holt einen dicken Umschlag aus der Innentasche und hält ihn Oma vor die Nase. Sie reißt ihm das Kuvert aus der Hand und steckt es in ihre Handtasche.

Er nimmt seine Tasche und sein Autotelefon, und steht auf. Der Anwalt hilft ihm in seinen Mantel. Als der Kellner kommt und fragt, ob alles in Ordnung sei, nickt *er* in Großmutters Richtung. „Sie zahlt!"

„Wie nett", sagt Großmutter. „Ein Mann von Welt bis zur letzten Sekunde."

Er wirft Oma einen so hasserfüllten Blick zu, dass sie die Augen senkt.

„Hast du alles, was du brauchst, Poppy?", fragt *er* mich.

Ich antworte nicht.

Jetzt sehen wir uns an. Eine unsichtbare Hülle umschließt meine Seele. Es ist, als wollte *er* sie mit seinem Blick durchbohren. Als ob mich seine Augen berühren wollten. Aber *er* schafft es nicht.

Ich zerbreche die Verbindung einfach und schaue zu Großmutter.

Sie zuckt mit den Schultern.

Mama murmelt: „Danke, Pick-up!"

Ich schweige noch immer.

Er geht mit dem Anwalt raus.

An der Tür dreht *er* sich noch mal um. „Poppy, kommst du bitte mal zu mir?"

Ich nicke, gehe zu ihm, ich habe keine Angst.

„Ich freue mich, dass ihr zurückkehrt, Poppy", sagt er leise.

Ich zucke mit den Schultern und gehe wieder an den Tisch zurück.

Großmutter zahlt gerade die Rechnung mit einem Hundertmarkschein aus dem Umschlag.

Das schwarze Auto

Es schneit, genau wie vor neun Jahren. Tausende von Schneeflocken rieseln vom Himmel herab.

Wir stehen auf dem Bürgersteig vor der Wohnung. Wir mussten nichts einpacken, also haben wir keine Koffer. Ich trage eine Plastiktüte mit Mamas Pillen. Die Polaroids habe ich zerschnitten, verbrannt und die Asche auf einer Wiese verstreut.

Mama wollte die Matratze mitnehmen. Ich habe ihr erklärt, dass das Unsinn ist. „Hier ist nichts, Mama, alles ist dort, erinnerst du dich?"

„O ja", sagte sie.

Wir stehen stocksteif nebeneinander, unsere Hände tief in den Taschen. Alles ist weiß. Alles ist still. Schnee fällt auf meine Wimpern.

„Dort war ein Garten", sagt Mama plötzlich.

Ich nicke.

„Und ein kleiner Hund war auch dort?"

Ich nicke noch einmal.

Mama schaut eine Weile auf die Spitze ihrer Schuhe. Schnee liegt darauf. Sie runzelt die Stirn. Atmet tief ein. Sieht mich an. Sie weiß, dass die Schneeflocken, die einst rein und klar waren, vom schönsten, jungfräulichsten Weiß, in diesem Moment als dunkle Punkte bedrohlich vom Himmel wirbeln.

Gerade als Mama den Mund öffnet, um etwas zu sagen, biegt das glänzende schwarze Auto in unsere Straße ein.

Er steigt aus und kommt auf mich zu. „Hallo Poppy." Seine Augen ziehen mich aus.

Wortlos steigen Mama und ich in den Wagen.

1998

Ich schleiche durch die Räume der leeren Villa. Sanft senkt sich das Dunkel herab. Wie schwarzer Tau legt es sich über die Dinge, während ich durch das Haus gehe und einen Raum nach dem anderen betrete, genau wie damals an dem Morgen nach meinem Geburtstag, an dem ich so früh aus dem Bett geholt wurde. Fest und dicht umgibt mich eine spürbare Starre.

Ich gehe durch die große Diele, durch die Küche, das Esszimmer, hinauf in die obere Etage, in das Schlafzimmer meiner Eltern. Niemand ist da.

Als ich klein war, dachte ich immer, dass man etwas haben muss, wofür sich das frühe Aufstehen lohnt. Ich stand für Mama auf, um ihr einen Guten-Morgen-Kuss auf die Stirn zu drücken, aber sie drehte den Kopf mit den Barbielocken stets weg. Ich denke, ich hätte mir nicht so viel Mühe mit Mama geben sollen. Und irgendwann habe ich ohnehin aufgehört, zu glauben, dass es sich überhaupt für irgendetwas lohnt.

Ich betrete mein Kinderzimmer und bin wieder ein paar Jahre alt, sechs, glaube ich, und verstecke mich im Schrank – im Barbiezimmer. Ringsum liegen Spielsachen verstreut, umgestürzte Türme vom Schloss, Puppen mit weit aufgerissenen Augen. Im Haus ist es dunkel, die Luft in den Zimmern wird kühler, der Abend dämmert. Onkelmann (Papa und Vater habe ich – was ihn betrifft – aus meinem Vokabular gestrichen, und *er* gibt ihm zu viel Bedeutung) ist zu Hause; Mama ist fort. Ich höre seine Schritte, zwei-, dreimal sagt er meinen Namen, ich bin still. Dann ein Rascheln, das Echo seiner Schritte. So muss es gewesen sein. Als ich sechs war, stieg ich in den Schrank, schlief dort ein und wachte auf, und dann war ich – nach einer Nacht, in der ich ausnahmsweise unbeschadet blieb – plötzlich sieben.

Ich seufze, verlasse mein altes Kinderzimmer und schließe eine Damalstür.

Jetzt stehe ich vor der Badezimmertür, vielleicht vier Sekunden oder auch fünf, dann drücke ich sie auf. Die Wanne ist leer. Das Badezimmer wirkt verlassen. An der Rückenlehne des Stuhls hängt sein vergessenes

Hemd. Darüber, an der weißen Wand, ist ein großer schwarzer Schimmelfleck, der, wie Mama mal behauptete, die Form von Afrika hat. („Das ist Negerland, Poppy.")

Ich drücke die Tür noch ein Stück weiter auf. Sie federt zurück. Ich habe mir oft gewünscht, dass dort Onkelmann wäre, hinter der Tür, in der Badezimmerecke, aufgehängt und baumelnd am Gürtel seines Morgenmantels.

Die früheste Erinnerung, die ich an meine Mutter in diesem Badezimmer habe, ist ihre kalte Hand auf meinem Po. Ich war krank, hatte hohes Fieber, und sie gab mir ein Zäpfchen. („Eine Pupskanone.") Die erste Erinnerung an Onkelmann, war sein „Ups und Uppsala", als er mich im Alter von sechs Jahren in die Badewanne hob.

Mit klopfendem Herzen schaue ich um die Ecke. Nichts und doch eine Summe von vielem: der Geruch des Todes, des Schmerzes, der geraubten Unschuld und andere Duftnoten der Vergangenheit: Erinnerungen, die wie eine alte Weinflasche in einem kalten Keller tief in mir drin lagern.

Meine Mutter ist vor einem halben Jahr gestorben, Onkelmann kurz darauf. Der alte Mann hatte mir bereits zu Lebzeiten das Haus und sein Barvermögen überschrieben, seine Firma Liberty sollte Gretas Vater bekommen, obwohl ich glaube, dass sie ihn gar nicht interessiert und er sie veräußern wird – so wie ich dieses Haus.

Auf Onkelmanns Beerdigung waren nur der Pfarrer und ich zugegen. Der Pfarrer, weil es zu seinen Pflichten gehörte, und ich, weil ich wissen wollte, wie sich Freisein anfühlt. Doch ich fühlte nichts.

Ich versuche jetzt, mir wie früher das Schlimmste vorzustellen, das ich heute beim Betreten der Villa vorfinden könnte, sodass die Realität dahinter nur noch zurückbleiben kann.

Und das wäre Mutter: zusammengesunken im Morgenmantel auf dem Stuhl, leere Tablettenstreifen um sich herum, leere Weinflaschen, der Kopf zwischen den Beinen ruhend, Schaum auf den Lippen, Blut aus der Nase, aus dem geöffneten Mund das Blubbern einer Brausetablette, die ihr verwirrter Geist auch noch zu schlucken versucht hat. So habe ich sie vorgefunden.

Und ihn eine Woche später. *Er*: im Badewasser (wie könnte es auch anders sein?), obendrauf eine hauchdünne Schicht geronnener Blutplättchen, wie bei einer Kanne abgestandenen schwarzen Tees, sein Geschlecht eine verlassene kleine Insel knapp über dem Wasser, braun und eklig. Neben ihm, auf dem Wannenrand, das Nageletui mit Feile und Nagelscheren, Rasierklingen. Sein Unterarm zum Handgelenk hin aufgeschlitzt, die Spitze einer Schere senkrecht in der Schlagader steckend.

Ich hätte bei Onkelmann gern ein wenig nachgeholfen. Die vergangenen Jahre mit ihm waren die Hölle. Er ließ keine Gelegenheit aus, seine Macht zu demonstrieren und uns zu demütigen, weil er wegen seiner Parkinson-Erkrankung nicht mehr fähig war, mich zu missbrauchen, aber ich hätte es auch niemals zugelassen. Ich bin meiner Mutter zuliebe in der Villa geblieben, denn er kümmerte sich um sie, allein hätte ich das niemals geschafft.

Hätte ich ihn getötet, hätte *er* mich vermutlich dabei angesehen und genickt (In diesem Haus wurde schon immer zu viel genickt.). In Gedanken habe ich ihn oft getötet, er wusste das. Vielleicht hat er sich deshalb das Leben genommen. Er nahm an dem Abend eine Überdosis seiner Parkinson-Medikamente ein und stieg dann in die Wanne.

„Ein Suizid ist in solchen Fällen nicht ungewöhnlich, Poppy", hat mir unser Hausarzt später erklärt. Es gab keine Hinweise auf Fremdeinwirkung. Niemand schöpfte einen Verdacht. Vielleicht Großmutter Becker, hätte sie zu diesem Zeitpunkt noch gelebt. Aber sie hätte sich getäuscht. Der Mordgedanke ist nicht strafbar, die Tat hingegen schon. Mit dieser Schuld wollte ich nicht leben.

„Jedes Leben ist nur eine Summe von Situationen, Möglichkeiten und Kohle", hat Oma Becker stets behauptet. „Wenn du das nicht begreifst, wirst du krank oder verrückt."

Meine Mutter wurde verrückt und ich krank. Aber das Leben ist keine Summe, auch wenn man sich selbst auf null bringt.

Ich verlasse das Bad und schließe eine weitere Damalstür. Heute weiß ich, dass das Gehirn kaum anders funktioniert als das Verdauungssystem. Es verarbeitet bis auf ein paar Dinge alles. Diese merkwürdigen Traumata werden meist in unerwarteten Momenten hervorgeholt, manchmal von darauf spezialisierten Ärzten, die eigentlich nach etwas anderem suchen, was sie vielleicht sogar bei sich selbst vermissen: ein Stückchen Kindheit, eine Jugendliebe. Manches schwebt jahrelang in unseren Köpfen herum.

Unten ruft jemand meinen Namen. „Frau Grinberg?"

Ich gehe die Treppe hinunter. Unten angekommen, strahlt mich der Makler an, den ich mit dem Verkauf der Villa beauftragt habe, ebenso freudestrahlend wie das junge Ehepaar neben ihm mit den beiden kleinen Kindern Tina und Casper.

„Wir haben uns entschieden, Frau Grinberg", sagt der Vater und tätschelt dabei die Hand seiner Frau. „Wir kaufen dieses wunderschöne Haus. Es braucht nur noch einen hellen Anstrich."

Seine Worte sind wie eine kleine Freude an einem regnerischen Tag. Sie werden das Haus mit einem anderen Leben füllen. Ich könnte jetzt einfach – je nach Lust und Laune schweigsam oder redselig – mit dieser kleinen Familie durch die Räume gehen. Aber ich habe mich innerlich schon von allem verabschiedet und möchte nicht noch einmal ins Damals zurückkehren und die Besichtigung lieber dem Makler überlassen. Er hört den Leuten zu, die schweigen.

Der Makler errät meine Gedanken und klatscht in die Hände. „Machen wir noch einmal eine Runde durchs Haus?"

Vier Köpfe nicken und sind außer sich vor Freude.

Ich reiche allen die Hand und verabschiede mich. Draußen drehe ich mich noch einmal um und frage mich, wie lange wohl die Zersetzungszeit von Erinnerungen dauert. Den Anfang habe ich gemacht. Die Damalstüren sind geschlossen, die Luken dichtgemacht, die Rollläden heruntergelassen.

Ich blicke zum Fenster des Kinderzimmers hoch. Tina und Casper winken mir zu. Ich lächle, zwinkere den Kids zu, steige in den Wagen – und lebe.

Danksagung

Kindesmissbrauch erschüttert und macht betroffen. Das Schreiben darüber ist schwer. Sexueller Missbrauch bedeutet, dass ein Erwachsener oder Jugendlicher seine Position der Macht, seine geistige und körperliche Überlegenheit, das Vertrauen und die Unwissenheit eines Kindes dazu benutzt, seine eigenen sexuellen Bedürfnisse zu befriedigen.

Poppy hat mir ihre Geschichte erzählt, als sie bereits erwachsen war, und ich wusste, dass ich sie eines Tages schreiben werde.

Wir kennen uns seit Kindheitstagen. Als Siebenjährige habe ich mich oft gefragt, warum sie so komisch war, warum sie nicht mit mir spielen durfte, warum ich das Haus (die Villa) nicht betreten durfte. Heute kenne ich den Grund.

Kinder spüren, wenn etwas nicht in Ordnung ist. Ich erinnere mich an das merkwürdige Gefühl, das mich befiel, als ich sie zum Spielen abholen wollte, und ihr Stiefvater mir sagte, dass Poppy keine Zeit hätte. Sie stand im ersten Stock am Fenster und sah mich mit flehendem Blick an. Ich werde diesen Blick niemals vergessen.

Die Palette der möglichen Anzeichen für sexuellen Missbrauch ist groß und unspezifisch, sodass es meist schwierig ist, Hinweise richtig zu deuten. Eine Verhaltensänderung tritt jedoch bei fast allen missbrauchten Kindern auf. So auch bei Poppy. Sie schwieg – aus Schamgefühl, und weil der Stiefvater damit drohte, sie und ihre Mutter aus dem Haus zu werfen. Poppy war sein Liebling, er war ihr Geheimnis, doch irgendwann wurde das Geheimnis zu groß.

Poppy hatte stets Angst, dass ihr niemand glauben würde. Deshalb hat sie geschwiegen. Irgendwann zog sie sich immer mehr zurück, reagierte abweisend. Nur in der Schule war sie das humorvolle Mädchen, das ich kannte. Die Schule war für sie eine Art Zufluchtsort.

Poppys Mutter maß in ihrer dummen Arglosigkeit den typischen Verletzungen nach sexueller Gewalteinwirkung und den Verhaltensänderungen der Tochter wenig Bedeutung bei. Sie ging lieber shoppen.

Ich habe viele Gespräche mit Poppy geführt und mein damaliges Bauchgefühl hat mich nicht getäuscht. Instinktiv habe ich geahnt, dass da etwas gewaltig faul war. Ich fühle mich schuldig, weil ich meinen Eltern niemals davon erzählt habe.

Poppy ist heute verheiratet und hat vier Kinder. Ihre Familie weiß nichts über ihre Vergangenheit. Aber sie hat testamentarisch bestimmt, dass ihre Familie nach Poppys Tod das Manuskript dieses Romans mit ihren Anmerkungen erhält.

Bitte unterstützen Sie folgende Vereine:

Spendenkonto: Tour41 e.V.
Volksbank Berg eG
IBAN: DE74 3706 9125 0017 3350 14

Spendenkonto: Wildwasser e.V.
Bank für Sozialwirtschaft
IBAN: DE35100205000003036403
Stichwort Aguas Bravas Nicaragua

gegen - missbrauch e.V.
Sparkasse Göttingen
IBAN: DE56 2605 0001 0000 1264 33
BIC: NOLADE 21 GOE

Mein Dank geht insbesondere an:

Zoe, Noelia, Matilda, Leni und Svea, die Laiendarstellerinnen im TV-Präventionsspot und *ihre Eltern* für die Zustimmung.

Tom Heuser, Schauspieler für seine Darstellung als Vertrauenslehrer Hoffmann.

Nadine Ladner, Visagistin, für die Maske und Donner-TV für die Filmproduktion, insbesondere danke ich Maria Donner, Uwe Donner und Kai Hunold.

Dirk Fellhauer, was machen wir bloß ohne Dich. Du bist der beste Cutter.

Ich danke den Vereinen Tour41 e.V., gegen-Missbrauch e.V., Wildwasser e.V. und Aquas Bravas Nicaragua e.v. für die Unterstützung sowie

Torsten Sohrmann für das wunderbare Cover und seine Geduld und Uwe Raum-Deinzer für das Endlektorat.

Der Roman *POPPY* wurde von den Lektoren *Christine Hochberger, Buchreif* und *Uwe Raum-Deinzer*, begleitet. Wie immer ein riesiges Dankeschön.

Mein besonderer Dank geht an meine Freundin Poppy (Pseudonym), für ihren Mut, mir ihre wahre Geschichte zu erzählen. Du kannst stolz auf dich sein und hast meinen allergrößten Respekt.

Du hast einen festen Platz in meinem Herzen.

(Foto Maria Donner)

Impressum

Copyright ©November 2019 Astrid Korten
Lektorat: Buchreif, Christine Hochberger, Uwe Raum-Deinzer
Bildnachweis: ©Shutterstock /PicFine
Cover-/Umschlaggestaltung: Buchgewand Coverdesign | www.buchgewand.de
Verwendete Grafiken/Fotos: Nella – shutterstock.com, stillfx – depositphotos.com, Ensuper – depositphotos.com, marchello74 – depositphotos.com
Alle Rechte vorbehalten. Das Werk darf – auch teilweise – nur mit Genehmigung der Autorin wiedergegeben werden.
ISBN 9783749496327
Herstellung und Verlag: BoD - Books on Demand, Norderstedt

Über die Autorin

Das Spezialgebiet der Bestseller-Autorin sind Suspense-Thriller, Psychothriller und Romane. Bei ihrer akribischen Recherche lässt sie sich von Forensikern, Psychologen, Gentechnologen, Pathologen und Medizinern beraten. Ihre Thriller erreichten alle die Top-Ten-Bestsellerlisten vieler Ebook-Plattformen. Die Autorin ist Mitglied im Schriftstellerverband Syndikat, im BvjA und im Verband der Mörderischen Schwestern e.V.

Auszeichnungen und Nominierung:

2016: Stefko, From Sarah with love: Halbfinale Int. Write Movie Contest, Los Angeles.

2015: Sibirien – Die aus dem Eis erwachen: Finale Int. Write Movie Contest, Los Angeles.

2019: Die Träne – Finale Int. Write Movie Contest, Los Angeles und honorable mention

Weitere Romane der Autorin:

Thriller / Psychothriller: Eiskalte Umarmung, Eiskalter Schlaf (Print: Jasper, das Böse in Dir), Tödliche Perfektion (Print: Die Sekte), Wintermorde, Die Behandlung des Bösen, Am Ende das Böse, Wo ist Jay?, Lilith-Eiskalter Engel, Gleis der Vergeltung, Puppenmutter, Die Akte Rosenrot(Piper 2019), Die Dornen des Bösen (Piper 2020). Weitere Romane folgen.

Roman: Café de Flore und die Sehnsucht nach Liebe. Trilogie: Perlen der Winde.

Anthologie: Winterküsse, Nix zu verlieren.

Kurzgeschichte: Sibirien – Die aus dem Eis erwachen.

Mehr über Astrid Korten:

Website: www.astrid-korten.com.

Facebook: www.facebook.com/Astrid Korten.